フェイクドキュメンタリー

Q

FAKE DOCUMENTARY "Q"

フェイクドキュメンタリーQ

【独白】

初めまして。私は『フェイクドキュメンタリーQ』メンバーの1人です。今回の書籍化につきまして〝前書き〟を担当しますが、敢えて名前は伏せさせて頂きます。

さて、この度は私どもの本に目を通して頂き誠にありがとうございます。

我々は普段、YouTubeというインターネット上に存在する動画サイトで、ホラードキュメンタリー映像を配信している団体です。

タイトル通り、その内容は〝フェイク〟(偽物)の、〝ドキュメンタリー〟

（事実の記録）です。

フェイクと聞くと、皆さまの中にはもしかしたら、すぐに〝嘘〟だと見下げる方もいるかもしれません。例えば、お芝居が上手な人を〝嘘が上手い人〟だと表現するような……。

もしあなたが、「宝くじで1億円当たった！」と嘘をつくなら、「たまたま宝くじ買ったら1億円当たっちゃった～！」と言うセリフでは、誰も信用してくれません。リアルなフェイク（嘘・偽物）を描くには、本当の事を交えないと偽物にさえならずに、ただのホラ話（妄想）になってしまいます。

まずは、いつ、何処で宝くじを買ったのか？　いくらお金を使ったのか？　そもそも何故買ったのか？　抽選会までの間、クジをどこに保管していたのか？　当たったと確信した時の細かな描写、最初によぎったお金の使い道などなど、頭の中で徹底的に模擬実験してから出てくる言葉。それが、正しい偽物のセリフであり、〝その人がこれまで生きてきた本当の証拠〟が出現する瞬間なのです。

この本はそんな模擬実験に、真摯に取り組んだホラーフェイクストーリーの集積です。所々にＱＲコードが表記されていますので、スマホで読み込んで限定公開の映像や音声を確認してみてください。そこには『登場人物の生きた証』が生々しくご確認頂けます。

追記：本当のことを隠したいときに、「あれは嘘だよ」と言うこともまた、「フェイク」になるんですが……。

Contents

FAKE DOCUMENTARY "Q"

Episode I

封印されたフェイクドキュメンタリー

～続報～

二〇〇五年二月八日　『見たら死ぬビデオ』

【[redacted]町コミュニティ掲示板】
死ぬビデオーイチカ　2005/02/08（Tue）20:01:24
[redacted]というレンタルビデオ屋に見たら死ぬビデオがあるらしいんだけど、借りた人いる？

この投稿は『[redacted]町コミュニティ掲示版』へ二〇〇五年に書き込まれたものだ。

タイトルは「死ぬビデオ」。

ローカルな情報交換が主な掲示板において、ひときわ目を惹く投稿である。

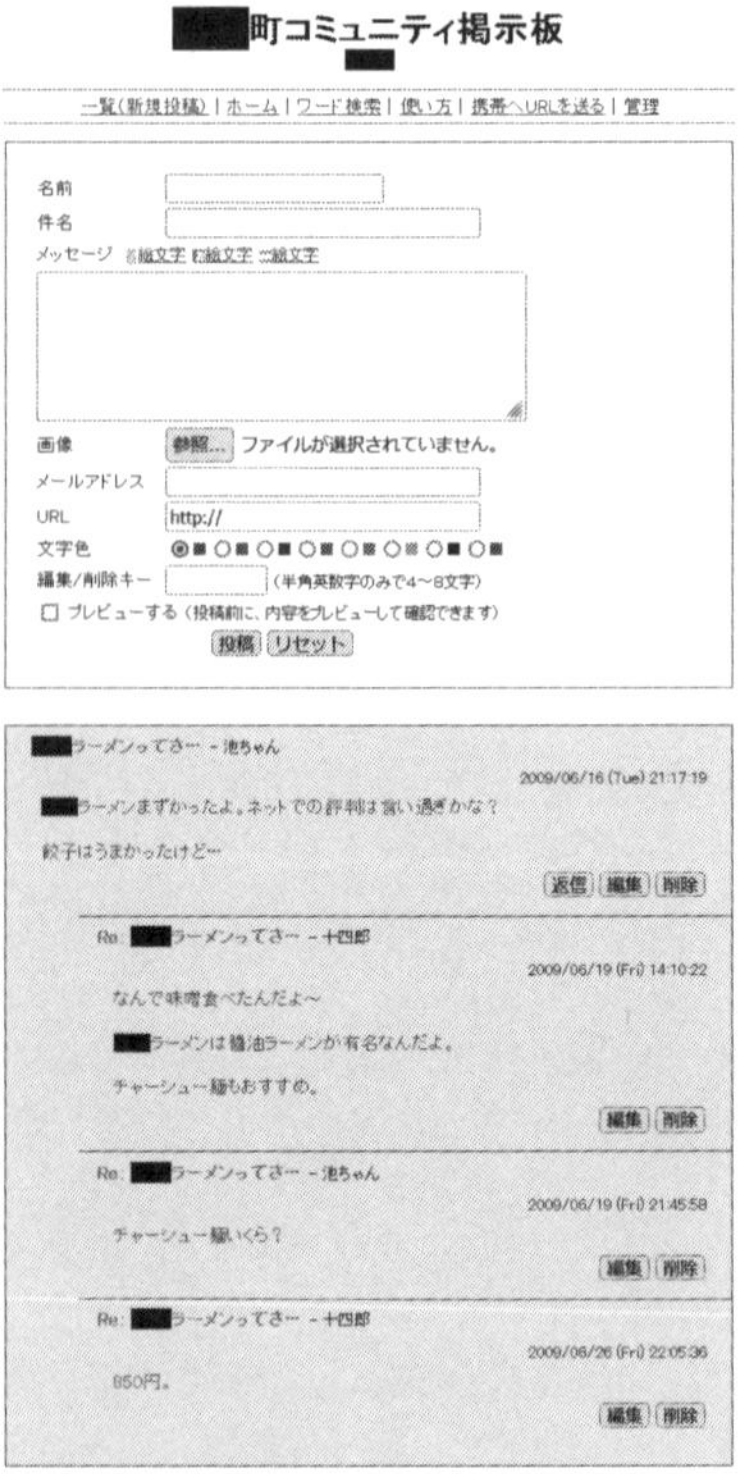

▲実在する「[redacted]町コミュニティ掲示板」

店の名前は書かれているが、作品名は記されておらず、実際に該当作を見たという書き込みも掲示板内では発見できない。

本掲示板は現存するが、二〇〇九年以降は更新されていない（二〇二四年現在調べ）。

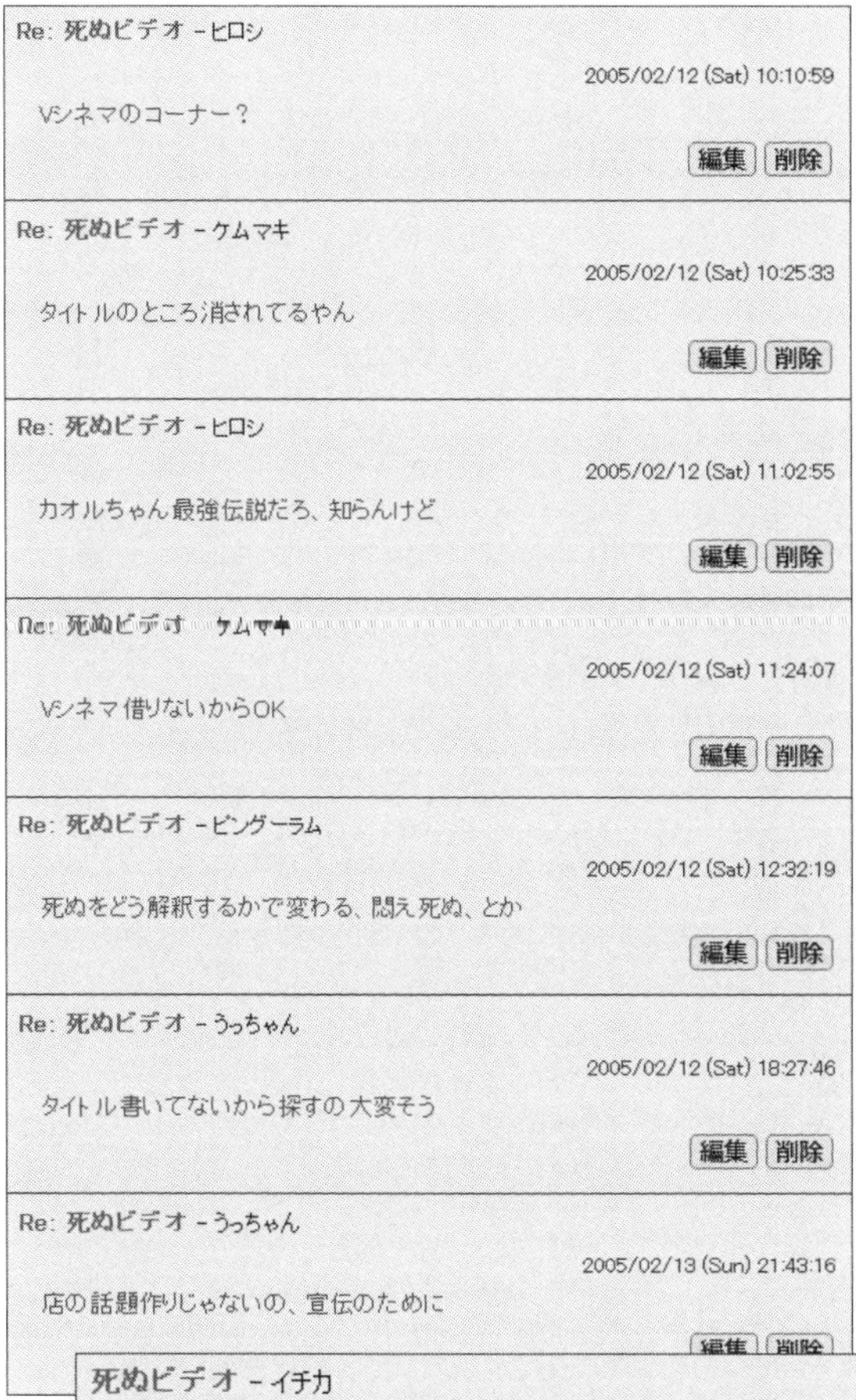

Re: 死ぬビデオ －ヒロシ
2005/02/12 (Sat) 10:10:59
Vシネマのコーナー？
編集 削除

Re: 死ぬビデオ －ケムマキ
2005/02/12 (Sat) 10:25:33
タイトルのところ消されてるやん
編集 削除

Re: 死ぬビデオ －ヒロシ
2005/02/12 (Sat) 11:02:55
カオルちゃん最強伝説だろ、知らんけど
編集 削除

Re: 死ぬビデオ －ケムマキ
2005/02/12 (Sat) 11:24:07
Vシネマ借りないからOK
編集 削除

Re: 死ぬビデオ －ピングーラム
2005/02/12 (Sat) 12:32:19
死ぬをどう解釈するかで変わる、悶え死ぬ、とか
編集 削除

Re: 死ぬビデオ －うっちゃん
2005/02/12 (Sat) 18:27:46
タイトル書いてないから探すの大変そう
編集 削除

Re: 死ぬビデオ －うっちゃん
2005/02/13 (Sun) 21:43:16
店の話題作りじゃないの、宣伝のために

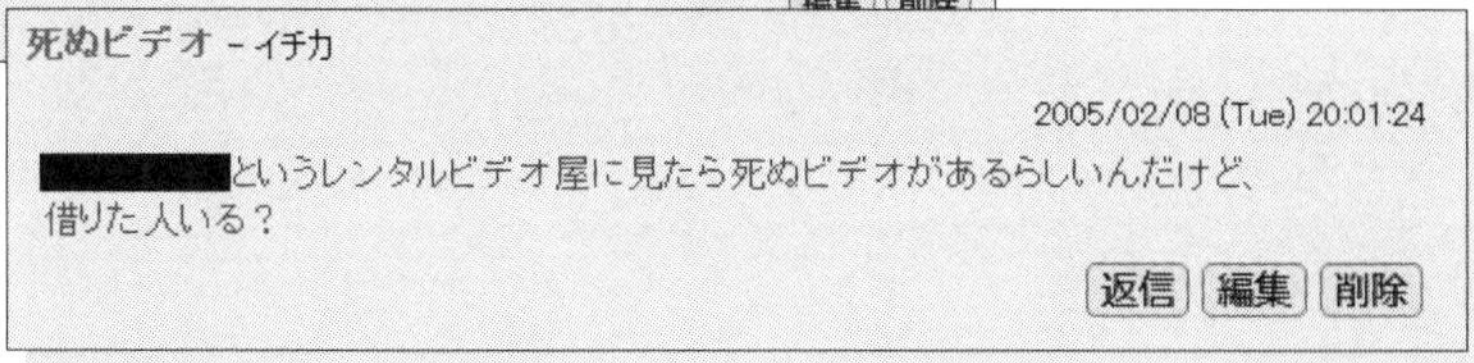

死ぬビデオ －イチカ
2005/02/08 (Tue) 20:01:24
[redacted]というレンタルビデオ屋に見たら死ぬビデオがあるらしいんだけど、
借りた人いる？
返信 編集 削除

▲2005/02/08「死ぬビデオ」の書き込み

二〇二一年八月一日　寺内康太郎

フェイクドキュメンタリー『Q』の映像監督である寺内は、二〇二一年当時、東京・渋谷に事務所を構える某映像制作会社の業務を請け負っており、テレビ放送用の短編ドラマのディレクターを担当していた。

映像制作会社の社長は相島さん（仮名）という男性で、長年テレビ番組の制作を手がけてきた大ベテラン。二〇一七年に五十代で独立、自身の映像制作会社を立ち上げて、社長兼プロデューサーを務めながら、念願だった映画やテレビドラマの制作に力を入れていた。

寺内が制作に参加している『Q』の第一作目、「封印されたフェイクドキュメンタリー」の中に登場する「見たら死ぬビデオ」の映像を提供してくれたのも、この相島さんである。

ただ、相島さん自身は、心霊やオカルトにはまったく興味がない。

この話も、彼は「怖い話」として語ったわけではなく、独立後の大事な時期に、手間と経費をかけた映像がお蔵入りになったという、いわば「苦労話」として語っていた。

「つい先日、うちが制作している情報番組の企画で『見たら死ぬビデオ』の噂を調査したんだ。取材自体はうまくいったんだけど、結局、完成した映像は使えなくてね」

当時から心霊やホラーの映像制作に携わっていた寺内にとって、本来なら興味がそそられる話題である。だが、「見たら死ぬ〇〇」はあまりに手垢の付いた題材だった。これを話したのが他の人間なら、「またか」と苦笑いして聞き流したかもしれない。

それでもこの話を詳しく聞いてみようと思ったのは、相島さんが映像業界において信頼に足る人物であるからだ。

九州生まれの相島さんは、大学に通いながら地元のテレビ局でアルバイトをして、卒業後は大阪、東京と拠点を変えながら、報道、バラエティー、音楽、教育映像に携わり、またテレビ以外にも会社説明会のビデオ、マンションの販促映像、結婚式の撮影など、多岐に渡る映像の仕事で、幾千もの人たちと関わってきた。

映像業界で働く人間にとって、いくつものジャンルを渡り歩くこと自体は珍しくない。カラオケの映像制作を経て、著名なアニメ監督になったケースだってある。ただ、相島さんはそうした映像業界においても、経験してきた領域や職種の豊富さで他を圧倒しており、またその仕事のすべてにおいて高い評価を得てきた人物である。

つまり、いい加減な取材や番組作りをする人ではないし、ましてそれが放映されなかった理由をオカルトで誤魔化そうとする人ではない。

そこで寺内は、彼の語る「見たら死ぬビデオ」の話を詳しく聞かせてもらうことにした。

二〇二一年六月十二日　番組への調査依頼

当時、相島さんの会社では、ＣＳ放送の某情報番組の制作を担当していたのだが、番組のコーナーのひとつに、「視聴者から調査してほしい事を募集する」というものがあった。

この仕事は調査内容の選定から、取材、撮影、編集に至るまで全て自社で進行しており、番組側からある程度の協賛金は出るものの採用されなければすべてが無駄になるため、「何を調査するか」は、常に悩みの種であった。

二〇二一年六月十二日。「あなたの調査依頼を大募集しています！」という番組の募集ページから、一通の調査依頼が相島さんの元に届いた。

「二〇〇五年二月八日、『[redacted]町コミュニティ掲示板』というサイトに『見たら死ぬビデオ』という書き込みを発見しました。この掲示板の噂が本当か確かめてほしい」

この掲示板は、名前の通り地域限定のローカルなもので、「〇〇のラーメンが美味しい」という飲食店の情報や、「〇〇いりませんか」など不用品の「あげます／ください」の授受、習い事の案内、サークル仲間の募集など、誰でも自由に書き込めるものであった。

依頼者はその中に「[redacted]」というレンタルビデオ屋に見たら死ぬビデオがあるらし

▲当時の募集ページ（スクリーンショット）

いんだけど、借りた人いる?」という十六年前の古い書き込みを発見した。

　作品名は記されておらず、実際に見たという書き込みも見当たらない。また、掲示板の最後の書き込みは二〇〇九年で、それ以降更新がないため、掲示板から詳しい情報を得ることは難しかった。

　ただ、調べてみると該当のレンタルビデオ店はまだ存在しているようであった。

　十六年も前ではあるが、もしかするとまだ「見たら死ぬビデオ」はあるかも知れない。

たとえなかったとしても、当時を知る人から話を聞くことはできるのではないか。オカルト系は好きではないが、たまには普段と毛色の異なる内容で映像を作っても面白いかもしれない。それにオカルトネタは番組側としても喜びそうだ。
そう思った相島さんは、この調査依頼を採用してみることにした。

相島さんの会社では、取材や撮影、編集などはすべて外部スタッフへ発注している。本件の制作は、当時定期的に仕事を依頼していた近藤さん（仮名／男性）という経験豊富な五十代のディレクターと、彼とよくコンビを組んでいた、吉沢さん（仮名／男性）という三十代のカメラマンへ依頼することにした。

今回はオカルトだからこそ、ドキュメンタリーの雰囲気を出すために、あえて事前に取材許諾を取らず、近藤さんと吉沢さんの二人で、店への突撃取材を敢行することとなった。

二〇二一年七月九日　取材時の未編集映像

取材映像は走行する車の車窓から始まっている。
「とりあえず最初は見つからないように隠し撮りでいってみようか」という男性の声が入

っている。ディレクターの近藤さんだ。

それに対して、「ではＧｏＰｒｏ（ゴープロ：小型カメラ）で」と返答しているのがカメラマンの吉沢さんである。

噂のレンタルビデオ店は、都内から車で約二時間。目的地に到着すると、まずは車内から店舗の外観を撮影するのだが、二人は店の様子に首を傾げている。

吉沢「住所的にはここですね」
近藤「レンタルビデオ屋って感じじゃないね。なんか潰れてるっぽいよ」
吉沢「でも電気点いてる」
近藤「なんか閉店って書いてあるな。七月十一日閉店って書いてある」

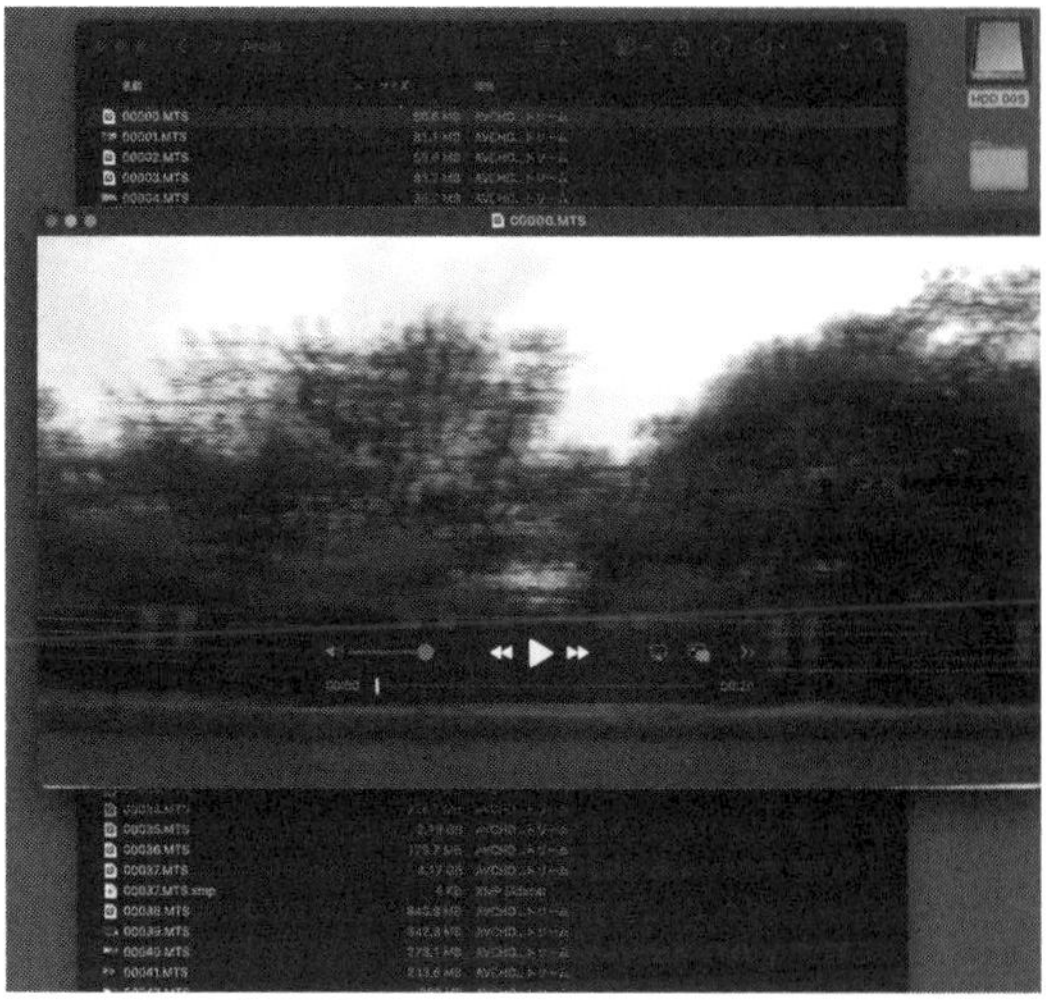

▲取材の様子を収めた動画ファイル

店の前には、「七月十一日閉店」という手書きの看板が大きく掲げられている。

撮影日は七月九日なので、偶然にも閉店二日前のタイミングで訪れたことになる。

近藤「一応、（店の）ドン引きも押さえといて。許可下りなかったらモザイクで使うから」

吉沢「分かりました」

近藤「書き込みの時期からすると、二〇〇六年以降の作品は除外って事になるよな」

吉沢「そうですね、でもどう探します？」

近藤「とりあえず店内見てみるか」

吉沢「ＧｏＰｒｏでいいですか？」

映像には眼鏡をかけた黒いシャツの中年男性が現れた。ディレクターの近藤さんだ。撮影しているため、カメラマンの吉沢さんの姿は映っていないが、車から降りて店へ向かう近藤さんの姿を画面に捉えながら、二人は店の中へ入っていく。

店内はかなり閉店作業が進んでおり、ほとんどの棚に商品がない。壁のポスターなどから、すでにレンタルビデオではなく、ＤＶＤの販売に切り替えていることがわかる。

閑散とした店内を進むと、奥に古いＶＨＳ作品の販売コーナーを発見した。

棚に並ぶのは、半分以上がアダルトビデオで、その他は古い映画やコンサートビデオが大半だが、今回の捜索対象である「Ｖシネマ（劇場公開を前提とせず、レンタル専用に制作された作品の総称）」も数本、散見される。
近藤さんはその中から、『嫌いなアイツを呪い殺せ！　誰でもできる呪い術』というビデオを手に取り、「これとかそれっぽいよな。店員に聞いてみるか」と言ってレジに向かって、若い男性店員にビデオを見せつつ話しかけた。

近藤「これって、見たら死ぬビデオですかね？」
店員「いや、ちょっと……」
近藤「見たら死ぬビデオがあるって聞いて、それを探しに来たんですけど、聞いた事ないですか？」
店員「いやまったく……。『リング』とかですか？」
近藤「いや、Vシネマらしいんですけど」
店員「ああ……Vシネマ」
近藤「VHSのコーナーってあれで全部ですか？」
店員「そうですね」
近藤「店長さんですか？」
店員「違います」
近藤「店長さんはいらっしゃらないですか？」

店員「今日はちょっと来ないですね」
近藤「そうですか、テレビの取材をしていてですね」
　ここで近藤さんは店員へ名刺を渡すと、番組の取材であることを説明する。
近藤「店長さんに聞いていただいても大丈夫ですか？」
店員「はい」
　店員はレジ奥に下がると、店長に電話をかけて、「見たら死ぬ呪いのビデオって……」と説明をしている。その後、店員は電話を切り、レジ横で待つ近藤さんの所へ戻ってきた。
店員「夕方来られるみたいですよ。五時くらいには」
近藤「そうですか、では五時にまた伺いますので、よろしくお願いいたします」
　閉店直前の閑散とした店内で、目当てのビデオを見つけることはできなかった。
　店内で手がかりを見つけるには、あまりに時が経ち過ぎている。店長への取材に一縷《いちる》の望みをかけた近藤さんは、「（カメラ）止めていいよ」と言って一旦店の外へ出た。

次に映像が再開されたのは、夕方の五時より少し前。

再度店内へ入る近藤さんの後を、吉沢さんがGoProで隠し撮りしながら付いて行く。

先ほどの店員に声をかけると、奥から店長が姿を現して「大賀」と名乗った。

近藤さんは、CS放送の番組取材であること、噂のビデオを探していることを伝える。

近藤「見たら死ぬビデオっていうのが、こちらに……。二〇〇五年くらいに噂があって、話題になったという事で、取材をさせていただけないかと思いまして」
店長「あー、見たら死ぬビデオね。はいはい。……うん、ありましたね」
近藤「今ありますか？」
店長「えーと……」
近藤「現物が」
店長「えーっと、それは（今）取材するってことですか？　えっ、回すんですか？」
近藤「そうですね。カメラ回して大丈夫ですか？」
店長「もう（カメラマンが）いらっしゃってる？」
近藤「ええ、そうです」
店長「いきなりなんですね」

近藤「ええ、すいませんけど……」

ここで映像は、隠し撮りしていたＧｏＰｒｏから、通常のビデオカメラに切り替わる。

近藤「あれば、実際の映像が見たいな、というのがありますんで」

店長「はい、はい、はい……。じゃあ、探してみますけど」

カメラが事務所の奥に入ると、そこには大量の段ボールが積まれていた。
店長がその中身をひとつずつ確認する様子が、三十分間ほど続く。

店長「あー、ありました」
近藤「どうもすみません、ありがとうございます！」
店長「これですけどね……」

奥から現れた店長の手には、一本のビデオテープが握られている。
テープを受け取った近藤さんの手元へカメラが寄って、パッケージが大きく映った。

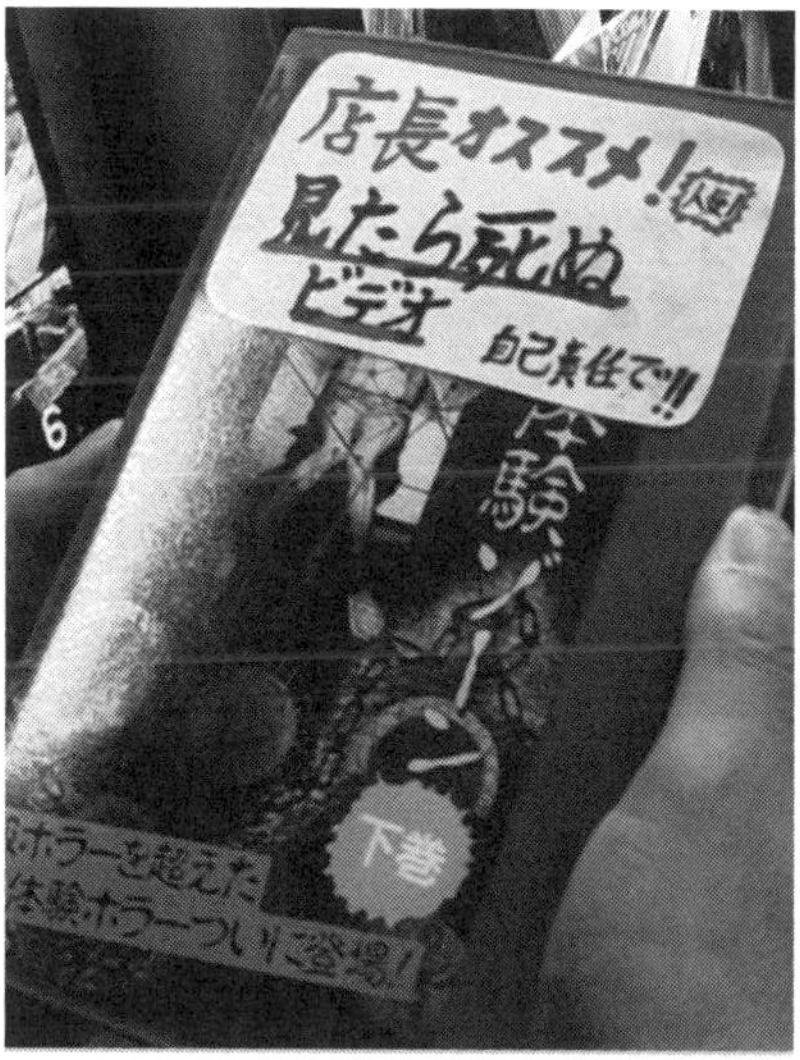

▲撮影されたパッケージ画像

店長オススメ！　見たら死ぬビデオ　自己責任で!!

パッケージ上部には、おどろおどろしい雰囲気の手書きラベルが貼られている。
作品名は『不思議体験ゾーン・下巻』。

近藤「これは店長が書かれた？」

店長「僕が店長なんで。オススメのビデオです」

画面に映る店長は四十代だろうか。丸眼鏡をかけて、エプロンの下には派手な柄の開襟シャツを纏《まと》っている。白髪交じりだが、歳より若く見えそうな雰囲気だ。

店長「見ます?」
近藤「はい……。あっ、でもこれ、見たら死ぬ……」
店長「まあ、見てみます?」
近藤「(軽く笑いながら) 大丈夫……なんですよね」

店長は先ほどから、相手をからかうような、あるいは少し小馬鹿にしたような、真意の読み取れない薄笑いを浮かべている。いったい、どこまで本気なのかが窺《うかが》い知れない。

店長「そこはこの通り、見たら死ぬビデオです。嘘は書いてないです。自己責任です」
近藤「まあ、だ……大丈夫ですよ」
店長「見ますよね?」
近藤「……お願いします」

念押しするような強めの口調に気圧されつつ、近藤さんがビデオの視聴を了承すると、店長はテレビの上に置かれたビデオデッキに、ゆっくりとテープを差し込んだ。


真っ黒な画面に、赤い字で「SSS VIDEO」とレーベル名が表示される。

しばらくすると明らかに低予算な映像が流れはじめた。

テレビ画面に流れた作品タイトルは、『不思議体験ゾーン』。

タイトルの下に「第一話」と出ているので、どうやらオムニバス形式であるようだ。

冒頭、薄暗い場所で、ナビゲーターらしき男性が、蝋燭《ろうそく》の灯りを手に語りはじめる。

「今から私が皆さんにお話しするこの作品は、千葉県タナカサトシ……」

「不思議な体験を元にした再現フィルムです……」

と、実話を元にした再現ドラマであることを説明している。

その後、再現ドラマがはじまるが、それらしい事は何も起きない。

近藤「あまり見たら死ぬっぽい雰囲気が……そんなに……今のところない」
店長「そうですね」

店長はリモコンを手に取ると、ビデオを早送りする。
どうやら、「見たら死ぬ」という問題の場面は、少し先にあるようだ。

再現ドラマの主人公が、昔の恋人の写真を眺めている。
悲しいＢＧＭが流れる中、恋人との思い出の写真が次々とめくられていく。

ここで急に映像が乱れると、画面が暗転した。
数秒後、突然場面が切り替わる。

年配の男性の写真が、画面に大きく映し出される。
画面が暗く、画像も粗いので、男性の顔はよく見えない。
白いシャツに黒いネクタイ、黒いスーツ。
断言はできないが、喪服のようである。
判別しづらいが、写真の後ろは仏壇に見える。
ＢＧＭはなく無音。
古いテープが再生されるプッ……プッ……という音だけが聞こえている。

十秒ほどこの映像が続いた後、唐突に画面が切り替わった。
今度は、着物姿の女性の写真が映し出された。
画面が明るいので、女性が高齢であること、軽く微笑んでいることがわかる。

店長「何か、わかります？」
近藤「これ……遺影ですよね」
店長「僕もそう思います」

先ほどと同じく、ＢＧＭはなく無音のまま、同じ映像が流れ続ける。
遺影とおぼしき女性の写真が、アップで映り続けている。
十五秒ほどするとまた唐突に画面は砂嵐に切り替わった。
数秒して砂嵐が消えると、悲しげなＢＧＭが流れて、再現ドラマの続きに戻った。
再現ドラマの画面が揺れて、再び映像が切り替わる。
先ほどとは異なる別の女性の遺影が、画面に大きく映し出された。
今度は暗い部屋に置かれた、喪服姿の女性の写真である。

▲ビデオに映った一人目の遺影（男性）

▲ビデオに映った二人目の遺影（女性）

▲ビデオに映った三人目の遺影(女性)

数秒後、画面がまた乱れて砂嵐になった。

断続的に、割れた音でＢＧＭが流れる。

やがて画面の乱れが落ち着くと、最初に登場した男性の遺影が再び映し出された。

男性の遺影が数秒映ると、またもや画面が乱れる。

そして最後に元のドラマへ戻ると、以降は終わるまで映像に異変は起こらなかった。

ここで取材カメラはテレビから離れ、事情を語りはじめた店長のアップへ切り替わった。

店長「ポップに書いたのは、『この辺りをみてくれ』というメッセージですね」
近藤「さっきの（遺影）……」
店長「そうですね」
近藤「あの遺影を見たら死ぬっていう、そういう事ですか？」
店長「まぁ、当時はそういう話でした」
近藤「そういう話……というのは」
店長「正直これ、あんまり回っている作品じゃなかったんですよ。レンタルしていたんですけど。でも、しょっちゅう借りに来る中学生とかいるんです。変じゃないですか、これを借りていくって」

近藤「そうですねえ……」

店長「(よくレンタルする中学生に)聞いたんですよ。『なんでこれ借りるの?』って。そしたら、『見たら死ぬビデオだって噂になってる』ということを言われて……逆にいいかなと思って」

当初店長は、急に借りる人が増えたので、作品がどこかで紹介でもされて、話題になったのだろうと勘違いしていた。ところが、借りに来る中学生や店のアルバイトから、なぜかこの店の『不思議体験ゾーン・下巻』だけが、「見たら死ぬビデオ」として噂になっていることを教えられた。

理由はすぐにわかった。本来作品にはない、遺影の映像が挿し込まれていたからだ。

店長「たぶんレンタルした客の誰かがイタズラして、違う映像を録画したんだと思います。店も返却時にそこまで確認していないから、言われるまで気づかなくて……」

店長の考えでは、遺影が映っているのは当初一か所だったのだが、ビデオを見た別の人間が面白がって、同様のイタズラを続けたのではないか、ということだった。

そこからはイタズラがエスカレートして、また別の誰かが真似をして、数珠つなぎに遺影を挿し込んでいったのではないか、という推理である。

ビデオを借りた人の記録は残っていないので断言はできないが、おそらくは誰も借りないようなビデオを使って、子どもたちが悪ふざけをしたのではないか。

迷惑な話だが、店長はこれを逆手に取ってウリにしようと考え、手書きポップを作成してパッケージに貼り付けた。


ここで取材カメラは、再びテレビの画面を捉えた。

テレビには、男性と女性の遺影が順番に映し出される。

近藤「なんですかね、これ」
店長「だから面白がって、次の奴、次の奴とダビングしたんじゃないかな」
近藤「実際それで死んだ人がいるとか、そういう噂はなかった？」
店長「これを見て死ぬっていうのはね……。もちろんこの辺りで死んだ人はいっぱい居るでしょうけど、これを見て死んだかどうかは、まあ僕にはわからないですけどね」
近藤「はあ……」

店長「これが決定打になったというのは誰も証明できない。人間はいつか死にますから」
近藤「うん、まあねぇ」
店長「これを見た後に、いつかは死にますから。いつ死ぬとは、これには書いてない」
近藤「うん、まあそうねぇ。……肝試し的な感じで、みんな借りていったと」
店長「そこで僕も悪ノリして、こんなポップ書いちゃったんですけど」
近藤「じゃあこれは……嘘だったってことですよね」
店長「まあ『見たら死ぬビデオ』と、嘘を書いたつもりはない。見ていただいて、死んだかどうかのチェックはしていないし、今日、ディレクターさんも見ましたので……」
近藤「ハハハ……。まあ、嘘ではないですよね」
店長「嘘ではない、死ぬというのは」

店長への聞き取りはここで終了となった。
ただ、カメラの映像には、最後に近藤さんがビデオを借りられないか店長へ打診する場面も残されていた。

近藤「ビデオをお借りして大丈夫でしょうか？」
店長「買っていただいても……」

近藤「あっ、購入……。お幾らですか?」
店長「えっと……一万二千円でいいですか」
近藤「ああそうですか。わかりました」

ビデオ購入の会計を済ませると、近藤さんとカメラマンの吉沢さんは、「ありがとうございました」と何度も謝意を伝えて店を後にした。
映像の最後は、二人が車に乗り込むシーンで終わっている。

吉沢「まとまりますか?」
近藤「ああ、大丈夫。結局イタズラでした、みたいな感じで。あんまり怖くはならないけれど、それはそれで面白くなると思う」

二〇二一年八月一日　寺内康太郎

相島さんの会社の倉庫に眠っていた取材時の撮影動画は、未編集のため四時間以上あり、見終った頃には、寺内はかなり疲れ切っていた。

それにしても相島さんが「お蔵入り」などと言うから、少々期待し過ぎてしまった。

遺影の写真がダビングされているのはさすがに不気味だったが、結局は誰かのイタズラと、それを逆手に取った店長の悪ノリによる相乗効果が生み出したガセネタである。

頑張って最後まで見たのに、何やら損した気分だ……というのが率直な感想だった。


「掲示板に書き込まれた『見たら死ぬビデオ』とは、悪趣味なイタズラの連鎖と、噂を本気で信じた子どもたちが生み出した、小さな都市伝説であった。当時子どもだった彼らも、今はもう立派な大人になっている。こんな噂は、きっともう覚えていないだろう」

相島さんによれば、近藤さんは最後に映像をこう締め括る予定だったという。


ところが放送前、近藤さんは事故に遭った。

自動車事故による、頭蓋底骨折。

近藤さんは突然の出来事で、命を落としてしまった。

それだけではない。

吉沢さんも、まるで近藤さんの後を追うように急逝した。

死因は心不全。

三一歳の若さだった。

結局、番組プロデューサーでもある相島さんの判断で、「見たら死ぬビデオ」の調査映像が番組で放映されることはなかった。

ただ、相島さんによると、お蔵入りの要因は、二人の死の他にもあるという。

むしろ決定打になったのは、近藤さんが買い取ってきた、例のビデオの映像だった。

先述した通り、相島さんは心霊やオカルトをまったく信じていない。

だから、近藤さんと吉沢さんの死を、「見たら死ぬビデオ」と安易に結び付けて考えようとは思わなかった。

とはいっても、さすがに偶然では片付けられない亡くなり方である。

相島さんは自分なりに真相を究明しようと、例のビデオを一人で見直してみたそうだ。

そこで、「理解の及ばないモノ」を発見してしまったのだという。

「説明するよりも、たぶん見てもらった方が早い」

そう言うと相島さんは、寺内の前にひとつのビデオテープを取り出した。

目の前に置かれたそれは、まさに先ほどの取材映像に登場した「見たら死ぬビデオ」そのものであった。

「再生しても、構わないか？」

相島さんの問いかけに寺内が頷《うなず》くと、古いデッキにテープが挿し込まれた。

テレビの画面には、先ほど見たものと同じ内容が再生されはじめた。

蝋燭を手に語る、ナビゲーターの男性。

次々と流れる、低予算の再現ホラーオムニバス。

問題の箇所は、九分三十四秒から流れはじめた。

悲しげなBGMをバックに、恋人の写真をめくるシーンで画面が暗転する。

唐突に、喪服姿の男性へと映像が切り替わった。

男性の遺影が、仏壇らしき場所に飾られている。

先ほど見た通りの光景だ。

ただ、テープが古くなっているからだろう、映像はかなり乱れている。

ブッ…ブッ…ブッ……というノイズが酷く、遺影の映像も大きくブレている。
しばらくすると画面が乱れ、明るい部屋に置かれた女性の遺影に変わった。
いったんドラマへ戻った後、またすぐに画面が切り替わる。
今度は黒い喪服を着た、先ほどとは別の女性の遺影が映る。
そしてまた画面が乱れた後、最初に登場した男性の遺影が再び現れる。

ここまでは、先に見た映像とほぼ同じである。
遺影の映るタイミングは少々異なっているように感じられるが、これは、テープの劣化が進んだせいで、画面の乱れが酷いからだろう。

やがて映像は再びドラマのシーンに戻り、画面にはカップルが映っている。
これで遺影のシーンは終了となり、そのまま終わるはずなのだが――。
次の瞬間、再び画像が大きく乱れると、突然映像が切り替わった。
そして、髪の短い、黒い着物姿の男性の遺影が画面に大きく映し出された。

「えっ⁉」

寺内は思わず声が出てしまった。

▲画面に映った“四人目”の遺影

もう一度、先ほどの取材映像を思い出す。

まずは、スーツ姿の男性が最初に登場する。

そして、明るい部屋の女性と、黒い着物の女性の遺影が一回ずつ映る。

最後に再びスーツ姿の男性が登場する。

つまり、遺影は四回差し込まれるのだが、登場するのは三人ということだ。


ありえない――。

今、自分の目の前に映っているのは誰なんだ。

先ほどの映像には無かった、「四人目の遺影」がはっきりとビデオに映っている。

やがて男性の遺影が消えると、また再現ドラマへ戻り、後は何も起こらなかった。

「どう思う？　当然だけれど、僕はテープに何の細工もしていない。上書き出来たのは、亡くなった二人しかいないけれど、彼らは『イタズラが生んだ都市伝説』として締め括ったんだ。加工する必要がどこにある？　そもそも、この遺影は誰なんだ？」

相島さんはそう矢継ぎ早に言うと、「だからお蔵入りにしたんだ」と深く溜め息をついた。

＊＊＊＊＊

現在この映像は、『Q』のYouTube上で公開されている。

当時、相島さんからは、「あくまでもフェイクドキュメンタリーという前提であれば」という条件で、動画掲載の許諾を得ていた。

そのため動画のラストでは「制作会社はフェイクドキュメンタリーだと断言している」と記載してあるが、実際にはこのような顛末《てんまつ》であったことを記しておく。

なお、興味のある方は、こちらのコードを読み取れば動画が確認できる。

ただし視聴の際は、必ず「自己責任」でご覧いただけるようお願いする。

さて、実はこの話には続報がある。

有難いことに本動画は多くの注目を浴びたため、この三年間で『Q』制作チームには、「見たら死ぬビデオ」に関する新たな情報がいくつも寄せられた。

情報を精査する上で重要なポイントは、あのレンタルビデオ店周辺の学校である。

そこに二〇〇三年~二〇〇五年頃に通っていた、今は三十代の人たちが、例のビデオの噂を耳にしたり、場合によっては直接見ている可能性もある。

そこで、『Q』に寄せられる多くの情報の中から、「地域」と「年代」でふるいにかけた結果、「見たら死ぬビデオ」との関連が深いと思われる、二つの証言が見つかった。

また、「地域」「年代」は異なるが、非常に興味深いもうひとつの証言も届いている。

近藤さんと吉沢さんが亡くなった今、彼らの取材の真相は謎のままだが、追悼を込めて、我々が調査した新情報を「続報」としてここに紹介する。

これらの新情報が、「見たら死ぬビデオ」の謎を解く、ひとつの鍵となることを願いつつ。

《続報①》「例のビデオを見た同級生が、行方不明になりました」


【取材対象者】

横川さん（仮名）／女性／三三歳（当時一四歳）／[redacted]県在住　［※二〇二四年現在］

【日時／場所】

二〇〇五年六月／[redacted]県[redacted]町

当時中学二年生だった横川さんは、「見たら死ぬビデオ」の存在を知っていた。

ただ、二年生に進級した時点では、学内ではそこまで有名な噂ではなく、横川さんを含む一部の生徒だけが話題にする程度だった。もちろん、ビデオを実際に見たという同級生は一人もいなかった。


レンタルビデオ屋は横川さんの通っていた中学校の学区内にあったので、校内でも利用している生徒は多かった。

自宅から近く、横川さんもよく利用していたので、店内で例のパッケージを何度も見かけたが、いつまでも新作扱いで、レンタル料金は五〇〇円と高かった。

それでも人気のあるビデオだったようで、常に誰かが借りているせいで、この店を利用している間、横川さんはレンタル中の状態しか見たことがなかった。

二〇〇五年六月。横川さんの同級生に、かなりヤンチャなグループがいたのだが、その内の一人が「見たら死ぬビデオ」を借りてきて、グループ全員で鑑賞会をしたらしい。

彼らは最初こそ「見た」と自慢していたが、それからほどなく、一緒に見た仲間の内、二名の男子生徒と、一名の女子生徒が時を同じくして行方不明になると、グループの中でビデオの話を口にする者は誰もいなくなった。

同級生が姿を消したので、学校ではしばらく呪われたビデオの話で持ちきりだったが、実際には三人で示し合わせた家出であったことがわかり、一週間後には全員が普通に通学するようになると、ビデオの噂も徐々に下火になっていった。

とはいえ、すべて解決したわけではない。

行方不明の一人であった男子生徒は、家出を境にすっかり様子がおかしくなり、仲良くしていた友だちとも口を利かず、学校も休みがちになっていった。

そしてある日、別れの挨拶もないまま急に転校してしまったのだが、風の便りに聞いたかぎりでは、次もすぐに転校したようで、以降はどこに居るか誰も知らないという。

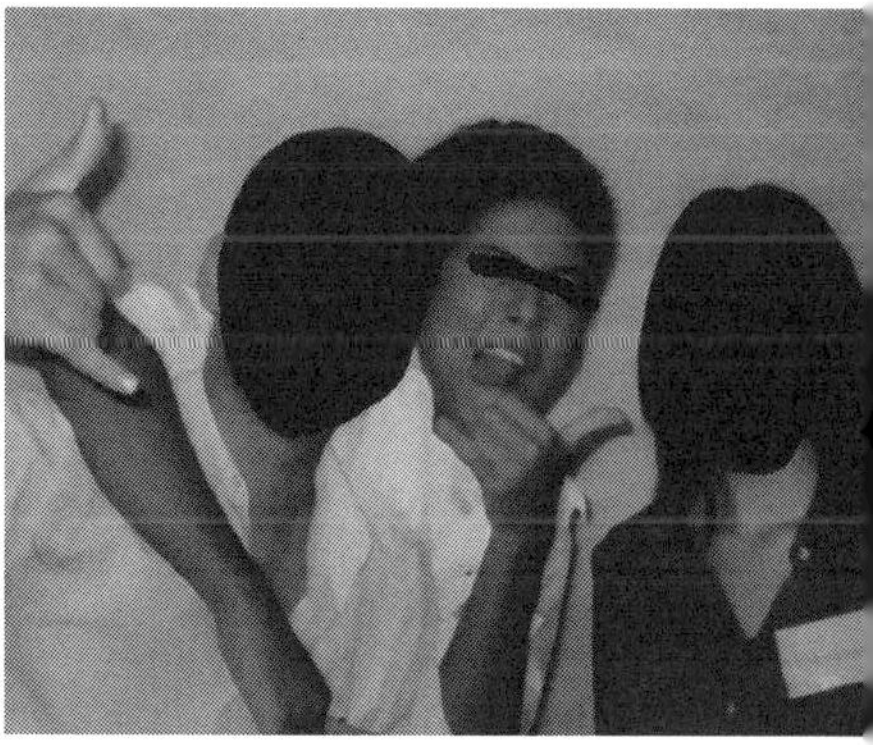

▲行方不明になった男子生徒（写真中央）

《続報②》「当時、僕の兄が遺影を撮影していました」

【取材対象者】
林さん（仮名）／男性／三五歳（当時一六歳）／[redacted]県在住　［※二〇二四年現在］

【日時／場所】
二〇〇五年一〇月／[redacted]県[redacted]町

当時高校一年生だった林さんには、三歳年上の兄（当時一九歳／専門学校生）がいて、両親は家を空けていることが多かったので、自宅は兄の友人の溜まり場になっていた。

彼らは「見たら死ぬビデオ」の噂を知っているだけでなく、面白がって何度も借りては、林さんの家のリビングで、何度か鑑賞会を開いていた。

兄からは、「お前も一緒に見ようぜ」と幾度か誘われたが、すぐ近くには居つつも、何やら怖くて見る気がおきず、結局、一度もまともに見たことはない。


二〇〇五年一〇月。林さんの兄が「オレたちもビデオに上書きしようぜ」と、どこからかカメラを借りてきたので、友人たちも「やろう、やろう」と沸き立って、それからしばらくは、皆でそれっぽい遺影を探し回っては撮影していた。

林さんも色々と手伝いをさせられたので、どうなったのか後日聞いてみると、あんなに撮影したくせに、兄たちは例のビデオに上書きをしなかったそうである。

兄に理由を尋ねてみたが、その度に言葉を濁してはまともに答えてくれなかった。


林さんの兄は、五年前（二〇一九年）に若くして病気で亡くなった。

あれから十数年経っているので、さすがに「見たら死ぬビデオ」のせいだとは思わないが、荷物を整理していると、兄の部屋で見覚えのあるハンディカメラを発見した。

これは、兄と友人たちが、ビデオへ上書きするために、どこからか借りてきたもので、中には当時のテープがそのまま残されていた。

少し懐かしい気持ちで再生してみたのだが、そこに映っていたのは、当時林さんも撮影を手伝わされた遺影の動画ではなく、兄が自撮りした動画であった。

なぜだか兄は、遺影を撮影したテープに、自分の映像を上書きしていたのだ。

映像では、まだ若い兄が、一人きりの部屋で、カメラに向けて何か早口で語りかけている。音声は入っておらず、何を言っているのかまったくわからない。

見た目は二〇〇五年当時の兄のはずなのに、どこか林さんの知っている兄とは違っているように思えて、何やら気味が悪かった。

そして、兄たちが例のビデオに遺影を上書きしなかった理由が、今も気になって仕方ない。

▲遺影に上書きされた兄の動画

▼コードを読み取ると兄の撮った動画（音声なし）が確認できる。

《続報③》「最後の遺影は、見たことがあります」

【取材対象者】
本間さん（仮名）／男性／四〇歳（当時二一歳）／福岡県在住　［※二〇二四年現在］

【日時／場所】
二〇〇五年九月／福岡県某市

昨年、『Q』のYouTubeで「封印されたフェイクドキュメンタリー」の動画を見た本間さんは、思わず「えっ!?」と声が出てしまった。

というのも、動画内に流れた女性の遺影には、見覚えがあったからだ。

この遺影を見たのは、二〇〇五年九月。時期的には「見たら死ぬビデオ」の噂が盛んになった頃と符合するが、見た場所は関東近郊にある例のレンタルビデオ屋からは遥かに離れた、北九州のとある廃墟だ。

この廃墟は、本間さんが中学生の頃から肝試しに使われ続けるほど地元では有名な心霊スポットだが、昔を知る人に言わせれば、元はただの古い日本家屋だったそうである。

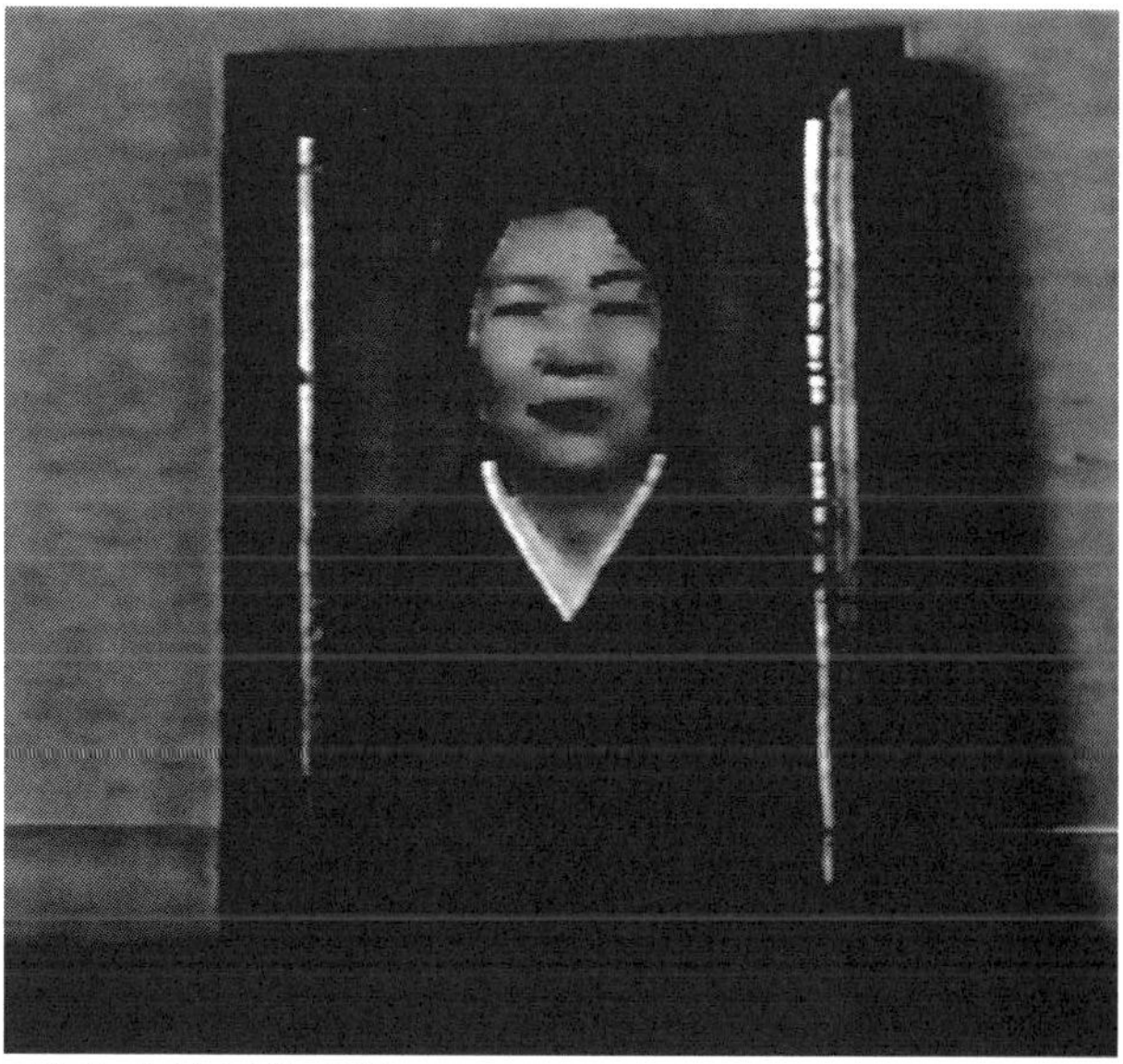

▲動画に出てくる女性の遺影

ある時、この廃墟を訪れる何者かが、屋敷の一室にノートを置き、そこに来訪記録を記しながら、足繁く通うようになった。

すると、別の来訪者もこれを真似てノートを置いていくようになり、やがて一冊、二冊と徐々にノートが増えていった。その内、ノートには「願い事」が書かれるようになり、この部屋で祈祷《きとう》のような事をする者も現れるようになった。

願掛け行為は徐々にエスカレートし、やがてノートには「●●死ね」

など嫌いな人間の名前や、恨み辛みが書かれるようになった。
時代が進むと、この部屋には怨嗟《えんさ》を込めたノートだけでなく、恨みや憎しみを込めたビデオテープや写真まで置かれるようになり、いつしか廃墟の一室には、ピラミッドのような祭壇が出来上がっていた。

本間さんは二〇〇五年九月、大学の友人とここを訪れたが、あまりの異様さに圧倒され、祭壇をはじめとして、室内の光景が脳裡《のうり》に刻まれてしまった。
とりわけ気味が悪かったのは、祭壇の後ろの壁に掛けられた写真で、黒い着物姿の中年女性が、まるで葬儀に飾られる遺影のように鎮座していた。

同行した友人の談によると、遺影の女性は生前「拝み屋」だったらしい。祭壇にうずたかく積み上げられたビデオテープは、まるで女性に「お祓い」や「呪い」を依頼する供物のようで、酷く不気味に感じられたそうである。

なぜこの廃墟にある遺影が、ビデオの中に流れるのかは未だに不明である。

Episode II

BASEMENT

～branch～

『エレベーターを用いる事で、異世界に向かう方法』――「2ちゃんねる」より

◆十階以上の建物のエレベーターを用いる。
◆エレベーターには必ず一人で乗ること。
◆エレベーターに乗ったまま、四階↓二階↓六階↓二階↓十階の順に移動する。
◆各階を移動中、他に人が乗り込んできたら成功しない。
◆一人きりで無事に十階へ着いたら、そのまま降りずに五階のボタンを押す。
◆五階に着くと、若い女性が乗り込んでくる。
◆女性が乗ったら、今度は一階のボタンを押す。
◆なお、この女性に決して話しかけてはならない。
◆エレベーターが一階へ向けて降下せず、上昇をはじめたら成功。
◆エレベーターが十階に着いて扉が開くと、そこが異世界の入口である。
◆なお、十階へ着くまでに異なる階のボタンを押すと失敗するため、途中でやめたい場合は、これが最後のチャンスとなる。

これは、Ｗｅｂの匿名掲示板「2ちゃんねる」で有名になった都市伝説のひとつである。

二〇一五年十一月一七日　都内某所――エレベーター内防犯カメラ映像

　これから紹介するのは、東京都に現存する某マンションのエレベーターに設置された、防犯カメラの記録である。

【事件発生日時／場所】
二〇一五年十一月一七日　一三時四七分〜五一分
東京都某所　集合住宅エレベーター内

《一三時　四七分》
停止していたエレベーターが上昇をはじめ、しばらくすると十階に停止する。
扉に設けられた覗《のぞ》き窓の向こうは、なぜか他の階と違ってやけに暗い。
　電灯が点いていないからなのか、開いた扉の向こうに続く廊下も妙に暗くて先が見えず、とても昼間とは思えない。

　エレベーター内に乗り込んだのは、十階に住んでいる三澤弘子さん（仮名）。

　事件当時、三澤さんは三四歳。黒縁眼鏡にボブカット、黒のハイネックにブルーの上着を羽織った、落ち着いた雰囲気の女性である。

　三澤さんが一階のボタンを押すと、エレベーターは下降をはじめた。

　室内右上の階数表示のパネルが「五階」を示したところで、エレベーターがいったん停止する。

　ただ、扉が開いても人の姿はなく、誰も乗り込んでこなかった。三澤さんが不審そうに外を覗くうちに扉が閉まり、エレベーターは再び下降をはじめた。

《一三時　四八分》

　動き出したエレベーターは、すぐに「三階」で停止した。今度も乗ってくる人はいない。三澤さんは一瞬不思議そうにしたものの、今度は「閉じる」ボタンを押して早々に扉を閉めると、面倒そうな様子で壁にもたれかかった。

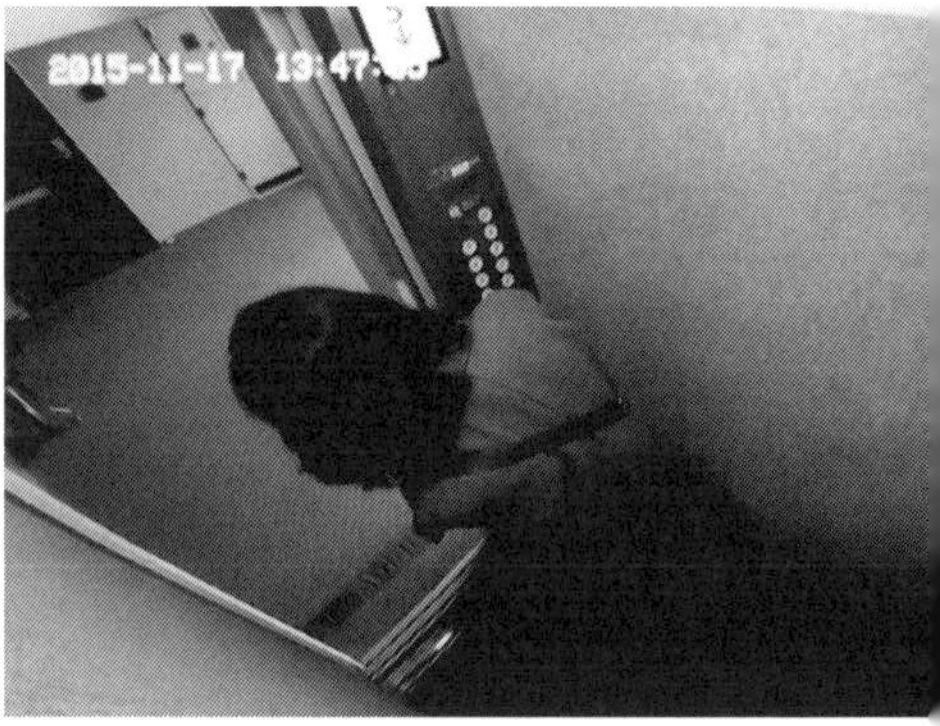

再び下降をはじめたエレベーターは、すぐに一階へ辿り着く。

ところが、一階には停止せず、エレベーターはそのまま下降を続けている。

階数表示を示すパネルは「一階」のままで、下降中の「↓」マークが点滅を繰り返す。

壁にもたれた三澤さんは、エレベーターが地下へ降りていることに気付いていない。

　扉の覗き窓の向こうには、地階らしきフロアの様子はなく、ただひたすら地下へと伸びる壁だけが、延々と映し出されている。

　やがて数階分、地下へ降りたところで、階数表示のパネルに異変が起きた。まるで壊れてしまったかのように、表示される数字がランダムに変わりながら、せわしなく点滅しはじめた。

《一三時　四九分》

　到着しないことを不審に思ったのだろう、すでに十数階分以上地下へ降りたところで、ようやく三澤さんは顔を上げて異変に気付いた。焦った様子で操作パネルをあちこち触るが、エレベーターは一向に停まらない。

このあたりから、防犯カメラの映像が激しく乱れるようになっていく。

ノイズが入る、画面がズレる、一瞬停止するなどを繰り返すが、カメラの時刻表示だけは途切れないので、これが連続した映像なのは確かである。

このマンションには、地下の階層など存在しない。

それは三澤さんもよくわかっているのだろう。酷く焦った様子でバッグからスマートフォンを取り出したが、地下には電波が通じていないようで、すぐに諦めてしまった。

《一三時　五〇分》

一三時五〇分、画面に奇妙な光景が映し出される。

エレベーターは止まることなく下降し続けている。それなのに扉が開いて、黄色い服の子どもと、大人らしき姿が中へ乗り込んでくる。そんな光景が、一瞬だけ映るのだ。

といっても、各人の姿が透けて重なるわけではない。同じエレベーター内なのだが、異なるシーンを交互に入れ替えて映しているような、あるいは分割された画面へ違うシーンを同時に映しているような、そんな気味の悪い映像が、画面の乱れに合わせて流れ続ける。

途中、防犯カメラの存在に気付いた三澤さんは、必死に状況を伝えようとするのだが、それと同時に画面下には、先ほどの黄色い服の子どもが映り込んでいる。

しばらくして、子どもと大人がエレベーターを降りるシーンが映ったあとから、今度は

2015-11-17 13:50:

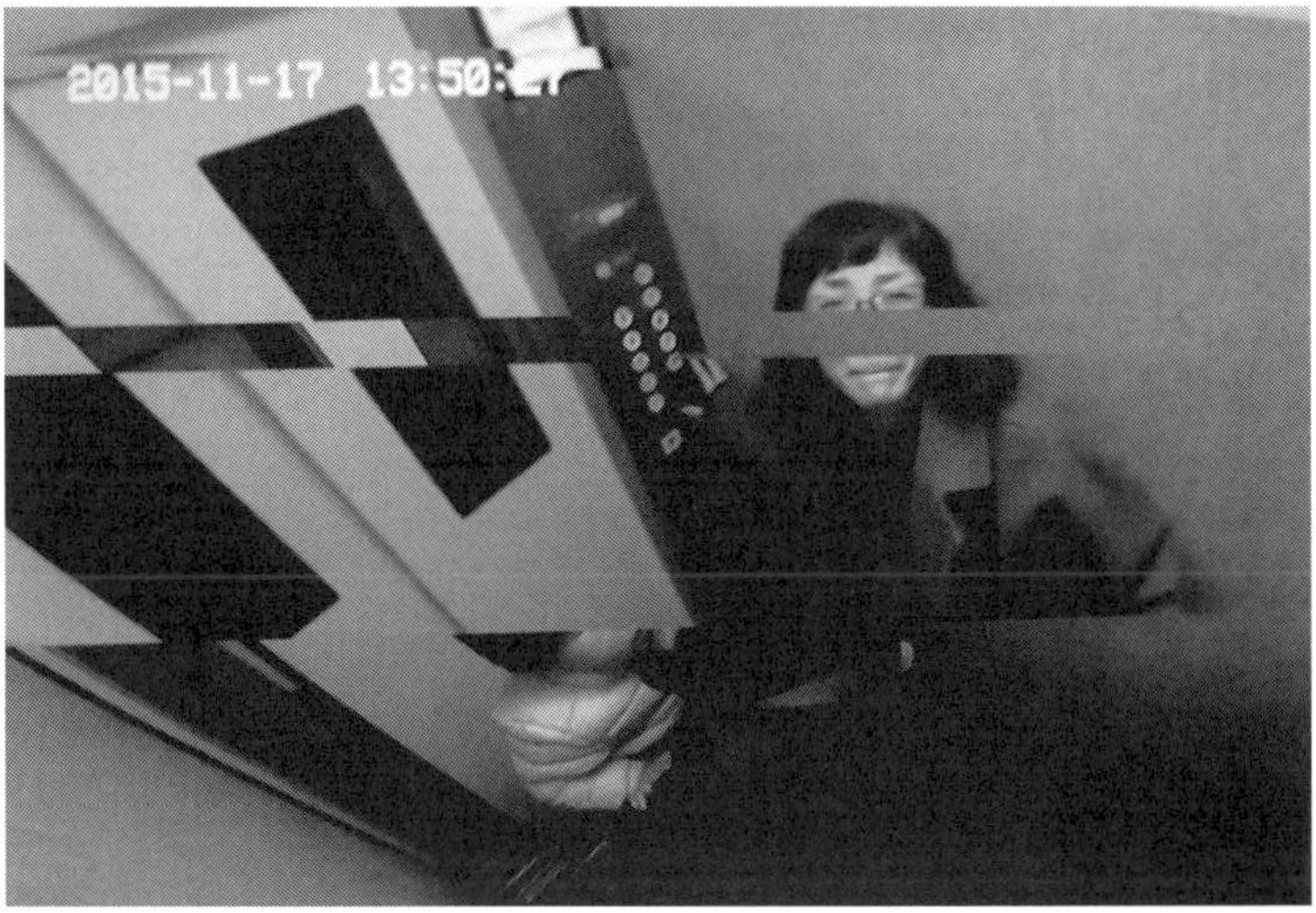
2015-11-17 13:50:

画面が大きく揺れはじめた。音声がないのでわからないが、おそらくエレベーター自体が揺れているようで、揺れに耐えかねた三澤さんは、やがて床に座りこんでしまった。

振動を感知して明かりが消えるシステムなのか、あるいは電気回路の接触不良なのか、エレベーター内の電灯は揺れに合わせて消灯と点灯を繰り返し、怯える三澤さんの切迫した様子が、映像からでも伝わってくる。

《一三時　五一分》

電気が消えてしばし画面が暗くなったあと、再び点灯すると、揺れはおさまっており、下降を続けていたエレベーターが突如として停止した。

階数表示は白く光るばかりで、ここが何階なのかわからない。

扉が開くと、その先には、黒く塗り潰したような暗闇が続いている。

エレベーターの停止に気付いた三澤さんは、おそるおそる外の様子を窺《うかが》うと、慎重に外の暗闇へと足を踏み出していく。

三澤さんが外に出ると扉はすぐに閉まってしまった。そして、誰も操作していないのに、外に三澤さんを残したまま、エレベーターは再び上昇を開始した。

再び階数はぐちゃぐちゃに表示され、エレベーターはひたすら上がり続けていく。

2015-11-17 13:51:

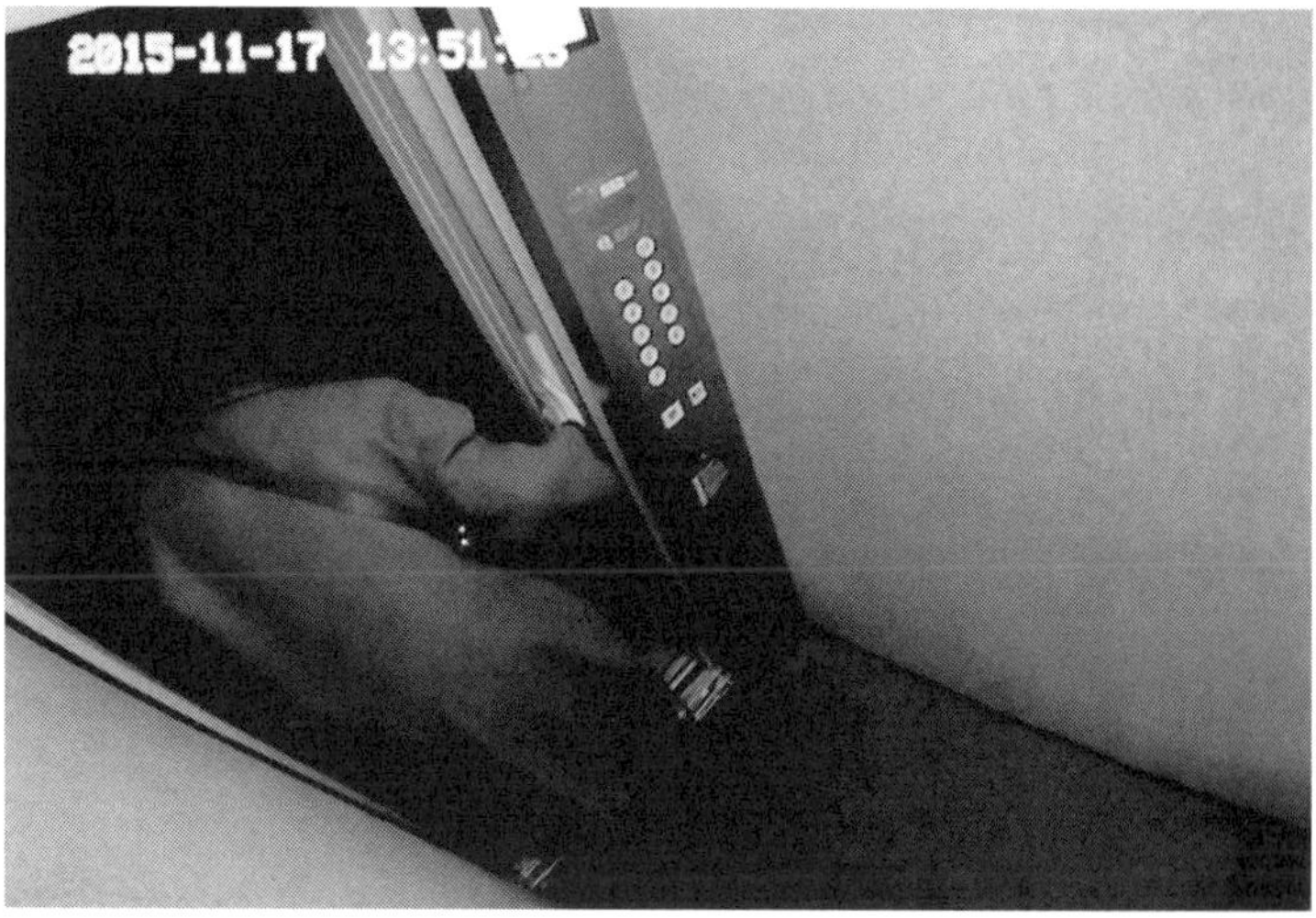
2015-11-17 13:51:

《一三時　五二分》

無人のエレベーターは、まるで来た道を辿るかのように、ひたすら上昇を続けている。

時折画面が乱れて、エレベーターへ人が乗り込む様子が映ったり、覗き窓の向こうが明るくなってマンションの廊下が映ったりするのだが、別世界のような映像はすぐに消えて、元の無人のエレベーターへと映像が戻る。

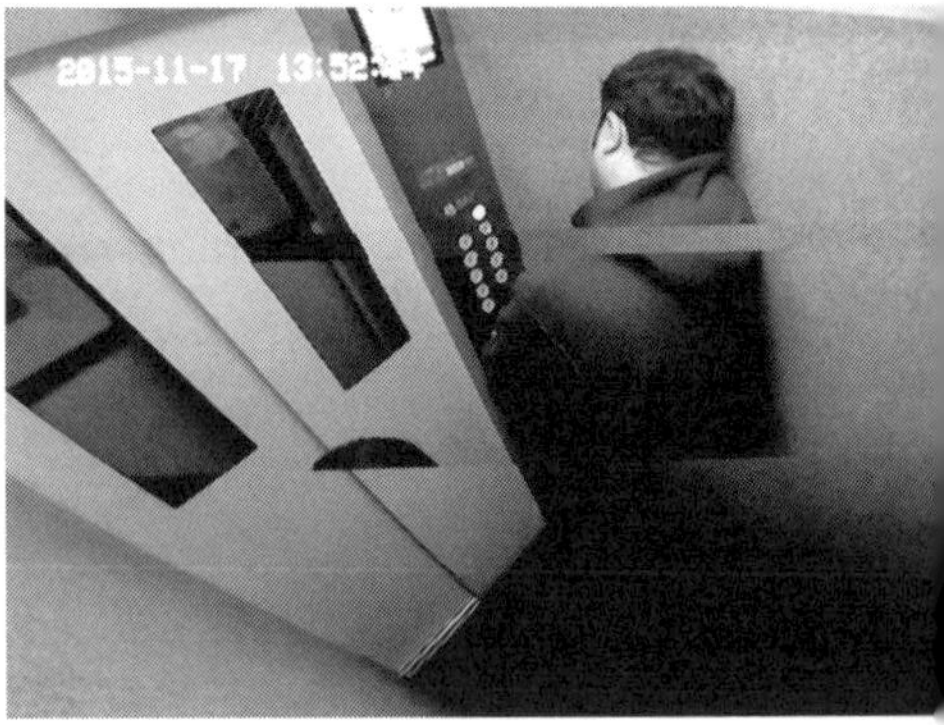

《一三時　五三分》

エレベーターの上昇が止まり、階数表示が「一階」になる。室内の明かりが消えて一瞬暗くなったあと、再び点灯すると同時に扉が開いて、マンションのエントランスから、男女のカップルがエレベーターへ乗り込んできた。

《一三時　五四分》

画面の乱れは完全に収まり、エレベーターも問題なく稼働している。

男女二人は六階で降り、その後、防犯カメラに不審な映像が映ることはなかった。

これが都内某マンションの防犯カメラに残されていた、三澤さん失踪の一部始終である。突如姿を消した三澤さんの家族が捜索願いを出してから数日後、マンションの管理会社が警察と家族へ提示したのがこの映像である。

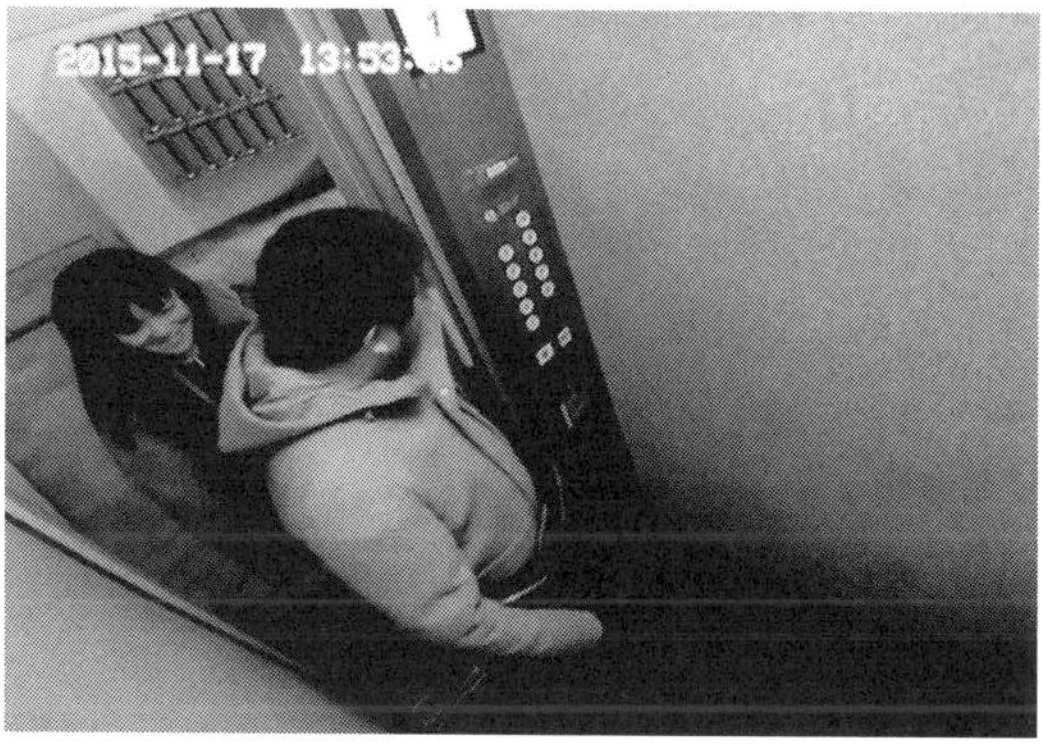

三澤さんがエレベーターに乗ってから、姿を消すまでの時間はほんの四分。

映像のあまりの不可解さをどう解釈してよいのかわからなかったのだろう。本人の意思による失踪という扱いになり、三澤さんの行方が捜索されることはなかった。

この三澤さん失踪の映像は、『Q』の動画で公開している。下記のコードを読み取れば視聴できるので、ぜひ確認してほしい。

ただ、エレベーター内での不可解な失踪は、この映像の出来事だけではなかった。

二〇〇〇年六月一五日　福井鶴

福井は、『Q』の制作メンバーの一人であり、『Q』の映像監督である寺内とは、映画、ドラマ、ドキュメンタリーなど、これまでに何度も現場を共にしてきた旧知の仲だ。オカルトや心霊に関わる仕事をする中で、二人の元にはいつしか常識の範疇《はんちゅう》を超えた事件の情報が寄せられるようになっていた。そうした仲間が集まって、これらを世に出していきたいという気持ちが、『Q』という作品を形づくっているといえるだろう。

『Q』を制作することになり、すぐに福井の頭に浮かんだのは、前ページまでに紹介したエレベーター内の防犯カメラ映像、「三澤弘子エレベーター内失踪事件」である。

実際、動画を公開以降、映像は国内外を問わずに拡散され大きな反響を呼んだ。

ただ福井には、ひとつ心残りがあった。

実は、三澤さんの失踪に酷似した、全く別の事件を取材したことがあるのだ。

三澤さんの事件よりも二十年前の出来事で、直接の因果関係はないのだが、起きている出来事や状況に共通点が多い。

こちらは聞き取り取材だけなので、『Q』の作品としては映像化できなかったが、本書を制作するにあたり、三澤弘子失踪事件を考察する材料として改めて紹介したい。

【取材日時／場所】
二〇〇〇年六月一五日／東京都内の飲食店／取材者：福井鶴
【取材対象者】
緒玉京佳さん（仮名）／女性／三二歳（当時二七歳）／神奈川県在住 ［※取材時］
【事件発生日時／場所】
一九九五年八月二日 一八時二〇分～二七分／神奈川県某市 集合住宅エレベーター内

以降は、二〇〇〇年六月一五日、福井が取材した内容を再構成したものだ。

取材対象は、エレベーターの監視センターに勤務していた緒玉京佳（仮名）さん。福井とは初対面だが、「興味深い体験をした人がいる」と、共通の知人を通じて紹介された。

緒玉さんが当時勤めていたのはエレベーターのメンテナンスを請け負う業者で、神奈川県内の営業所で、トラブルや非常時の通報に対応する監視センターの仕事に就いていた。

大手のメーカーは、自前の監視センターとスタッフを備えており、自社製品に対してメンテナンスを行うが、緒玉さんが勤めていたのはいわゆる「独立系」の業者で、全メーカ

ーの様々な機種に対応できるのが売りだった。

関東圏のみで展開し、規模も大きくない会社だったが、大手より料金が安く、いろいろと小回りが利くため、当時は契約しているビルの管理会社も多かった。

事件発生は、一九九五年八月二日、一八時二〇分。

緒玉さんが勤務するエレベーターの監視センターへ、一本の緊急連絡が入った。

神奈川県某市にある大型の賃貸マンションのエレベーター内で「非常時の呼び出しボタン」が押されたのである。

通報者は女性で、かなりパニックになった状態で、「エレベーターが停まらないの！」と叫んでいる。

一瞬、落下事故かと肝を冷やしたが、どうやらそうではなく、指定した行先階に停止せず、エレベーターが動き続けているらしい。

緒玉「申し訳ございませんが、そちらのエレベーター内には防犯カメラが設置されておりません。状況を確認させていただきたいのですが、エレベーターの扉が開かずに、閉じ込められているということでしょうか？」
女性「扉が開かないっていうか、ずっと下に降りてるのよ！　一階を通り越して、地下に降りたまま、もう三分以上停まらないの……ねえ、これどうなってるわけ？」
緒玉「改めて確認いたしますが、エレベーターの扉が開かないのではなく、停止せずに動き続けている、ということでしょうか？」
女性「だから、さっきから、そう言ってるでしょ！」
緒玉「建物のお名前は○○○○○、住所は神奈川県■■市■■●丁目●番、十五階建てのマンションでお間違えないですよね？」
女性「そう、そこ！　早く誰か助けに寄越してよ！」
　この時点で、緒玉さんは大変に驚いていた。建物名も住所も一致している。いま通報が来ているのは、まさに緒玉さんが現在住んでいるマンションからであった。
緒玉「確認しますが、十二階からエレベーターに乗って、一階へ向かったんですよね？」
女性「十二階に住んでるのよ。出かけようとして、いつもと同じように一階のボタンを押しただけ……それなのに一階には停まらなくて、延々と地下に降り続けてるのよ！」

住んでいる緒玉さんには断言できるが、このマンションに地下はない。
だからこれは、質の悪いイタズラなのだ。
そうでなければ、「あんなこと」を言うはずがない――。

緒玉「……動き続けているので混乱されているのかもしれませんが、そちらの建物には地下階はございません。おそらくは、停止のボタン操作が利かないまま、上昇と下降を繰り返している状況かと思われます」

女性「だ、か、ら！　そうじゃない、違うんだって！　ずーーっと下に降りてるの！
住んでるんだから、地下がないのはわかってるのよ！
でもなぜか、一階の表示が点滅したまま、ずっと降り続けてるから連絡してるの！
本当だってば！　ねえ、お願い……すごく怖いの……早く……早く助けてよ！」
（この辺りから、ガガガガ……ジジッ……と、通信に激しい雑音が入りはじめる）

防犯カメラが設置されていないため内部の様子はわからないが、通話からは女性の叫び声の他に、ウィーンというエレベーター特有の駆動音が聞こえてくる。操作盤の損傷、あるいは何らかのトラブルで、エレベーターの運行が停まらないのは確かなようだ。
まずはスタッフを現地へ向かわせようとした緒玉さんの耳に、「ンフフ……」という、かすかな子どもの笑い声が届いた。驚いて耳を澄ますと、不明瞭ではあるが、何人かの話し声らしき音も聞こえてくる。
緒玉「あの……お尋ねしたいのですが、エレベーター内には、他に同乗されている方がいらっしゃるでしょうか？」
女性「……………」
緒玉「すみません、聞こえるでしょうか？　そちらのエレベーター内には他に……」
女性「いや、聞こえてるけど、なんでそんなこと言うわけ？」
緒玉「実は先ほど、お子さんの声が聞こえたものですから……」
女性「はあ？　何言ってるの!?　人なんて居ないわよッ！　一人だって言ってるよね？
五階か三階で一度停まったけど誰も乗って来なかったし、とにかく私だけだから！」
緒玉「そうですか、失礼いたし……」
女性「居ないのよ！　他には誰も！　ねえ……それなのに、なんで人の声がするの!?
あと、扉のガラスに……人の顔が見えて……外は黒い壁しかないのに、顔が……いろんな顔が……時々見えて……もうヤダぁ……ウッ……ウッ……（最後は泣き声）」

音声がさらに乱れ、雑音に遮《さえぎ》られて、女性の声が聞こえにくくなってきた。

一方で、通信が混線しているのか、笑い声や、話し声はますます大きくなっていく。

緒玉「大丈夫ですか？　こちらの声は聞こえているでしょうか？　至急そちらにスタッフを向かわせますので、このまま通話を切らずにエレベーター内でお待ちください」

女性「ア……ア……（激しい雑音と、笑い声や話し声）…ココ……ハ……」

途切れ途切れに聞こえる女性の声は、次第に女性か男性かもわからない、平板な機械音のようなものへと変わっていき、緒玉さんは女性を落ち着かせるために必死に話しかけ続けたが、乱れ飛ぶ雑音や重複する人の声で、まともな会話をすることができなかった。

一八時二六分。騒がしかった雑音が急に消え、通信が安定する。

エレベーターの駆動音が止まり、女性が「停まった……」と呟く声が聞こえる。

ガタン……と扉の開く音がした後、「えっ……なに……？」という女性の声がして、そのまま十数秒、無音の状態が続く。

一八時二七分。少し離れた場所から、女性の悲鳴らしき声が聞こえる。

緒玉さんが呼びかけるも、数秒後、エレベーター内との通信が切れてしまった。

一八時五六分。現地に到着したメンテナンススタッフ二名から報告あり。

マンションのエレベーターは正常に作動しており、閉じ込められているという女性の姿も見当たらない。

一九時四三分。エレベーターの動作に異常がないことを確認し、マンションの管理会社へ状況を報告。今回の件は、悪質なイタズラではないかという結論に至る。

一九時五二分。緒玉さんの職場に、マンションの管理会社から緊急の連絡が入った。

緒玉さんが電話口に出ると、管理会社の男性が、「ご無事でしょうか？」と訊いてくる。

男性「お仕事中に恐縮ですが、先はどマンションのエレベーターが故障して出られないと通報いただいたものですから、安否確認の連絡を入れさせていただきました」

緒玉「無事ですよ。というかずっと職場にいたので通報したのは私じゃありません」

男性「そうですか……。ただ、弊社が契約しているコールセンターに、『緒玉京佳』様のお名前で『エレベーターが故障した』という連絡が入ったものですから……」
緒玉「あの……わかっていて電話されてます？　いま仰ったセンターって、お電話いただいているこの会社ですよ。しかもその通報を受けたのは私です」
男性「えっ……？」
緒玉「私が住んでいるマンションのエレベーターから、同姓同名の女性の通報を受けたのでびっくりしました。最初は私をターゲットにしたイタズラ、あるいは嫌がらせだろうと思ったんですが、女性がとても怯えていたうえに、通話口から機械音が鳴り続けていましたし、不審な人声も聞こえたものですから、スタッフを現地に向かわせました。ただやはりイタズラだったのか、通報した女性らしき姿もないうえ、エレベーターにも故障は見つかりませんでした。その報告を弊社スタッフから貴社へ入れた結果、今こうして安否確認の連絡を頂戴している次第です」
男性「緒玉様の名前を騙る何者かが、虚偽の通報を入れたということでしょうか？」
緒玉「まあ……そうなりますね。監視センターの通報内容はすべて録音されていますので、よければそちらをご確認ください」

つまり緒玉さんは、自分の住んでいるマンションのエレベーターから、同じ十二階に住む同姓同名の女性の通報を受けて、困惑しながらも対処に当たったわけである。

かなり異様な状況だったので、イタズラを疑いつつも万一を考えて応対していたのだが、後になって思えば、不明瞭な音声だったものの、「あれは自分自身の声だった気がする」と緒玉さんは語っていた。

さらに、追記をひとつ。

実はあの日、緒玉さんは遅番の出勤予定だったそうである。

ところが、オペレーターの一人が体調不良で急きょ早退してしまったので、代わりに早くから出勤をしていた。もし予定通りに出勤をしていれば、ちょうどあの時間帯にエレベーターへ乗っていたはずである。

もしかしてあの女性は、「もしも」の世界線にいる自分だったのではないか。

そう思うとすっかり怖くなってしまい、緒玉さんはマンションを引き払って実家へ戻ると、オペレーターの仕事も辞めてしまった。

ただ、こうして家に引きこもっている自分もまた、すでに不幸な方向へ枝分かれした別の自分なのではないか……などと考えてしまうので、常に不安なままなのだという。

＊　＊　＊　＊　＊

2ちゃんねるで有名になった「エレベーターで異世界へ向かう方法」は、エレベーターが十階へ上昇することで辿り着く。途中、五階で乗り込んでくる女は不気味だが、上昇した先にあるためか、異世界という言葉にはどこかファンタジックな印象すら受ける。だからこそ、今でも実際に試してみる人がたくさんいるのだろう。

一方、三澤さんや緒玉さんの場合は、一階を遥か通り越して、深い地下へとひたすらに下降して行く。延々と下る様は想像するだけで恐ろしく、幻想的な雰囲気は微塵《みじん》もない。

深い地下の暗闇で、彼らが辿り着いた先には、どんな世界が広がっているのだろう。

そのことを考える度に、福井の脳裏には思わず、「地獄」という言葉がよぎってしまうことを、ここに付記しておく。

Episode Ⅲ

SANCTUARY

〜ある少年の自由研究〜

二〇一二年二月四日　ビデオカメラ映像／Tさん撮影

これから、あるビデオカメラに残された映像を紹介する。

なお、映像の出所や、『Q』制作チームがこれを入手した経緯は伏せておきたい。

読者諸氏にはできるだけ情報を開示したいが、本件に関しては、情報提供元に危険が及ぶ可能性がある。大げさに聞こえるかもしれないが、はじめにそのことを断っておく。

【日時／場所／撮影者】
二〇一二年二月四日　深夜二時十一分〜十八分
場所の詳細は公表不可／撮影・Tさん（男性）

映像は、真っ暗な画面からはじまる。

映っていないのではなく暗闇の中を走っているようで、せわしない足音と、ハァハァという撮影者（以降、Tさん）の息遣いが聞こえてくる。手にビデオカメラを持って撮影しながら、野外を駆けている様子がうかがえる。

古いビデオカメラで撮影しているせいか画質は粗く、撮

影日時が画面左下に表示され続けている。

二〇一二年二月四日　午前二時十二分。

やがてドアが開閉する音がしたあと、フーフーと呼吸を整える様子が聞こえてきた。

どうやらTさんは、停めてあった車に乗り込んだようである。

ダッシュボードに、ビデオカメラが置かれる。

以降は、フロントガラスに向けたこの固定アングルで、終始撮影が進んでいく。

「何なんだよ……」

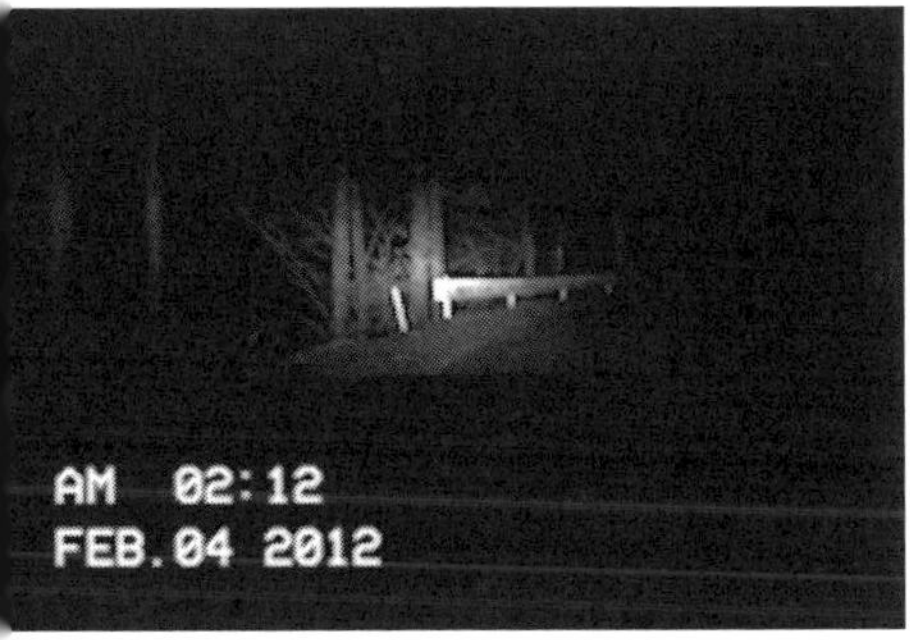

そう呟くTさんの声は、音が割れて聞き取りにくい。

映像はテープ式のビデオカメラで撮影されているため、保管状況に問題があったのだろう。すっかりビデオテープが劣化しており、映像中の音声や会話は、よく聴かないと何を言っているのかわからない箇所が大半だ。

車のエンジンが暗闇に響くと、前方が次第に明るく照らされていく。

ヘッドライトが点灯したようである。

どうやらここは山道のようで、道路の両脇には、背の高い針葉樹をはじめ、草木の生い茂った森が広がっている。

Tさんは、ゆっくりと車をバックさせていく。

道路は舗装されているものの、かなり幅の狭い一車線で、Uターンはとてもできそうにない。

普通であれば、向きを変えられる場所まで車を走らせるのだが、急いでここから逃げ出したいのか、Tさんはバックのままで山道を下ることにしたようである。

車が後退をはじめた途端、「おーい！　おーい！」と何度も繰り返し叫びながら、前方の山道を駆け下りて、一人の男が走り寄ってきた。

停車しろという意味だろう。男はボンネットを叩くと、助手席のドアから車内へ滑り込んできた。

雰囲気からして顔見知り、または友人であることは間違いない。男を乗せた車は再び動き出し、暗い山道をゆっくりとバックしていく。

男「おい、一人で帰ろうとしただろう！」
T「違う、電波が通じる所まで下りて、警察に連絡するんだよ」

男「さっき……さっきの所で、Uターンできるよ、たぶん」
Ｔ「さっきの所って……あそこまで下りればいいの？」
男「おい！　黒田がまだだよ！」
Ｔ「だから！　警察にまず連絡だって言ってるじゃん！」
男「わかったから、ちょっと待って」
Ｔ「暗いんだよ、全然見えないんだよ道が……。携帯はつながらない？」
男「つながらない……」

ビデオカメラの映像は、車の正面、フロントガラスの向こう側を映しているので、車内に居る二人の姿は映らない。山道のカーブに合わせてハンドルを切るたびに、ヘッドライトに照らされた細い山道が、映像の中で右に左に大きく揺れている。

Ｔ「見られたかな……」
男「えっ」
Ｔ「見られたかな？」
男「わからないよ、そんなの」

何が起きたのかは不明だが、よほど恐ろしい目に遭ったのだろう。二人はパニック状態のまま、ゼイゼイ、ハアハアと、荒い呼吸を続けている。

T「よく見えねえんだよ……」
男「ちょっ、ゆっくり……ちょっ、ゆっくり」
T「わかってるっつうの」

二人の焦りが、声や息遣いからも伝わってくる。
少しバックの速度が上がってきたところで、「ガタン」と一度何かに乗り上げたような衝撃が車に走り、車体が小さく揺れた。

男「なんだよ?」
T「何か轢《ひ》いたかな……」
男「わからない……」

車が停止して、バタンとドアの開く音がする。
しばらくすると、眼鏡をかけた男性が、車の前に姿を現した。Tさんである。

Tさんは前輪のあたりを覗《のぞ》き込むと、「あっ」と声をあげて、即座に運転席へ戻った。

男「なに？　なんだよ？」
T「いや、ちょ、ちょっと、とりあえず警察行こう」
男「え？　え？　え？」
T「とりあえず警察……下行って……。それで救急車呼ぼう……とりあえず下で」
男「救急車？」
T「とりあえず救急車……。ヤバい、ヤバい、ヤバい、轢いちゃったよ……」

男が何を見たのか尋ねても、Tさんはそれには返事をせず、車を後進させながら、切羽詰まった様子で、「警察」「救急車」「ヤバい」「轢いた」などとブツブツ呟いている。

車が後ろに下がっていくと、道路の真ん中に、今轢いてしまったモノが姿を現した。
映像には、道路の中央でうつ伏せに倒れた、男性らしき姿が映っている。

男性は倒れたまま微動だにせず、とても生きているようには思えない。

ただ、バックをする際に轢いたので、おそらくずっと道の真ん中に放置されていたということだ。

男「うわーッ！」

T「うるせえよ！　だから救急車呼びに行くって言ってるじゃん、下に。警察呼んで、救急車も呼ぼう、とりあえず。電話つながる？　つながるのかよッ」

男「つながらないよ……」

どうやらTさんは、恐怖や焦りを通り越して、ややキレているようだ。

一方、助手席の男は、声も震え、完全に怯え切った様子である。

山道が暗くて見えないと、Tが苛立った口調で話しかけても、男はか細い声でヒィヒィと呻《うめ》くだけで、もう言葉を発することもできない。

Tさんの運転する車は、暗く、狭く、カーブの続く山道をゆっくりと下っていく。

二人は無言になり、車内には苦し気な息遣いだけが充満している。

二時十五分。

突如として、ヘッドライトの中に、白装束の姿が浮かび上がった。

白い上着、白い手袋、白いズボンに白い靴。

頭部も白い頭巾で覆い、顔には気味の悪い無機質な仮面をつけている。

白装束は、直立した姿勢で道路脇に立っていた。

その様子からみて、どうやら先回りをして、二人が下りて来るのを待ち受けていたようだ。

Tさんは悲鳴を上げながらも、必死に車を後退させていく。ところが車が進むにつれて、道の両脇に立つ白装束が次々と姿を現した。

結局、車は三名の白装束に囲まれてしまった。

そのうち二名が、車の両脇に回り込んできた。

どうやら、後方を確認するために開けていた窓から、白装束が車内に侵入してきたようである。

「なんだよ！」「やめろ」という叫び声に続き、何が起きているかは映らないが、揉み合うような音に合わせて、車が幾度も大きく揺れ、「うわッ」「あああ」というTさん達の苦しそうな呻き声が車内に響き渡った。

その様子を、車の正面に立つ三人目の白装束が無言で眺めている。

やがて悲鳴と揺れが収まると、中の様子を見ていた白装束は運転席のほうへ移動した。ドアの開閉音がして、数秒後、車は再び発進した。今度はバックではなく直進して、いま来た道を戻って行く。

しばらく進むと、ヘッドライトの中に、白装束が先ほど轢いた男性を引きずって運ぶ様子が浮かび上がった。まるで動かないので、男性が亡くなっているのは確実だ。

道路脇で男性の遺体を引きずっている白装束の横を、車は静かに通り抜けて行く。

車内では、トランシーバーのような機械的な音声で、「ハチ　ロク　ナナ　サン」と聞こえる声（意味は不明）が、繰り返し流れ続けている。

やがて車が停止すると、山道の奥、暗闇の向こうから、さらに四名の白装束が姿を見せ、車のほうへと近づいて来た。それに呼応するかのように、「ハチ　ロク　ナナ　サン」の音量がさらに大きくなっていく。

次の瞬間、車内の白装束がビデオカメラの存在に気付いたようで、画面が大きく傾いて映像は途切れてしまった。動画はここで終わっている。

Tさんたちの消息は不明、白装束の素性も明らかにされていない。ただ、『Q』制作チームは、公表できないがこの映像が撮影された場所について、特定している。

なお、本動画は『Q』で公開しているので、コードを読み取って実際の映像を確認してもらいたい。

『僕の町の昔の研究』／作・[redacted]鉄平／一九八四年八月

これから紹介するのは、[redacted]鉄平くん（当時小学四年生）が作成したものである。

小学校の夏休みの自由研究としてまとめたもので、鉄平くんの住んでいる町の歴史が、わら半紙に手書きされている。

書かれたのは一九八四年の夏。正式な場所の公表は伏せておく。

そして先ほどのビデオテープと同じく、『Q』が入手した経緯を明かすことはできない。

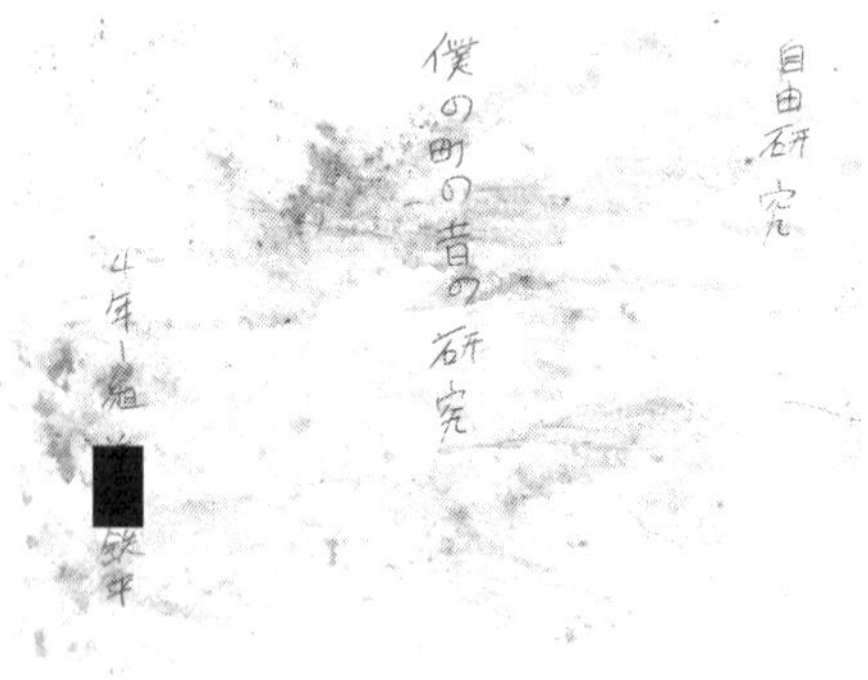

自由研究

僕の町の昔の研究

4年1組 [redacted] 鉄平

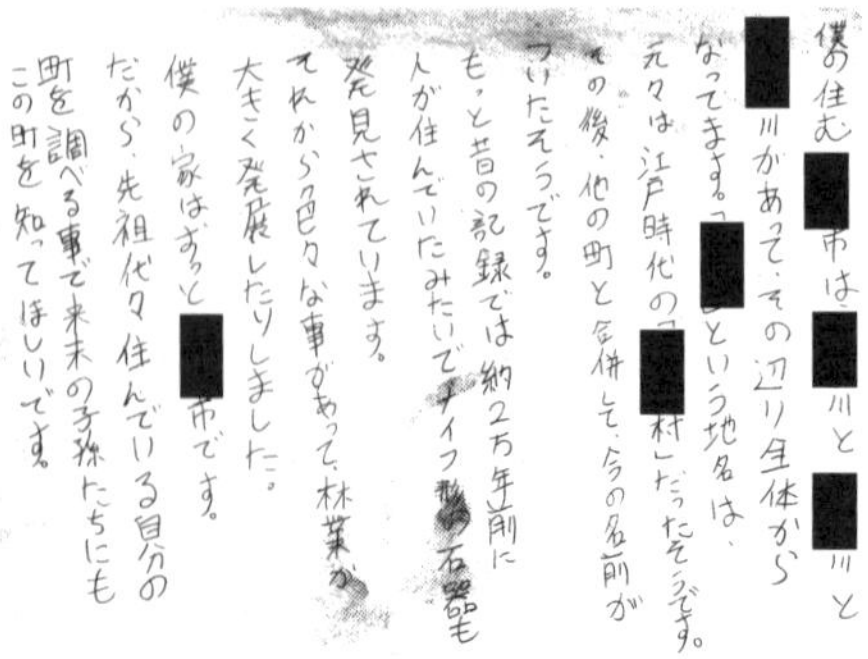

僕の住む[redacted]市は[redacted]川と[redacted]川と
[redacted]川があって、その辺り全体から
なってます。「[redacted]」という地名は、
元々は江戸時代の「[redacted]村」だったそうです。
その後、他の町と合併して今の名前が
つけたそうです。
もっと昔の記録では約2万年前に
人が住んでいたみたいでナイフ形の石器も
発見されています。
それから色々な事があって、林業が
大きく発展したりしました。
僕の家はずっと[redacted]市です。
だから、先祖代々住んでいる自分の
町を調べる事で未来の子孫たちにも
この町を知ってほしいです。

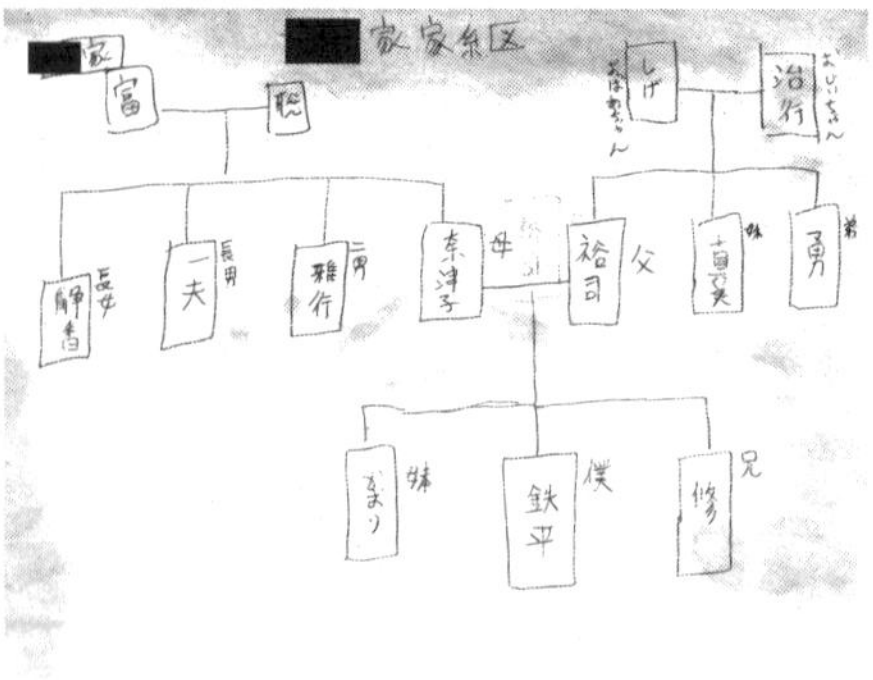

※以降は手書き文をテキスト化しているが、読みやすさを優先し句読点を追加している。
なお、誤字等は原文のママで記載し、具体的な人名と地名については伏字で表記した。

《表紙》

自由研究　『僕の町の昔の研究』　4年1組　[redacted]鉄平

《1枚目》

僕の住む[redacted]市は、[redacted]川と[redacted]川と[redacted]川があって、その辺り全体からなってます。

「[redacted]」という地名は、元々は江戸時代の「[redacted]村」だったそうです。

その後、他の町と合併して、今の名前がついたそうです。

もっと昔の記録では、約2万年前に人が住んでいたみたいで、ナイフ形の石器も発見されています。それから色々な事があって、林業が大きく発展したりしました。

僕の家はずっと[redacted]市です。だから、先祖代々住んでいる自分の町を調べる事で、未来の子孫たちにもこの町を知ってほしいです。

《2枚目》

鉄平くんの家族が家系図にまとめられている（画像参照）。父方の祖父名は「治行」。

《3枚目～6枚目》

※三枚目から六枚目までは、父方の祖父である治行さんへのインタビューである。

[redacted]治行さんへのインタビュー

治行さんのお父さんも山子をしていた。子供の頃から、手伝っていた治行さん。えらいですね。治行さんのおとうさんも、そのおじいちゃんも、みんな山子だったそうです。

伐採の仕事は朝が早い。起きるのは朝4時。おばあちゃんの作ってくれた朝ごはんを食べて5時には出かけます。（おばあちゃんもえらい！）仲間と一緒に、道具を持って山へ入って行きます。

最初はオノと手ノコで伐採していました。かたい木は、まず皮をはいでから切るので、大変だったそうです。

オノだと1日に15～20本しか伐採できません。お昼はみ

[redacted]治行さんへのインタビュー

治行さんのお父さんも山子をしていた。子供の頃から手伝っていた治行さん。えらいですね。治行さんのおとうさんもそのおじいちゃんも、みんな山子だったそうです。伐採の仕事は朝が早い！起きるのは朝4時。おばあちゃんの作ってくれた朝ごはんを食べて、5時には出かけます。（おばあちゃんもえらい！）仲間と一緒に、道具を持って山へ入って行きます。

最初はオノと手ノコで伐採していました。かたい木は、まず皮をはいでから切るので、大変だったそうです。

[redacted]治行さんの写真

オノだと1日に15～20本しか伐採できません。お昼はみんなでお弁当を食べます。おばあちゃんが作るお弁当はいつも日の丸弁当だったそうです。治行さんは「とてもおいしかった」と言ってました。が、僕にはたえられないと思いました。ごはんを食べたら 切った木を木馬で運びます。木馬は、きんまと読みます。電車のレールみたいなのに木を積んで運ぶやつです

んなでお弁当を食べます。おばあちゃんが作るお弁当はいつも日の丸弁当だったそうです。治行さんは「とてもおいしかった」と言ってましたが、僕にはたえられないと思いました。ごはんを食べたら、切った木を木馬で運びます。木馬は、きんまと読みます。電車のレールみたいなのに木を積んで運ぶやつです。木馬で木を運ぶのはとても力がいり、うでも足もこしも、とてもいたくなります。帰ったら、すぐにおふろに入って、またごはんを食べて、そして寝ます。春には木を植えます。植樹と言います。切った木と同じくらいの木を植えて、育てます。おばあちゃんのしげさんも手伝うそうです。

昔はオノでしたが、チェーンソーができてから、伐採が早くできるようになりました。

1日15～20本が、40本～50本も切れるようになりました。治行さんはチェーンソーが最初は苦手でしたが、

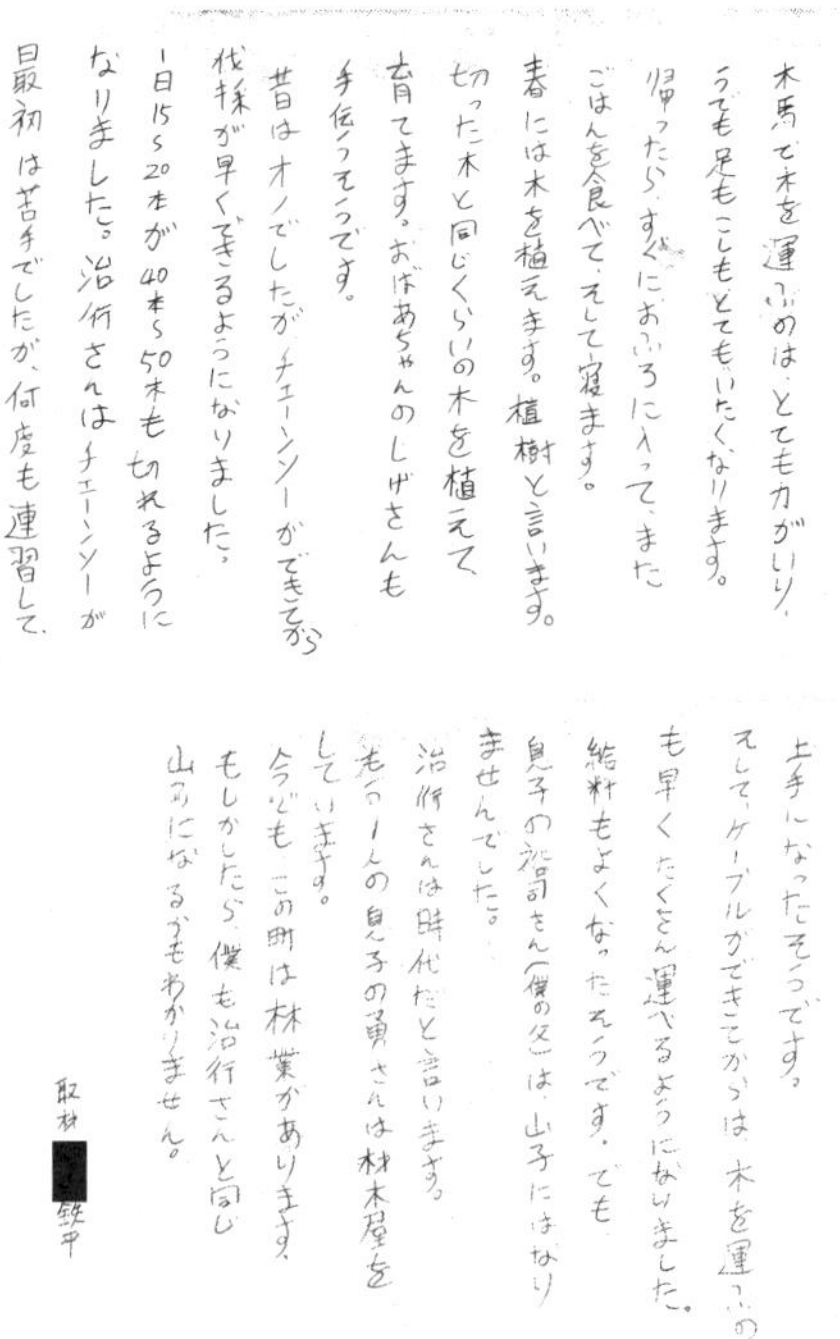
木馬で木を運ぶのは、とても力がいり、うでも足もこしもとてもいたくなります。帰ったら、すぐにおふろに入って、またごはんを食べて、そして寝ます。春には木を植えます。植樹と言います。切った木と同じくらいの木を植えて育てます。おばあちゃんのしげさんも手伝うそうです。

昔はオノでしたがチェーンソーができてから伐採が早くできるようになりました。

1日15～20本が40本～50本も切れるようになりました。治行さんはチェーンソーが最初は苦手でしたが、何度も連習して、上手になったそうです。

そして、ケーブルができてからは、木を運ぶのも早くたくさん運べるようになりました。給料もよくなったそうです。でも息子の裕司さん(僕の父)は、山子にはなりませんでした。

治行さんは時代だと言います。もう1人の息子の勇さんは材木屋をしています。

今でもこの町は林業があります。もしかしたら、僕も治行さんと同じ山子になるかもわかりません。

取材 [redacted] 鉄平

何度も連習して上手になったそうです。

そして、ケーブルができてからは、木を運ぶのも早くたくさん運べるようになりました。

給料もよくなったそうです。

でも、息子の裕司さん（僕の父）は、山子にはなりませんでした。

治行さんは時代だと言います。

もう１人の息子の勇さんは、材木屋をしています。

今でも、この町は林業があります。

もしかしたら、僕も治行さんと同じ山子になるかもわかりません。　［取材／[redacted]鉄平］

《7枚目～11枚目》

※七枚目から十一枚目までは、鉄平くんが「[redacted]市の情報を教えて下さい」と実際に街行く人にインタビューした内容を、四コマ漫画に描き直したものである。

街角インタビュー
リポート [redacted]鉄平　「[redacted]市の情報を教えて下さい」

●梅沢さん／小学5年生

「宮原のパン屋さんがおいしいです。たまごロールとウインナーパンが人気です」

目医者さんの前、宮原のパンがうまい!!

●福本君／中学2年生

「[redacted]の池はブラックバスがいっぱいつれる!」

自転車で1時間くらい。ブラックバス、ゲーリーでつれる!!

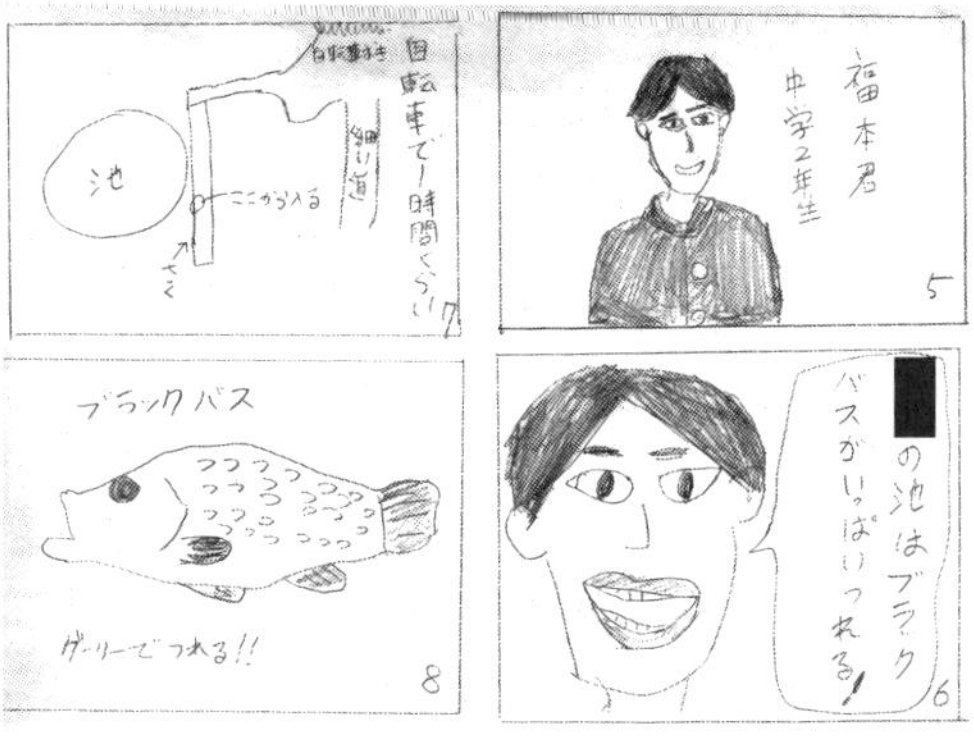

●[redacted]勇さん／材木屋 店長

「[redacted]市は、300年前、江戸時代から材木商人がいました」

●三浦さん／駅員さん

「鉄道が開通したのは大正時代です」

材木のゆ送が変わってよくなった。

●白川さん／おじいさん

「戦国時代の情報です。戦いで死んだ人のかたずけは村の人がやっていた。死体をあつめた山ができた。（数は10000～1000000）。その山は『山神』または『呪い山』とよばれてた」

●山をこわがる人と神様だという人がいた。

●山をほって中に入って、山と一緒になる人もいた。（信者）

●信者は全身白い服。山を守る山伏で、勝手に入って来た人をいけにえにした。

●『山神』（呪い山）は、[redacted]市の外にも日本全国にある。／おわり

《12枚目〜20枚目》

※十二枚目から二十枚目までは、鉄平くんの調査記録がまとめられている。

追跡！『呪い山』を深せ!!

調査隊　[redacted]鉄平／[redacted]紀彦／[redacted]武則

1日目。


僕たちは『呪い山』を深すため、[redacted]川から調査を行った。

山道から細い山道を上る。この道は一回も通った事がないので、もしかしたら『呪い山』につづいているかもしれない。

30分くらい歩いた所で、のり君が「何か気持がわるくなってきた」と言った。

これは何か『呪い山』と関系があるかもしれないと僕は思った。

するとすぐに小さな石の家があった。

お母さんに聞いたら、『ほこら』といって神様をまつるものらしい。

僕達も何となく知っていたので、さっきのり君が気分わるくなったのは、これと関系があるのかもしれないと思った。

そのまま行くと、もっと細い道と2つに分かれていた。

まず、細い方へ行った。10分くらい歩いたら行き止まりになっていた。あやしいと思って地面をみんなで掘ったら、みみずがたくさんでてきた。たけぼうは、みみずがきらいなので、はっきょうしていた。

戻って、別の道を歩いて行った。山の上の方までいった所に、大きな石でできたタワー型のものがあった。これは『石ひ』というものだそうです。

ここもあやしいと思って地面を掘った。さっきの所よりかたくて、少ししか掘れなかった。でも、けっこう掘った。しかし、死体は出てこなかった。

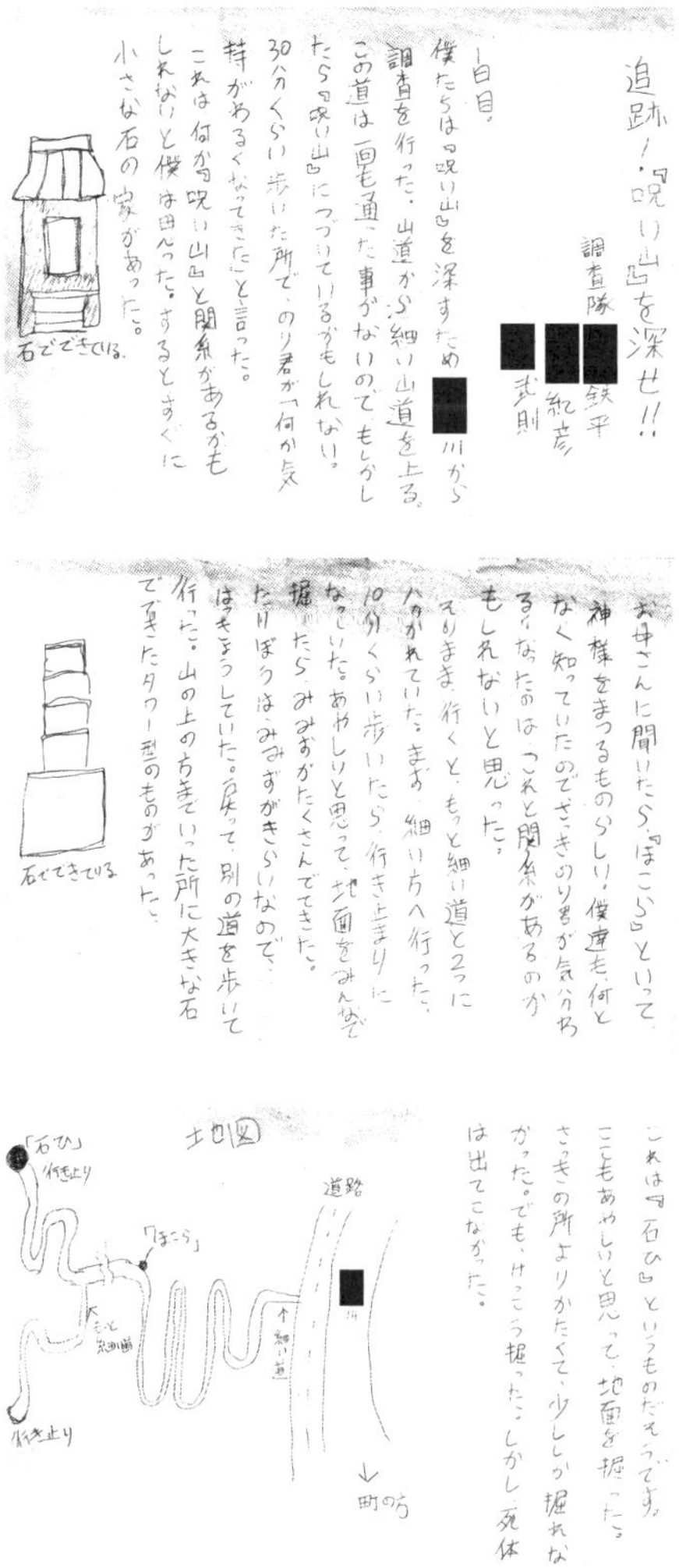

追跡！『呪い山』を探せ!!

調査隊
[redacted]鉄平
[redacted]紀彦
[redacted]武則

1日目。
僕たちは『呪い山』を探すため[redacted]川から調査を行った。山道から細い山道を上る。この道は一回も通った事がないので、もしかしたら『呪い山』につづいているかもしれない。30分くらい歩いた所で、のり君が「何か気持がわるくなってきた」と言った。これは何か『呪い山』と関係があるかもしれないと僕は思った。するとすぐに小さな石の家があった。

石でできている。

お母さんに聞いたら、『ほこら』といって神様をまつるものらしい。僕達も、何となく知っていたので、さっきのり君が気分わるくなったのは、これと関係があるのかもしれないと思った。
そのまま行くと、もっと細い道と2つに分かれていた。まず、細い方へ行った。10分くらい歩いたら、行き止まりになっていた。あやしいと思って、地面をみんなで掘ったら、みみずがたくさんでてきた。たけぼうは、みみずがきらいなので、はっきょうしていた。戻って、別の道を歩いて行った。山の上の方までいった所に大きな石でできたタワー型のものがあった。

石でできている

地図

これは『石ひ』というものだそうです。
ここもあやしいと思って、地面を掘った。
さっきの所よりかたくて、少ししか掘れなかった。でも、けっこう掘った。しかし、死体は出てこなかった。

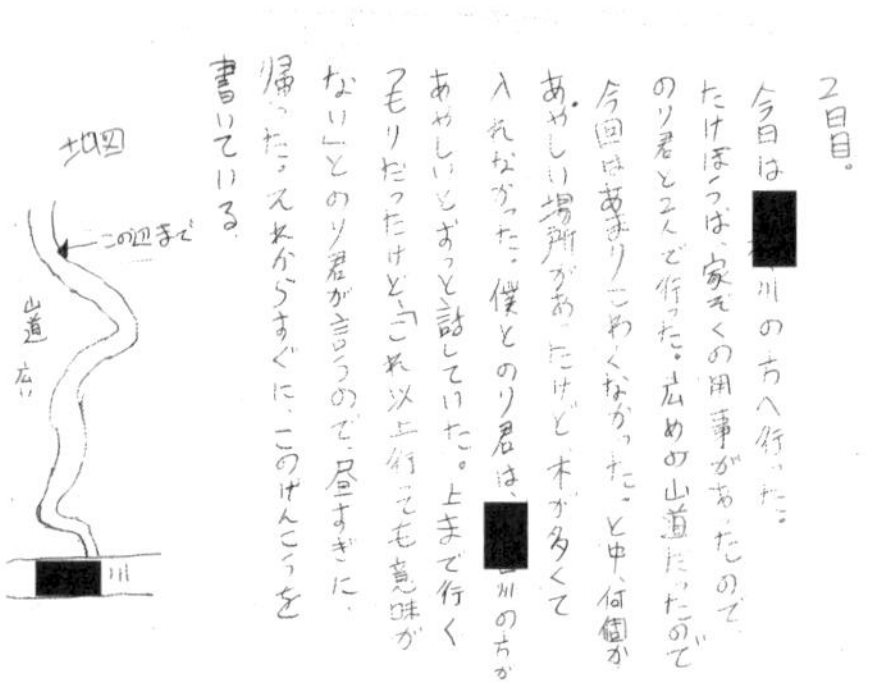
2日目。
今日は[redacted]川の方へ行った。
たけぼうは、家ぞくの用事があったので
のり君と2人で行った。広めの山道だったので
今回はあまりこわくなかった。と中、何個か
あやしい場所があったけど、木が多くて
入れなかった。僕とのり君は、[redacted]川の方が
あやしいとずっと話していた。上まで行く
つもりだったけど、「これ以上行っても意味が
ない」とのり君が言うので、昼すぎに、
帰った。それからすぐに、このげんこうを
書いている。

2日目。

今日は[redacted]川の方へ行った。

たけぼうは家ぞくの用事があったので、のり君と2人で行った。広めの山道だったので今回はあまりこわくなかった。

と中何個かあやしい場所があったけど、木が多くて入れなかった。僕とのり君は、[redacted]川の方があやしいとずっと話していた。上まで行くつもりだったけど、「これ以上行っても意味がない」とのり君が言うので、昼すぎに帰った。

それからすぐに、このげんこうを書いている。

3日目。

今日は[redacted]川へ行った。

のり君も、たけぼうも、自分の宿題があるので今日は1人で行った。

特別に家のカメラを持って行く事にした。しょうことして、写真をとるためだった。

[redacted]川から山へ行く道は、子供のころからよく行っている。それは[redacted]神社があるので、お正月には初もうでに行くからだ。だから行くポイントは、いつも通らない所だ。

最初に裏へ行く道を深すため、手前の道を右にまがった。高いフェンスがあるので本当は通れない所だけど、今回はとくべつに乗りこえさせてもらった。

しばらくすごい草むらだった。手で草をどけながら進まなくてはならない！

草むらをこえると、木がたくさんある所にでた。神社の方向へと歩いて行った。

でも、方向が分からなくなるので、方位じ石でちゃんと見て、反対に行かないようにがんばった。と中、急すぎて登れない道があったけど、土を掘って中を確にんした。

しかし、死体はなかった。

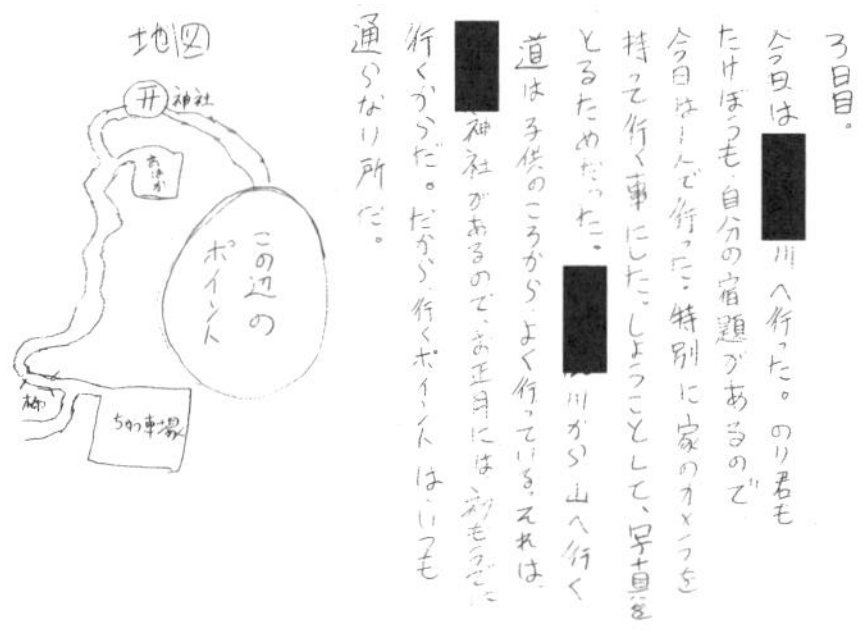
3日目。
今日は[redacted]川へ行った。のり君も
たけぼうも自分の宿題があるので
今日は一人で行った。特別に家のカメラを
持って行く事にした。しょうことして、写真を
とるためだった。[redacted]川から山へ行く
道は子供のころからよく行ってる。それは
[redacted]神社があるので、お正月には家ぞくで
行くからだ。だから、行くポイントはいつも
通らなり所だ。
地図
神社
おはか
この辺のポイント
ちゅう車場

最初に裏へ行く道を深すため手前の
道を右にまがった。高いフェンスがあるので
本当は通れない所だけど今回はとくべつに
乗りこえさせてもらった。しばらくすごい
草むらだった。
草むらの写真
手で草をどけながら進まなくては
ならない！

草むらをこえると、木がたくさんある所に
でた。神社の方向へと歩いて行った。
木の道
でも、方向が分からなくなるので方位じ石で
ちゃんと見て、反対に行かないように
がんばった。と中、急すぎて登れない
道があったけど、土を掘って中を
確にんした。しかし、死体はなかった。

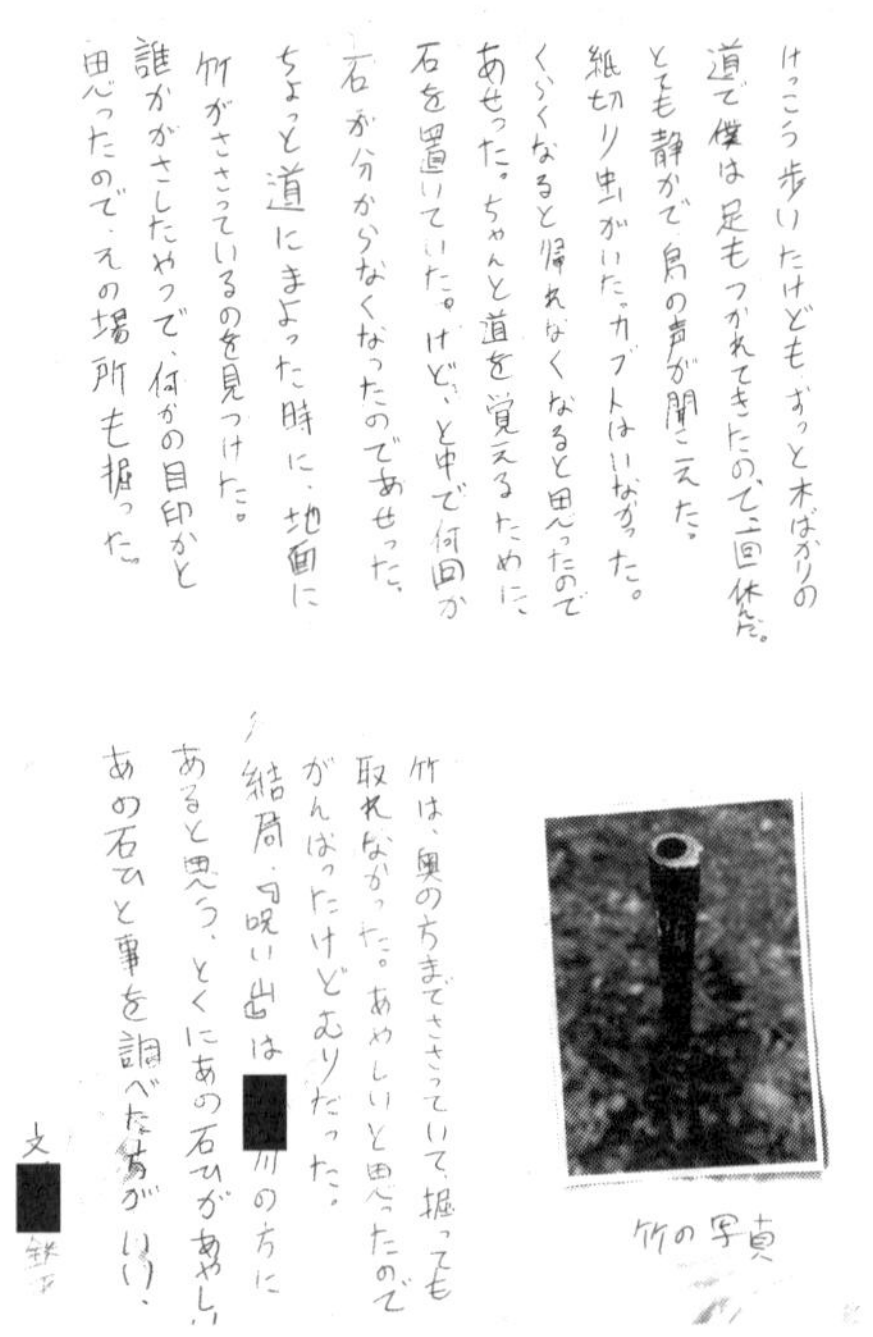
けっこう歩いたけどもずっと木ばかりの
道で僕は足もつかれてきたので、一回休んだ。
とても静かで鳥の声が聞こえた。
紙切り虫がいた。カブトはいなかった。
くらくなると帰れなくなると思ったので
あせった。ちゃんと道を覚えるために
石を置いていた。けど、と中で何回か
石が分からなくなったのであせった。
ちょっと道にまよった時に、地面に
竹がささっているのを見つけた。
誰かがさしたやつで、何かの目印かと
思ったので、その場所も掘った。
竹の写真
竹は、奥の方までささっていて、掘っても
取れなかった。あやしいと思ったので
がんばったけどむりだった。
結局、『呪い山』は[redacted]川の方に
あると思う。とくにあの石ひがあやしい
あの石ひと事を調べた方がいい。
文[redacted]鉄平

けっこう歩いたけども、ずっと木ばかりの道で僕は足もつかれてきたので、一回休んだ。とても静かで、鳥の声が聞こえた。紙切り虫がいた。カブトはいなかった。くらくなると帰れなくなると思ったのであせった。

ちゃんと道を覚えるために石を置いていた。けど、と中で何回か石が分からなくなったのであせった。ちょっと道にまよった時に、地面に竹がささっているのを見つけた。

誰かがさしたやつで、何かの目印かと思ったので、その場所も掘った。

竹は、奥の方までささっていて、掘っても取れなかった。

あやしいと思ったので、がんばったけどむりだった。

結局、『呪い山』は[redacted]川の方にあると思う。

とくにあの石ひがあやしい。あの石ひと事を調べた方がいい。

［文／[redacted]鉄平］

鉄平くんの自由研究の最後のページには、楽譜が添えられていた。

タイトルは『呪い山』。作者は不明と記されている。

筆跡からみて、鉄平くんが書いたものに間違いないが、タイトル以外は自由研究との関連がわからない。もしかすると他に抜け落ちているページがあるのかもしれないが、その真相は一切不明である。

呪い山　／作者不明

かぜのささやき　ちのうめき
天空のたかみ　　みをゆだね
おそれはない　せいじゃくの
いのりのひかりがかがやいた

※楽譜を音源にしたので、下記コードを読み取って確認してほしい。

最後にこの自由研究について、『Q』のメンバーが追加取材した情報を付記しておく。

【取材対象／日時】
相場さん（仮名）／男性／四八歳（当時一〇歳）／[redacted]市在住／二〇二二年五月取材

●一九八四年当時、相場さんは[redacted]市内の小学校に通う四年生だった。
●鉄平くんと同じ学校・学年で、クラスは別だったが活発な子だったという記憶がある。
●夏休み明け、鉄平くんが自由研究を授業参観で発表すると、教師や父兄を中心に、かなりの騒ぎになっていたが、子どもたちには理由がわからなかった。鉄平くんのクラスの担任教員は、事前の確認を怠った責を問われ、何らかの処罰を受けるに至ったという。

【取材対象／日時】
金澤さん（仮名）／男性／六八歳／郷土史家／[redacted]市在住／二〇二一年十一月取材

●戦国時代、戦や飢饉《ききん》により亡くなった遺体の処理は、地元の農民や僧侶にまかされていた。野ざらしにして鳥や獣に喰わせたり、谷底に放ったりと、地域や集落によって様々だったが、一部の地域では、山の麓《ふもと》に何百もの遺体を重ねては土を盛り、そのまま山の一部として弔った記録がある。こうした場所は、古くからの祖霊信仰や山岳信仰とも結びつくことで、新たな信仰の対象となり、『山神様』と呼ばれるようになった。
●幾度かの飢饉を経て信仰が過激化したようで、即身仏のように自身を地中に埋めて山神様と一体化しようとする者、山伏のような恰好で山中に暮らす者たちも現れた。
●他の地域からは『呪い山』という蔑称《べっしょう》で呼ばれるなど、地元でも負の歴史として隠されてきた経緯がある。ただし、[redacted]市の山神信仰に関する資料は現存していない。
●同じような成り立ちの信仰は全国に点在するらしいが、具体的な場所は不明である。

【取材対象／日時】
池畑さん（仮名）／女性／四二歳／東京都在住／二〇二一年九月取材

●池畑さんは、二〇一〇年から二〇一三年まで、インターネットで知り合った者同士で構成されるオカルト同好会に所属していた。通常はネット上の付き合いだったが、主宰の[redacted]武則さんはよくオフ会も開催しており、池畑さんも何度か参加して、同好会の仲間と一緒に心霊スポットを巡ったりしていた。
●武則さんは[redacted]市で生まれ育ったが、小学四年生の九月、父親の仕事の都合で急きょ転校することになってしまった。引っ越し当日、友達の鉄平くんが見送りに来てくれたのだが、その際にこっそり自由研究の紙束を手渡してきた。叱られたので捨てたことにしているらしいが、「がんばって作ったのにもったいない。たけぼうがもらってくれ」と託された。長らく忘れていたが、実家の荷物を整理した際に発見し、懐かしくて読んでみると、驚いたことに故郷の[redacted]市には「呪い山」の言い伝えがあることがわかった。

武則さんがこのことを話すと、同好会のメンバーは盛り上がり、実際に現地調査をしてみようということになった。仕事が忙しい池畑さんは参加できなかったが、武則さんが車を運転し、他にも二、三人が同行して、二〇一二年二月頃に[redacted]市へと調査に向かったらしい。ただ、調査報告もないまま、突如として武則さんたちは音信不通になり、以来連絡を取れないまま、同好会は春を迎える頃には自然消滅してしまった。

＊　＊　＊　＊　＊

動画のTさんと、この武則さんが同一人物であるのかは判らない。

また、[redacted]市にかつて『呪い山』が存在していたのかも、資料が一切ないため判らない。

ただ、Tさんたちが訪れていた山は、自由研究に書かれている[redacted]市に存在していること、そして山に立入った彼らが、白装束の集団に連れ去られたきり、行方をくらましていることだけは確かである。

Episode Ⅳ

ノーフィクション
～岡崎範子の謎～

二〇二一年春―夏　取材映像①／初代ディレクター福沢

VTRの映像には、緑豊かな山林を背景に建つ、一軒の家が映し出されている。周囲からは微かに、虫の音が聞こえてくる。

家の屋根や壁面はくすんでおり、それなりの築年数を感じさせる外観だ。手入れされていない庭には、雑草が生い茂っている。

グレーのTシャツを着た三十代と思しき男性が映像に登場すると、玄関口に立った。彼がこの取材の初代担当者、ディレクターの福沢さんだ。

玄関は、曇りガラスが嵌《はま》った昔風の引き戸で、福沢さんがその前で待っていると、やがて向こうに人のシルエットが浮かび、カラカラカラと静かに扉が引かれる。

薄く開いた玄関の隙間から、虚ろな表情をした中年女性の姿が見えた。

目鼻立ちはくっきりしているがメイクはしておらず、目線を合わせようとしない無表情な顔つきからは、他人に対する明確な拒絶が読み取れる。焦点の定まらないギョロリとした目は、カメラのほうを見ようとしないのに、眼力の強さが感じられる。

福沢さんは「こんにちは。暑いですね、大丈夫ですか？　今日もよろしくお願いします」と努めて明るい声で呼びかけた。しかし、女性は暗い表情のままひと言も口を利かず、中へ招き入れるようにドアを少しだけ開くと、そのまま踵《きびす》を返して家の中へ戻った。

福沢さんとカメラマンは、女性の後を付いて家の中へ入って行く――。

これは、某地方局のニュース番組の特集コーナー用に撮影された取材映像である。

テーマは「大人のひきこもり」。

外出をしない状態が長期間続くいわゆる「ひきこもり」は、二〇二二年一一月の大規模な内閣府調査によると、コロナ禍の影響もあり全国で推計一四六万人に上ることがわかっている。これは十五歳から六四歳までの年齢層の二％余りに及ぶ数字で、五十人に一人が該当する。

とりわけ成人のひきこもりは増えており、四〇歳〜六四歳の中高年層では四年前の公表調査数値一・四五％から二・〇二％に増加。そのうち、五二・三％と半数が女性だ。

この映像で取材対象となっているのも、そうした「社会から置いてけぼりになった」中年女性である。

岡崎範子さん、五三歳。

両親が建てた築六十五年の家に、ずっと一人で暮らし続けている。

温泉旅館を創業し、一代で財を成した父・栄一さんと、母の雅代さんの愛情に包まれ、「お嬢様」として何不自由なく育った範子さん。

そんな範子さんが、「人も社会も怖くなった」のは十五歳の頃。それ以来、三十八年もの間、家から出ないひきこもり生活を送ってきたという。

ただ、ひきこもるようになったきっかけが何なのかは、複数回に及ぶ取材映像の中でも、範子さんは一度もはっきりと語ろうとはしなかった。

人生には人それぞれに挫折や躓《つま》きがあるものだ。何に行き詰るのかも人それぞれ。この映像は、何らかの理由でひきこもり生活を送る一人の中年女性に密着し、最終的に、支援団体の協力を得て、ひきこもり生活から脱するまでを追った取材記録なのである。

二〇二二年四月十日　寺内康太郎

すべての取材映像を見終えた寺内は、肩を回しながら大きく溜め息をついた。

ここまで自分が見てきた映像が何であるのか、うまく判断ができない。

それほどまでに多くの違和感と、説明のつかない気味の悪さが映像の各所にあるのだ。

これを『Q』制作チームに持ち込んだのは、某地方局でニュース番組のディレクターをしている田口さんという男性である。

田口さんはこの取材においては一代目のディレクターで、初代ディレクターの福沢さんは、取材途中で亡くなっている。ただ、福沢さんによる取材がある程度進んでいたこともあり、後任として取材を継続した。

そして田口さんは、常識の範疇《はんちゅう》を超えた映像や出来事を扱う『Q』の存在を知り、「撮影は終えたものの、どう解釈すれば良いのかわからない」というこの取材ＶＴＲを、映像業界の知り合いを通じて寺内に託してきたのだという。

寺内は見始めた当初、何の変哲もない取材風景が続いて困惑した。

社会から取り残された中年女性に密着取材し、最終的にはひきこもりからの脱却に成功している。ニュース番組の特集としては完璧な素材であるはずだ。

しかし、この映像はなぜか「お蔵入り」になっている。放映されなかったのには何か理由があるはずだ。

いかにも幽霊の出そうなボロボロに朽ちかけた家や、見るに耐えないゴミ屋敷が出てきたり、明らかに精神に異常をきたした人物や、社会性が著しく欠如して視聴者の共感を得られない人物など、お茶の間に適さない映像が出てくるに違いない。

不謹慎ながら寺内はそのような展開を想像していたのだが、映し出されたのは、古いながらもきちんと掃除された家。物は多いが整理された室内。

登場する範子さんも、他人と目を合わせず、虚ろな表情のまま無言でいることも多いが、社会性が欠けているだけで、異常なそぶりは見られない。ある程度のコミュニケーションはとれるし、人と関わらないながらも、インターネットは上手に活用して生活に必要な買い物は済ませている。

だが、十数時間に及ぶ映像を根気良く見続けるうちに、寺内はその端々に、単なるひきこもり女性の取材とは思えない、違和感を覚える場面をいくつも発見した。

以降では、『Q』制作チームが膨大な取材映像から確認した「奇妙な場面」を抜粋する。

二〇二一年 秋―冬 取材映像②／後任ディレクター田口

初代ディレクターの福沢さんが取材途中で亡くなり、一度は中断していた撮影は、後任のディレクターに就任した田口さんが引き継ぐかたちで再開された。

最初のうちは、人が替わり警戒心を強めた範子さんの信頼を得るために、田口さんが懸命にコミュニケーションをとろうとする姿が映されている。取材時間も短く、この段階では特筆すべき会話や映像は出てこない。

ひきこもりの取材をしていながら、範子さんの今後についてあまり真剣に考える様子のなかった福沢さんとは異なり、後任の田口さんは、「これからどうしたいのか」という範子さんの意思を確かめながら、丁寧に取材を進めたので、次第に範子さんは心を開いていき、撮影スタッフを頼りにする場面も散見されるようになった。

それに伴い、範子さんの様子にも変化が見られてきた。前向きに行動したい、ひきこもりから抜け出したい、そうした意欲を少しずつ示すようになってきたのだ。

範子さんの両親は、取材当時の約十年前に相次いで亡くなっている。

高齢であった父親は、旅館の経営を人に譲っており、範子さんがそれを受け継ぐことはなかったが、そのぶん残された遺産が相当額に及ぶため、収入がなくとも貯金を切り崩すことで、範子さんは細々と暮らすことが出来ている。

社会生活をほとんどしてこなかった範子さんにとって、一番の困難は人と会うことだが、食料や日用品はすべてネットスーパーを利用することで、どうにか出来てしまう。蓄えさえあれば、今の時代、ひきこもり生活はさほど困難ではないのだ。

そんな範子さんの生活は、早朝から家の掃除をして、午後は読書をして過ごすという単調なものだ。夜は布団に入ると不安でなかなか寝付けないことが多い。

取材では、「時々、インターネットでひきこもり支援団体のホームページを調べたりもするが、連絡する勇気がどうしても湧かない」ということも語っており、家を出たいという気持ちと焦りのようなものが、映像を通しても伝わってくる。

番組の取材が、外の世界と関わろうという心情を後押ししたのだろう。範子さんの態度には、次第に他人を頼り、家から出たいという意思が感じられるようになってきた。


もう一つの変化は、範子さんが家の至る所に御札を貼るようになったことだ。御札は、白い紙に文字や絵の描かれた新しい物から、骨董品めいた木札に何かの図形が描かれた古い物まであった。すべてインターネットで購入したものである。

範子さんによれば、御札は「家の中に溜まった邪気を追い出し、気力を上げるため」に貼っているそうで、前向きに行動したいという気持ちの表れであるのは間違いないだろう。

とはいえ、柱や梁《はり》、窓や扉など、家のあちこちに御札が貼られている状況は異様であった。

そして、田口さんが撮影した映像の中に、この御札と似たような不気味さを感じさせるシーンがひとつある。

範子さんは、なぜか寺や墓へ納骨をせず、両親の遺骨は骨壺に入ったまま、二人が生活していた部屋の片隅に置かれている。壁には両親の遺影が掲げられ、その下の棚に遺骨の入った箱が、白い布に包まれて安置されている。

カメラがその部屋の様子を撮影している時、田口さんは遺骨が置かれた棚の下に、半透明のビニールがかけられた机を見つけた。それを何気なくめくると、そ

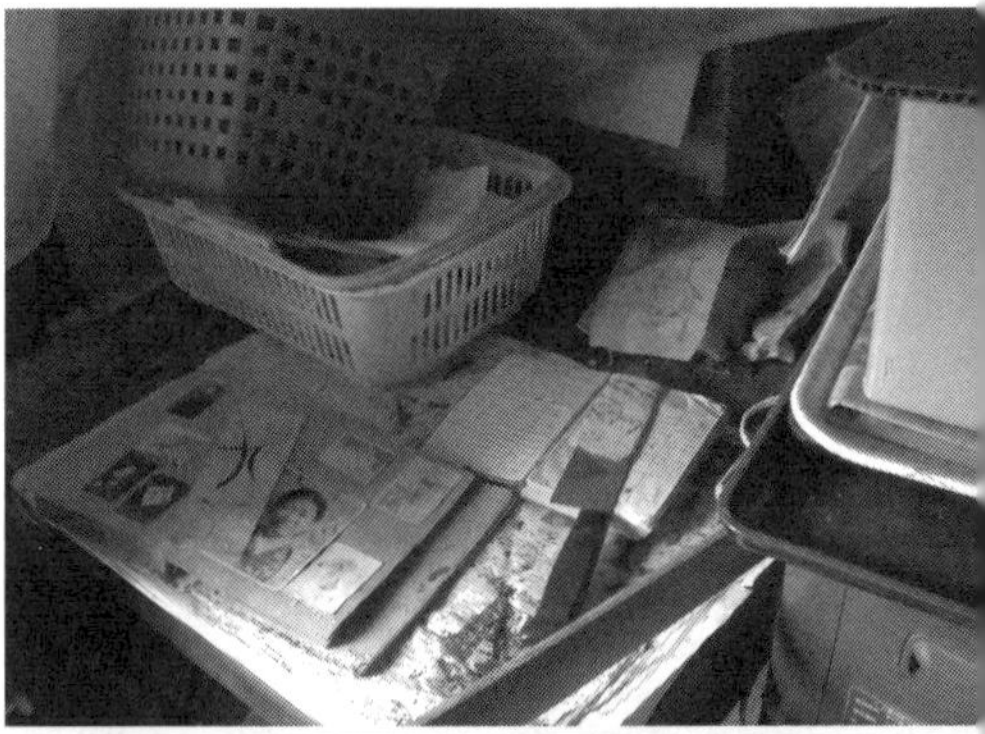

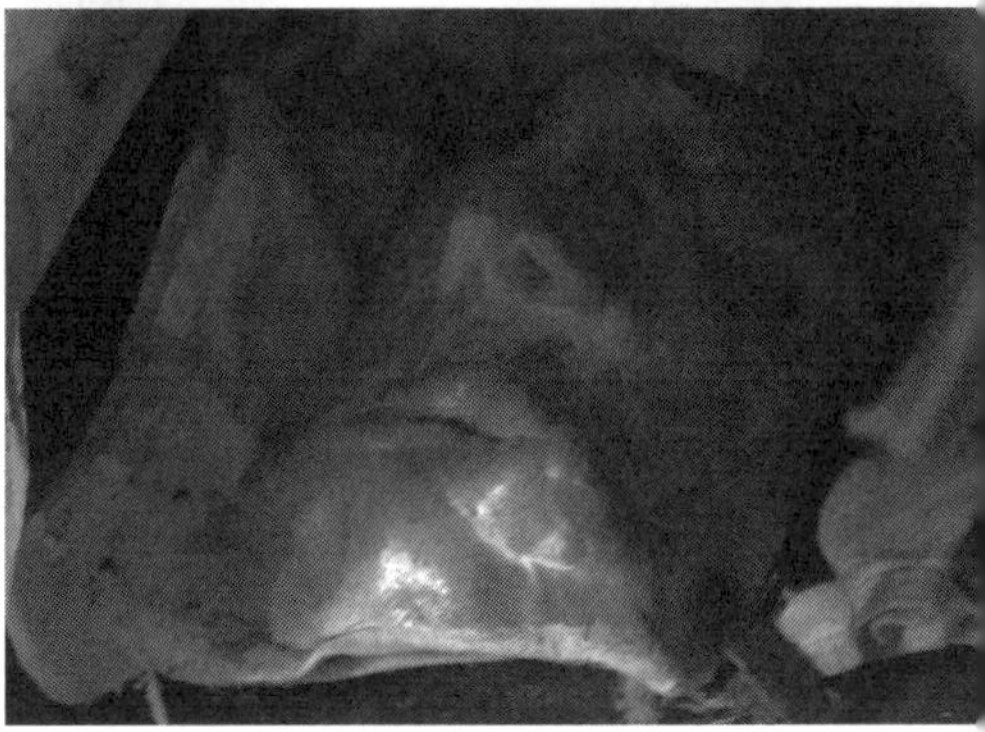

の下には、御札をはじめとして、何かの呪術に使いそうな物がいくつも置かれていたのである。

古い白黒写真のアルバム。その上に御札。

赤錆なのか、塗料なのか、真っ赤になった包丁。刃の部分は御札で巻かれている。

石膏だろうか、人の顔型をとったマスク。これもなぜか赤く塗られており、その上にもやはり御札が貼られている。

両親の遺影や遺骨の真下に置くには、あまりにも禍々しい。

御札は古くなさそうなので、これは範子さんが購入したものと思われるが、アルバムや包丁、石膏のマスクについては、その意味も由来もわからない。何かただならぬものを感じたのだろう、取材映像の中で、田口さんがこのことを範子さんに尋ねる場面はなかった。

二〇二一年春―夏　取材映像③／初代ディレクター福沢

初代ディレクターの福沢さんと、後任ディレクターの田口さんの取材映像を見比べるとわかることがある。驚くことに、この企画を立案して取材をはじめた福沢さんより、後任の田口さんのほうが、「ひきこもりから脱却させようという意思」が遥かに強いのだ。

田口さんは何もわからないまま取材を引き継いだものの、番組の主旨を忠実に守っており、「大人のひきこもり」が終わるまでのストーリーを描こうという熱意が伝わってくる。

ところが福沢さんのほうは、あまりひきこもりとは関係のない事柄を執拗《しつよう》に質問したり、範子さんの許可なく、勝手に家のあちこちで隠し撮りをしたりと、まるで「本当に撮りたいものは他にあるのではないか」と邪推したくなる取材の仕方なのだ。

そして、初代ディレクターとして最後になった取材映像は、範子さんの目を盗みながら、おそらくは許可の出ていない部屋を、こっそりと撮影したものであった。


範子さんが台所に立って、トントントンと何かを包丁で刻んでいる。

福沢さんは、その後ろ姿をチラチラ見ながら、そうっと隣の部屋へ続く引き戸を開ける。

「ちょっと……！」と小声で制止するカメラマンの様子からも隠し撮りなのが感じとれる。

部屋は畳敷きの和室で、普段あまり立ち入らないのか、毎朝家中を掃除をする範子さんにしては、ずいぶんと埃っぽく薄汚れている。

部屋の中央には、花柄の布団にくるまれた、何か大きなものが置かれていた。

最後まで中身が何かは映らないが、どう見ても横になった人の輪郭《りんかく》にしか見えない。

布団は古く色褪せており、何か漏れ出したものを吸い取らせたのだろう。布団の端には乾いたティッシュがびっしりと敷き詰められており、下の畳には染みが広がっていた。

布団は微動だにせず、もし中身が人だとしたら、おそらくは生きていないだろう。

あまりに異様な光景に、カメラマンは「えっ……」と絶句している。

一方の福沢さんは、あまり驚いた様子を見せず、箪笥《たんす》の上にある、小さな神棚に興味を示した。金属の戸を開けて、神棚の中を覗き込む。

神棚の中には、おそらくは御札であろう、茶色く崩れた紙の束が入っていた。


映像はここで終わっているため、映されたものが何であるかはわからない。

わかっていることは二つ。

まず、初代ディレクターの福沢さんは、この取材を最後に亡くなってしまった。

そして、後任の田口さんがこの家を訪れた際には、「布団にくるまれた何か」はこの部屋から姿を消しており、取材を終えるまで一度も目にすることはなかった。

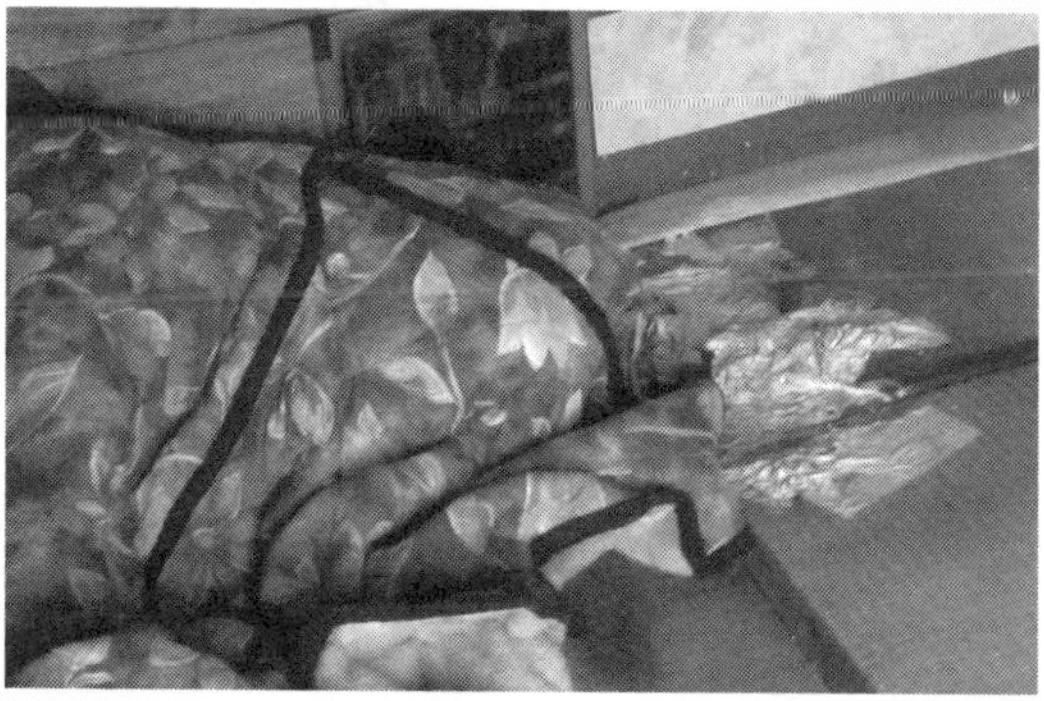

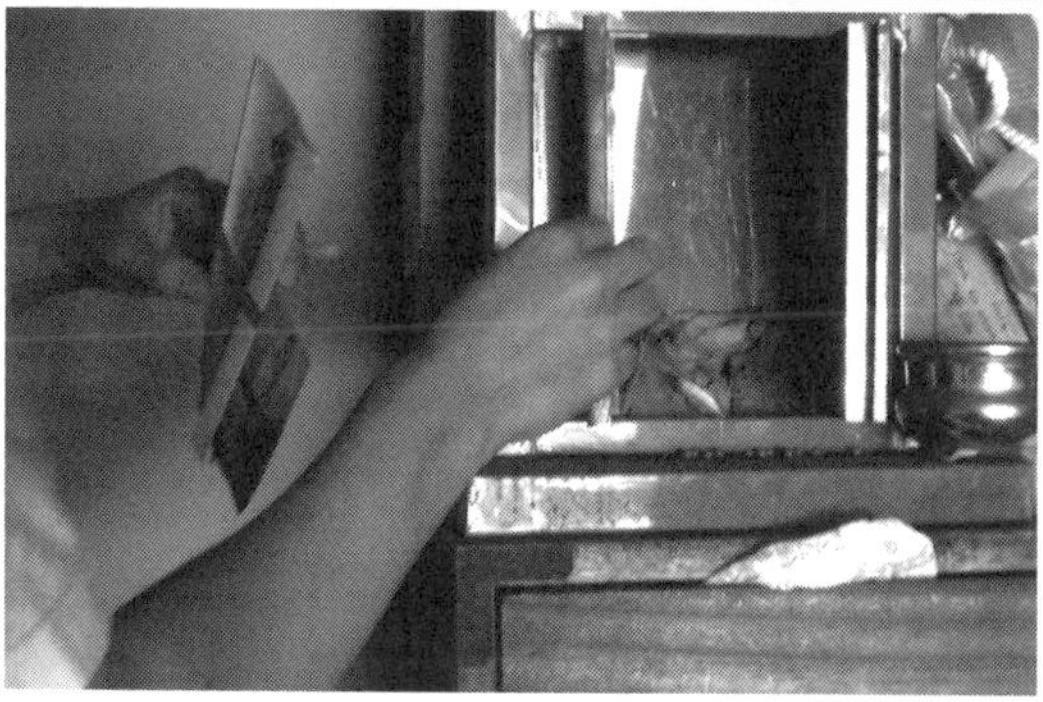

二〇二一年 秋—冬　取材映像④／後任ディレクター田口

田口さんによる取材が再開してしばらく経ち、範子さんが徐々にスタッフを頼りにする場面が増えるようになってきた頃、これまで決して口にしなかった「ひきこもりの理由」について語りたいと、範子さんのほうから申し出があった。

範子「御札も買ったけど外は危ないから……お姉ちゃんがいなくなって、まだ見つからなくて」
田口「お姉ちゃんいらっしゃるんですね」
範子「叩いて、怒る」
田口「叩くって……叩くんですか？」
範子さんは、無言のままセーターの袖をめくる。するとその下からは、内出血で真っ赤なアザが幾つもある腕が現れた。
範子「叩くから……外に出るのが怖い」
再び腕を隠すと、うつむきながら、怯えたように腫れた腕をさする。

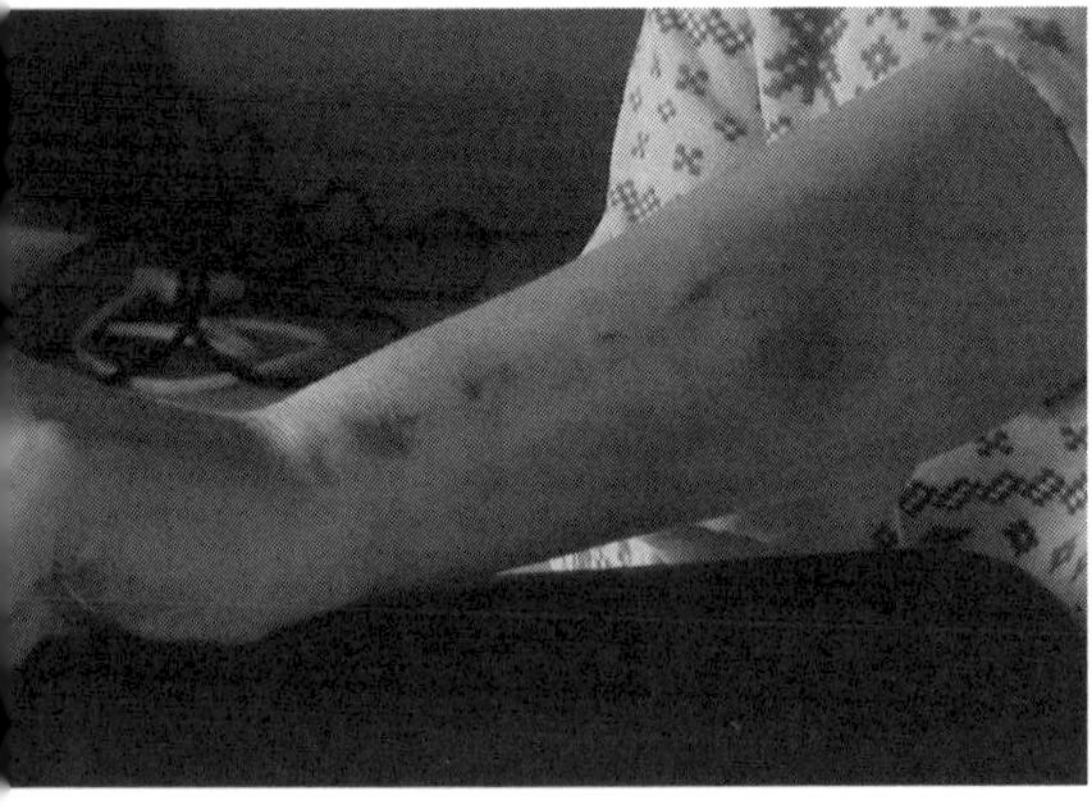

範子「お父さんも、お母さんも、外に行ったらダメって言って……。危ないからって叩くから」
さらに怯えた表情を浮かべながら、自分の右肩の辺りを手で示す。
範子「ここに顔があって……見ている時に……」
そして今度は、自分の後ろ側を指差す。
範子「あっちのほうは、いても大丈夫だから……」
田口「『あっち』というのは、この奥の部屋のことを指すんですか？」
範子「この間、丸い顔……もって……どっかに置いたけど……」

ここから話はさらに支離滅裂になり、結局、田口さんは範子さんが何を言おうとしているのか汲み取ることは出来なかった。

ただ、本人の口から発せられる言葉からは、前に進もうとする意思が感じられたこと、そして腕のアザも気になったことから、田口さんは一度専門家に相談することにした。

番組が相談したのは、NPO法人「チャレンジガーデン」代表の穴井文子さんで、その様子も取材映像として残されている。

穴井さんは、「ひきこもっている人は、非常に自尊心が低く、自己否定的な人が多い。

外に出られないことで、自分に対して怒りを感じているし、孤独も感じています。他の人と同じことが出来ないので劣等感を覚えているかもしれません。範子さんのアザは自傷行為です。小さい子どもだと爪を噛んだり、爪の皮を剥いて生えなくなってしまった子もいるし、髪の毛を引きちぎる子もいる。それが高じると、本当に悲しいことに、自分の存在をこの世から消してしまう事もあります。これは、誰かに見てもらいたい、誰かに助けを求めたいと思っている、SOSなんじゃないかと思います」と分析し、さらに一度、範子さんに会ってみたいと番組側に提案した。

その後、穴井さんは本人へ直接コンタクトを取って支援を申し出たようで、当初はかなり戸惑っていた範子さんも、結局は穴井さんの自宅訪問を了承した。

これが契機となって、事態は大きく動く。

番組スタッフに同行して家を訪ねた穴井さんは、長い時間をかけて範子さんを説得。ついに範子さんは、NPO団体の支援を受けつつ、三十八年間ずっとひきこもっていた家から、外の世界へ踏み出すことになった。

取材の最終回は、範子さんが家から出る場面だ。

穴井さんに励まされながら、範子さんは玄関から外へ一歩を踏み出すと、先導する番組スタッフの後を、不安と緊張の面持ちで付いて行き、用意された車へと乗り込む。

固い表情のまま、車窓に流れる景色を眺める範子さんの顔がアップになり映像は終了した。この後、範子さんは施設に入居したので、取材はここで終わっている。

番組としては、ストーリー的に満足な終わり方を迎えたものの、取材映像には、ひとつ決定的な欠陥がある。

というのも、穴井さんが範子さんを訪問した際の映像に不備があり、三十八年間もひきこもっていた範子さんをどのように説得したのか、その会話がまったく録音できていないのだ。

二人の面談の様子を撮影開始してからほどなく、カメラの映像は大きく乱れて、映像が止まったりズレたりするうえに、穴井さんに付けていたピンマイクからも雑音しか入らず、会話がほとんど拾えなかった。

まるで見えない何者かがその場に居て、強い拒絶の感情を発することで、撮影が出来なくなってしまったかのようである。

二〇二一年冬　取材映像⑤／後任ディレクター田口

範子さんが家を出て、穴井さんの紹介で支援施設へ入居したところで取材は完了しているが、映像にはひとつ、後日談的な追加がある。

長年住んだ家と土地は施設入居に伴い、不動産業者への売却が決まり、家は解体、家財道具一式は廃棄された。いったん更地にした後、この土地は現在売りに出されている。

そのため、家を不動産業者へ引き渡す前に、改めて生活に必要な衣類や日用品を持ち出すことになったのだが、範子さんが「あの家に戻りたくない」と強く拒絶するため、結局、支援団体と番組スタッフとで、範子さんに頼まれた荷物を取りに行くことになった。

この様子も一応記録に残そうとカメラを回していたのだが、荷物整理の作業を手伝っていたスタッフが、家の中から一枚の古い紙を発見した。

『この人を探してください
名前　岡崎裕子
年齢　昭和42年4月23日生
身長　162センチ

体格　細身
特徴　右目元にほくろ
服装　ピンクのトレーナー／チェックのキュロット／白のポシェット
状況　5月20日の昼　友人に会いに出かけたまま帰らない
　心当たりの方は連絡をお願いします
　　　　　　　　　　　岡崎栄一　　電話　[redacted]』

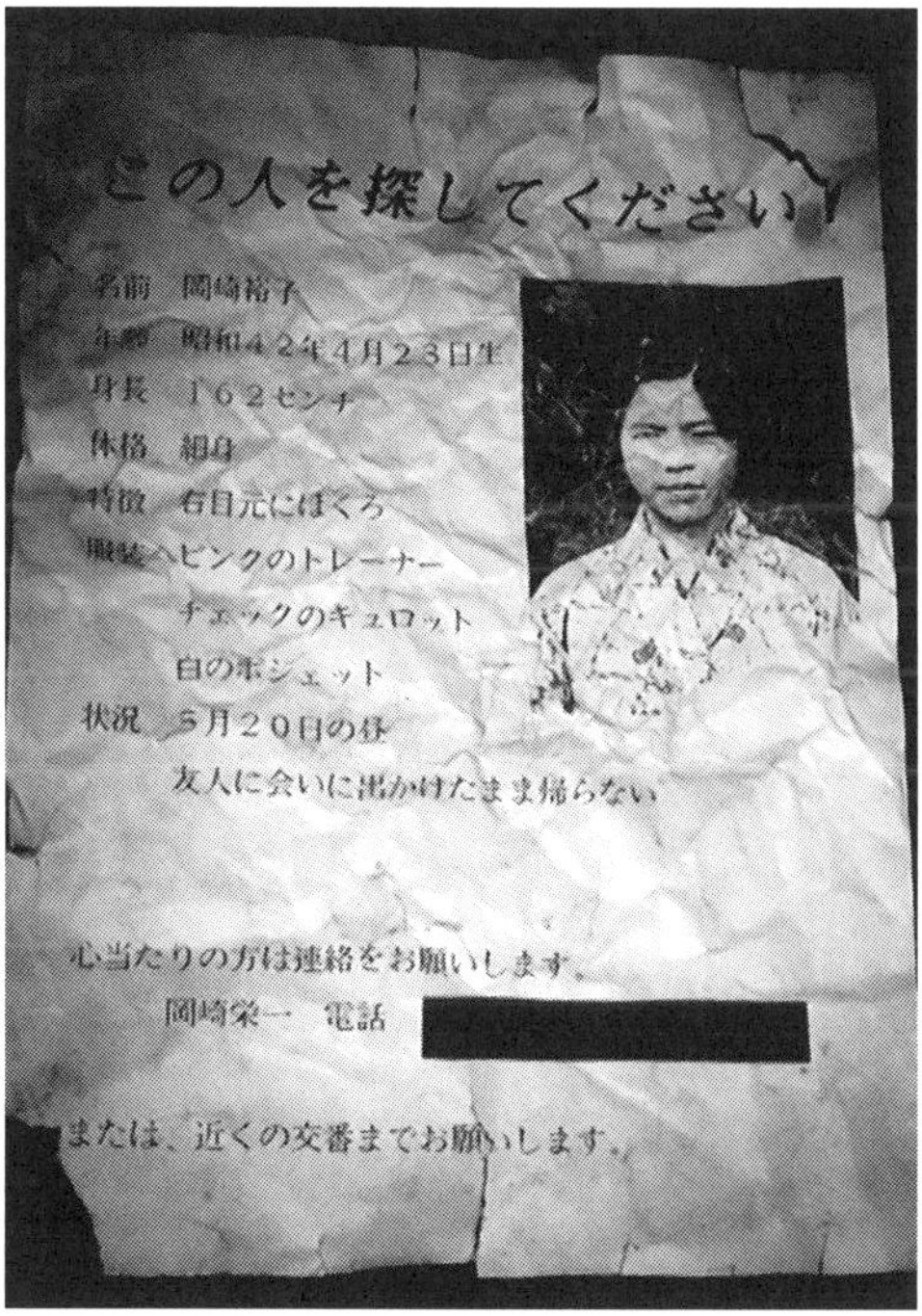
この人を探してください！
名前　岡崎裕子
年齢　昭和42年4月23日生
身長　162センチ
体格　細身
特徴　右目元にほくろ
服装　ピンクのトレーナー
　　　チェックのキュロット
　　　白のポシェット
状況　5月20日の昼
　　　友人に会いに出かけたまま帰らない
心当たりの方は連絡をお願いします。
　　岡崎栄一　電話　[redacted]
または、近くの交番までお願いします。

行方不明者を探すチラシで、名前は「岡崎裕子」さん。以前、範子さんの話に出てきたお姉さんである。

どうやら「お姉ちゃんがいなくなった」という言葉は本当だったようである。

裕子さんは、当時十八歳。

番組側で確認したところ、行方不明から約四十年、事件は解決していない。

二〇二二年四月十日　寺内康太郎

家中に貼られている御札。

墓へ納めず自宅に置かれたままの遺骨と、その下に置かれた呪術的なアイテム。

初代ディレクターが発見した、遺体のようなもの。

範子さんの腕のアザと、「外に行ったらダメ、危ないからって叩かれる」という言葉。

撮影も録音も出来なかった、穴井さんと範子さんの会話。

そして、行方不明になっている姉の裕子さん。

単なるひきこもり取材としては違和感があり過ぎる、不気味な映像の断片。

これらをどう考えれば良いのか、映像を見終えた寺内にはすぐに判断が出来なかった。


そもそも、この取材がはじまった経緯からして怪しいのだ。

この映像を『Q』に持ち込んできた田口さんによると、初代ディレクターの福沢さんが、どうやって範子さんの存在を知り、取材に至ったのか、誰も知らないのだという。

「面白そう」という理由だけで取材許可を出したプロデューサーも、一緒に撮影していた局のカメラマンも、福沢さんがどこからこの話を持ってきたのかわからない。

福沢さんは取材半ばで亡くなってしまったので、もはや真相は闇の中だ。

しかも死因は、ドアに紐をかけて首を括る「自殺」であった。

同僚から見る限り、何かに悩んでいる様子はなく、自ら命を断つようには思えなかった。もちろん、うつ病などを患っていた形跡もない。


後を継いだ田口さんは、範子さんが家から出るまでを追って、何とか形になる取材にはした。しかし、姉の裕子さんが行方不明になっているビラが発見されたことで、範子さんの言動や、「叩かれた」という腕のアザなどについて、ますます謎が深まってしまい、本来扱いたい「大人のひきこもり」というテーマからは完全に逸脱してしまった。

せっかくの長期取材ではあったが、とても自分たちでは扱いきれないと判断し、プロデューサーとも相談のうえ、映像の「お蔵入り」を決定した。

とはいえ、せっかくの取材映像を無駄にするのも忍びない。

託す先を探す中で、こうして『Q』制作チームの元へ届いたというわけだ。

＊＊＊＊＊

なお、ここまでの内容は、『Q』のYouTube上で公開されているので、興味のある方は、ここまでのレポートと併せてぜひご覧いただきたい。

こちらのコードを読み取れば動画を確認することができる。

さて、『Q』制作チームは、この動画を作成した後も、岡崎家の謎、とくに姉の裕子さんの失踪事件について追加の取材を試みていた。

入寮型のひきこもり自立支援施設を経て、二〇二四年現在、範子さんは通所型の支援施設に通いながら、同市内のアパートで穏やかに暮らしている。追加取材をしようとしても、失踪した姉の話題に触れると怯えた様子で口を閉ざしてしまうので、番組で取材した映像以上の情報は得られなかった。

ただ、突破口は別の場所にあった。岡崎裕子失踪事件について調査するうちに、坂崎保さんという、一人のルポライターに行き当たったのだ。

坂崎さんは地元のルポライターで、普段は主にゴミ問題や環境問題を追及して、時折、地方紙などに記事を寄稿していたのだが、なぜか事件から十三年も経った一九九七年に、岡崎裕子の失踪について調査をしていたことが判明した。

早速、『Q』は本人へ連絡を取ってみたのだが、残念ながら坂崎さんは二〇〇三年に癌で亡くなってしまっていた。ただ、彼の家族からは、「役立ててくれるなら」ということで、坂崎さんが保有していた取材資料の一式を借りることができた。

とはいっても、彼の自宅にあった資料は環境問題やゴミ問題に関する資料、現場写真やボイスレコーダーなど、小さな段ボール一箱分しかなかった。彼が残したすべての取材資料というにはどう考えても量が少なく、おそらく資料の大半は、何らかの理由で散逸してしまったようである。

坂崎さんがどうして岡崎裕子失踪事件に興味を持ったのか、これだけの資料からでは窺《うかが》い知ることが出来なかった。また、ゴミ問題や環境問題よりも注目されそうな岡崎裕子失踪事件についての取材はなぜか一切記事になっていないが、これについてもよく理由はわからない。

以降では、ボイスレコーダーに残された裕子さんのクラスメイトのインタビューを中心に、坂崎さんの資料を紹介していきたい。

一九九七年七月十九日　ボイスレコーダー／取材・坂崎 保

ボイスレコーダーは、当時としてはかなり最先端のアイテムで、内蔵メモリに記録される最大時間はおよそ六〇分。前半は別の取材で使用されていたが、後半は当時岡崎裕子さんのクラスメイトだったという女性のインタビューが録音されていた。

坂崎「一九八四年五月二〇日の昼、[redacted]県[redacted]市で旅館を営む岡崎栄一さんの長女・裕子さん、当時十八歳が、友人に会いに出かけると言って家から出かけたまま失踪するという事件が発生。警察は事件、事故の両面から捜査を進め、地元ボランティアの力も借りて大がかりな捜索を実施したものの、未だ発見には至っていません。本日は、当時ボランティアに参加した同級生の方にお話を伺います。よろしくお願いします」

女性「事業で成功していた岡崎さんは、当時は地元の名士だったから、かなりの騒ぎになってたのよ。学校からも生徒や父兄に通達があって、時間のある人は捜索に協力しようって事になったの。裕子さんとは同じクラスでね。別に全然仲良くなかったけど、授業がサボれると思って……。同じ高校から、私を入れて女子は四人参加したのよ。

私たち女子四名は、大人のボランティアが率いる捜索チームに入れられたわ。そこで、グループ分けをされて……A地区、B地区、C地区みたいに」

坂崎「大規模な捜索だったんですか？」

女性「どうかなあ……。行方不明になって一週間以上経ってたからね。とっくに警察が捜索した後だし、チームの大人も一〜三人だった。あまり真剣さは無かったと思う」

坂崎「当時、裕子さんと仲が良い生徒はいたんですか？」

女性「同じクラスにはいなかったな。クラス替えしたばかりというのもあるけど、無口で大人しくて、元々友達が少なそうだった。捜索隊の女子四名なんてほぼ赤の他人。

あと両親がやたらと心配性なのが有名で、高校生になっても、どこに行くの？　誰と一緒なの？　ってうるさいから、裕子さんと仲良くすると面倒くさいって評判だった。

後で知ったんだけど、岡崎さんって子宝に恵まれない夫婦だったらしくてさ。わりと高齢になって授かった子どもだから、つい過保護にしてたみたい。

それなのに、裕子さんが行方不明になったでしょ、妹さんはますます過保護にされたみたいで、両親にべったり甘えたまま、今ではすっかり引きこもりらしいわよ」

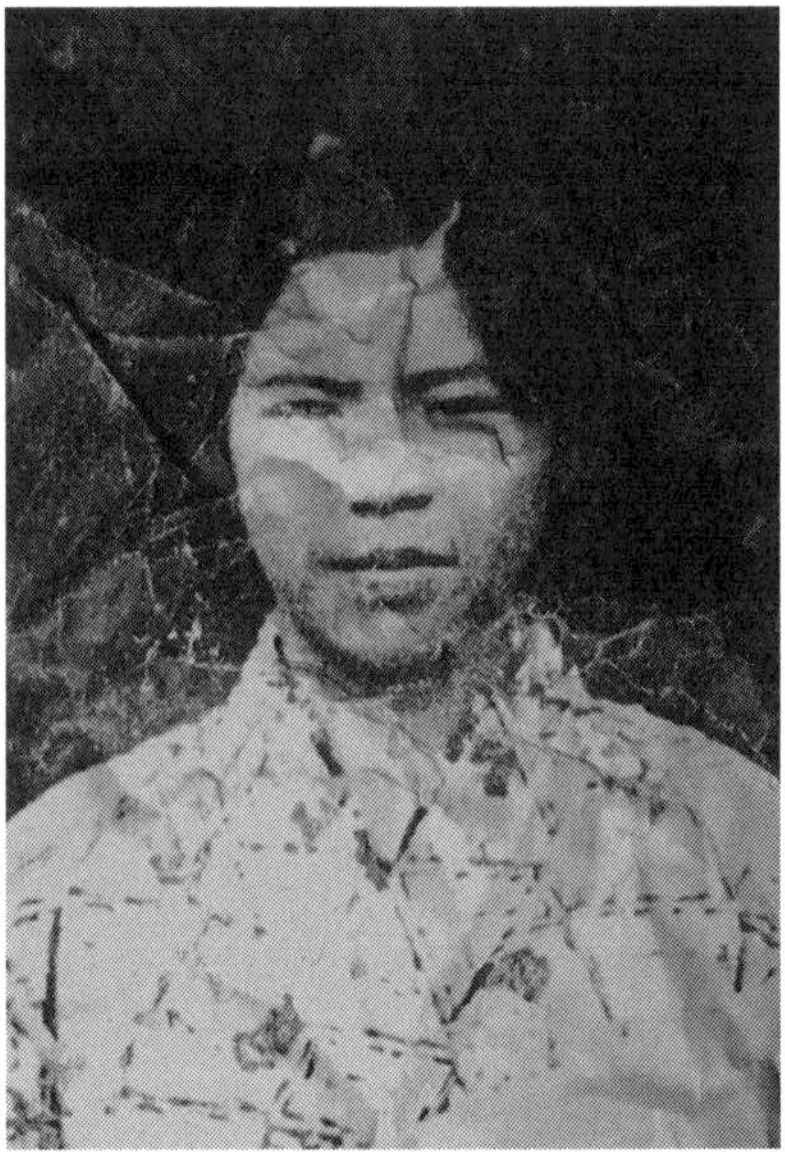

▲岡崎裕子さん（チラシの写真）

坂崎「裕子さんの失踪の理由とか、何か手がかりはなかったんですか？」

女性「噂は多かったわよ。誘拐とか、駆け落ちとか、イジメとか、虐待から逃げたとか。ひどい話だと、親が殺してウソついてるとか。あとは、宇宙人の誘拐とか、バカな話も多かったな。みんないろいろ言ってたよ。どの噂も妙な説得力があったんだけど、それってたぶん、みんなあの娘の事をよく知らなかったのよ。チラシを見た時に、初めて右の目元に『ほくろ』があることに気づいたくらいだし。

でもそのチラシって、捜索用なのになぜか写真が古くて、たぶん中学生の頃なの。髪型も違ってるし、印象もずいぶん違って見えた。数年前の写真をコピーしただけのモノクロ印刷でさ、もっといい写真はないのかと思った。過保護なくせに、娘の写真は撮りたがらない親って、何なんだろう……。一緒にいた女子たちとは、自分たちだったらどんな写真使われるんだろう？　って盛り上がってた」

坂崎「捜索はどんな様子でしたか？」

女性「川沿いとか、用水路とかをブラブラしながら探してた。事故で落ちた可能性もあったしね。大人は懸命に名前を呼んでいたけど、私たちは適当よ。ベラベラお喋りばっかりしてた。午前中に学校へ行って、午後は捜索に参加して。一週間くらいやってたかな。最終日、いつもの四人でお喋りしていたら、大人たちとはぐれちゃって、そのまま近くの山へ行ったのよ。誰が言ったのかは覚えてないけど、なぜか『あの山へ行こう』っていう雰囲気になってさ。川沿いを歩くのに飽きてたのかもね。地元なのに、私はこの山には一度も行ったことがなくて、ちょっとわくわくしてた。小さな山でね、捜索というより、ただのピクニックみたいな感じ。
日が当たらない山の中は、薄暗くて涼しかった。とりあえず山道を歩いて、二〇分くらいかな、誰かが『こっち！』って言うから付いて行ったら、開けた場所に出てね、廃墟になった家が何軒かあったの。どれもかなりボロボロだった。

みんなで『岡崎さーん』『裕子ちゃーん』って呼んでたけど、よく考えたらこんな場所で返事される方が怖いよね。私はみんなと別行動をして散策していたんだけど、さすがに廃墟の中を覗く時は怖かったな。自殺とかしてたらトラウマものだし。

どこもゴミが散乱しているし、汚いからほとんど中には入らなかったんだけど、倉庫みたいな場所に入った時、雨漏りと湿気でガビガビになった本や辞書に紛れて、オフィスにあるような、黒いバインダーを見つけたの。タイトルは書いてなかったな。

妙に興味が湧いて中を開いてみたら、びっくりしちゃった。捜索チラシが、山ほど綴《と》じられていたのよ。もちろん、裕子さんのじゃないわよ。古いものから新しいものまで、全国各地の行方不明者のチラシが、バインダーにぎっしり挟まれているの。

傷んでいたから、あまり字は読めなかったけど、やっぱり子どもが多かった。何でこんなもの集めているのか気味が悪かったな。たぶん五〇〜六〇枚はあったと思う。

パラパラめくっていたら、その中の一枚が目に入ったの。二歳の女の子だった。こことは遥か離れた場所で行方不明になった女の子でね、公園で姿を消したみたい。

確か名前は、スズモト……スズキ？　ユミ……いやユキだったかな。字が滲《にじ》んでよく読めなかったから。でも、やっぱり顔の特徴って重要なのよね。その子もね、裕子さんと同じだったのよ」

坂崎「……同じというのは？」

女性「ほくろよ、右の目元のほくろ。顔も似てたし、生まれた年も一緒だった。出身地も名前も違うけど、なぜか偶然とは思えなかった。あり得ない話なんだけどさ。でもね、その時思ったの。私たちが今捜している裕子さんって、本当は岡崎裕子じゃない、別の人なんじゃないか……。まさかとは思うけど、いま偶然見つけた、このチラシの子なんじゃないか……。直感だけど、本気でそう思った。

実はね、このことは初めて話したのよ。一緒に探した女子にも、捜索隊の大人にも、誰にも言ってない。おかしな奴だと思われたくなかったから。

あの時、山に行かなきゃ良かった。もう十年？　十三年？　私は未だにこの事が引っかかってるの。誰かに偶然だって言って欲しい。あれは別人だって……」

録音はここで終わっている。

女性の氏名は不明。坂崎さんが取材に至った経緯もわかっていない。

一九九七年　その他資料／取材・坂崎 保

■坂崎さんが入手したと思われる「鈴木友美」の捜索チラシ

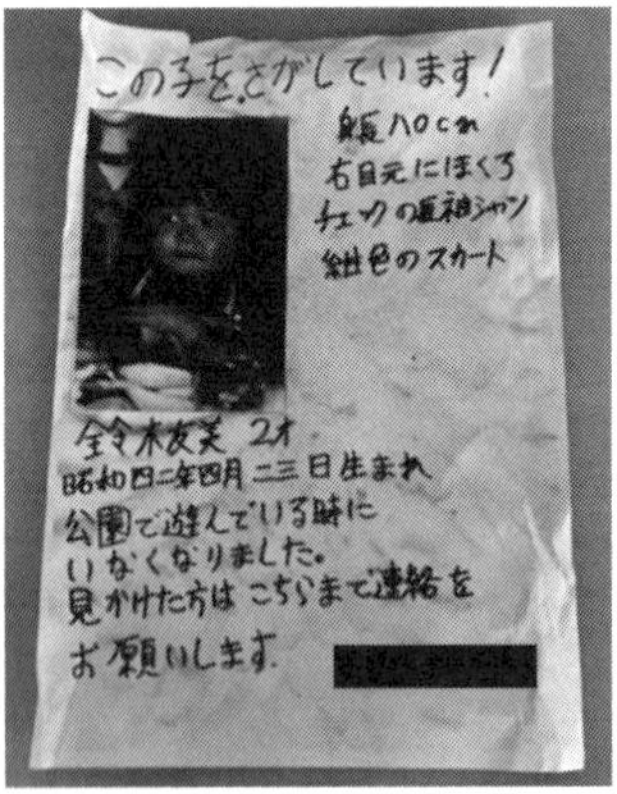

この子をさがしています！
鈴木友美（すずきゆみ）　2才／
昭和四二年四月二三日生まれ
身長約八〇ｃｍ／右目元にほくろ
チェックの長袖シャツ／紺色のスカート
公園で遊んでいる時にいなくなりました。
見かけた方はこちらまで連絡をお願いします。

■女性のインタビューに登場した廃墟の写真（一九九七年／坂崎さん撮影）

家の所有者であり、チラシを集めていたと思われるF氏は一九八三年に死去。地元ではかなりの変わり者で知られていたらしい。家屋は長期間にわたり放置されていたが、二〇〇一年に取り壊されている。

F氏が行方不明者のチラシを収集した動機や経緯は不明だが、『Q』制作チームが追加取材した限りでは、F氏が中学生時代の裕子さんに接触していたらしいことまではわかっている。

■追記

坂崎さんの段ボールには白紙のノートも入っていた。未使用だと思っていたのだが、よく見ると最初のページには、鉛筆で書いた字を消しゴムで消した跡があった。筆圧で紙に文字が残っているので、鉛筆で薄く塗り潰すと、文字が浮かび上がった。特定の人物に疑いをかけることになりかねないため、このテキストについては別の場所にデータを掲載する。興味がある方は、コードを読み取っていただきたい。

Episode V

キムラヒサコ

~厄災~

二〇二三年十二月十六日　福井鶴

突然だが、読者諸氏は「キムラヒサコ」をご存知だろうか。
といっても、同姓同名の人探しをしているわけではない。
まずは、『Q』制作チームの福井が取材したレポートを読んでほしい。
現在『Q』では、映像化を視野に入れて、本件を鋭意調査中である。

【取材対象／日時】
新井さん（仮名）／男性／七九歳（当時一九歳）／栃木県在住　［※取材当時］
二〇二三年十二月十六日

一九四四年生まれの新井さんは、取材当時（二〇二三年十二月）で七九歳。もう六十年前なのに、若い頃に観た「パテベビーフィルム」の映像が忘れられないという。
パテベビー（Ｐａｔｈｅ‐Ｂａｂｙ）とは「小型のパテ」を意味しており、フランスのパテ社が開発し、一九二二年（大正十一年）に発売された9・5ミリフィルムである。後に8ミリフィルムが登場するまでは、小型映画の主流をなし、個人撮影や家庭内上映向けとしても広く活躍した。

フィルムの所有者は伯父だったが、一九六〇年に病気で亡くなっている。独身だったこともあり、父親が遺品の整理にあたった。その際、押し入れの奥から映像を収めたフィルムと、録音済みの1／4インチテープが出てきたという。ただ、肝心の撮影機や映写機がなかったので、誰も中身を確認することなく、ずっと物置にしまわれていた。

一九六三年、新井さんが一九歳の時、職場の同僚が映写機を持っていることを知り、かねてより気になっていたフィルムを家から持ち出して、同僚の家で何が映っているかを確認した。伯父の隠された秘密が収められているに違いないと興味津々だったが、そこに映っていたのは、想像とはまるで違うものであった。

※画像はイメージ

《フィルム映像／一九五〇年代？》

撮影者は不明だが、撮影機が下を向くと日焼けした逞《たくま》しい脚が映るので、成人男性であるのは間違いない。貧相なくらいに痩せていた伯父とは別人のようだ。

昔のフィルムなので、音声はなく映像だけで、画質も粗くモノクロである。

電柱に貼られたホーロー看板の商品と、映っている人たちの服装から、当時の新井さんの感覚で、一九五〇年代に撮られたものに思えた。

映像には、伴侶とおぼしき女性や、母親らしき高齢の女性、息子らしき幼い子どもが、かなり慌てた様子で映っており、撮影者は父親のようである。

野外で撮っており、夕暮れ時なのか周囲は薄暗い。

場所は郊外のようで、辺りに民家は点在しているものの、山や田畑が広がっており、どうやら都市部ではないようだ。

撮影者とその家族は、大きな荷物を抱えて、舗装されていない道を早足で歩いている。

彼らの他にもたくさんの人が映っており、背負子《しょいこ》や風呂敷包みを背に荷物を運ぶ人や、家財道具を乗せてリヤカーを引く者までいて、全員同じ方角へ向かっているところを見ると、どうやら皆で逃げているようだ。

映像はしばらくの間、黙々と歩く家族の後ろ姿を捉えていたのだが、撮影者が何かに気付いた様子で、急に背後を振り向いた。

道路の向こうに、一台の街宣車が姿を現した。

備え付けのメガホンから音声を流しているようで、道路の奥から撮影者の側へ、ゆっくりと近づいて来る。おそらくは、何か勧告を出しているのであろう、街宣車に気づいた家族はさらに焦った様子で、小走りになって駆けていく。

街宣車の告知に気づいたのか、荷物を小脇に抱えて家から転げ出てくる人や、裸足のまま外へ飛び出してきた人も映っており、集落全体がパニックに陥っているのがわかる。

街宣車に追われるようにして、たくさんの人が逃げていく中、道路の脇に横並びで正座して、額を地面に擦り付けるように平伏する、奇妙な一団とすれ違った。

違和感をおぼえたのか、しばらく進んでから撮影者は一団のほうを振り返るのだが、ほんの数秒だったにも関わらず、先ほどの場所にはもう彼らの姿が見当たらない。

驚いたのか、カメラはぐるぐると辺りを見回して彼らの姿を探すのだが、やはりどこにも先ほどの一団は映っていない。やがて街宣車が近づいてきたので、撮影者は焦ったように踵《きびす》を返し、先を行く家族の後を追っていく。

撮影する余裕がなくなったのだろう、フィルムはここで終わっていた。

＊　＊　＊　＊　＊

同僚と一緒に首を傾げながら、いったい何から逃げている映像なのかと、繰り返し上映したのだが、何度観てもまったく意味がわからなかった。

帰宅してこのことを話すと、父親は酷く嫌そうな顔をして、新井さんからフィルムを取り上げると、そのまま庭で焼いてしまったという。

《音声テープ／年代不明》

フィルムは処分されてしまったが、同じく伯父が所有していた1／4インチテープについては、新井さんは父親に内緒で、その後もこっそりと隠し持っていた。結局、捨てる機会を失ったまま手元に残していたのだが、死ぬ前に手放したいということで、巡り巡って、フィルムのエピソードと併せて、福井の手元へやって来たという次第である。

録音されているのは、かなり劣化した女性の声だ。


これは、緊急放送です。

キムラヒサコさんの遺体があがりました。

避難してください。

先の方から見てるかもしれません。

[redacted]（音声が割れて判別不能）注意してください。

決して目を合わせないでください。

推定時刻は、午後四時四九分。北北西からの厄災に備えてください。

今回の避難場所は、役場から[redacted]方面にある[redacted]神社です。

定員が超えた場合は、[redacted]小学校の方まで逃げてください。

これは、緊急放送です。

※音声を確認したい方は下記のコードを読み取ってほしい。

Episode Ⅵ

オレンジロビンソンの奇妙なブログ

～ハッピーマザーズダイアリー～

【ブログ】　オレンジロビンソンの日記
［投稿］Ｏｒａｎｇｅ Ｒｏｂｉｎｓｏｎ
［日時］２０１１／１１／０３／１６：２１
［タイトル］顔

まずはこの写真をご覧ください。

たまたま見上げた空が偶然この気持ち悪い顔の空…
こんな事が最近ずっと続いています。ずーっとです。
やはり、僕の方にも何か問題が起こるかも。

だからこれ以上ブログを更新する事はやめにします。
何かあった時の為に全部残しておく事にしますので、
万が一の時はみなさんにお任せします。

＊　＊　＊　＊　＊

これは、『オレンジロビンソンの日記』というブログの最終投稿である。
日付は、二〇一一年十一月三日、十六時二一分。
この日を最後に、ブログは更新されていない。

二〇二一年九月八日　皆口大地

『Q』の制作メンバーであり、『ゾゾゾ』のディレクターも務める皆口が「奇妙なブログ」を見つけたのは、インターネットで資料やロケ地を探していた時のことである。

ホラー関連の資料を中心に調べていたからだろう。酷く不気味な写真が検索に引っ掛かったので、つい興味が湧いてリンク先を覗《のぞ》いてみると、それは写真の画像加工のアルバイトをしている男性の個人ブログであった。

気味の悪い写真は、どうやら合成だったようなのだが、その仕事内容があまりにも異様であったため、思わず仕事の手を止めて、続くいくつかの投稿を読んでしまった。

あまりにも、奇妙過ぎる。

これはいったい、どんな人物が書いているブログなのかと気になってしまい、今度はブログのトップ画面を確認した。

タイトルは『オレンジロビンソンの日記』。

投稿者名は「Ｏｒａｎｇｅ Ｒｏｂｉｎｓｏｎ」で、プロフィールには、「ここは写真好きの男子がなんとなく更新している日記です。コメント大歓迎」と書いてある。

トップに表示されている最新記事を見ると日付は「二〇一一年十一月三日」で、もう十年近く更新されていない。

投稿のタイトルは「顔」。

「たまたま見上げた空が偶然この気持ち悪い顔の空…こんな事が最近ずっと続いています。ずーっとです」

と書かれているのだが、写真には陰鬱《いんうつ》な曇り空しか写っていない。

雲が顔に見える、ということかもしれないが、それをこの写真で言うには強引過ぎる。

そして最後は、「これ以上ブログを更新する事はやめにします。何かあった時の為に全部残しておく事にしますので、万が一の時はみなさんにお任せします」と締め括っている。

ずいぶんと、思わせぶりな書き方だ。自意識過剰な写真家のタマゴが、恰好つけてブログの更新をやめただけかもしれない。

でも、「何かがおかしい」と皆口の直感が告げていた。

皆口は過去に遡《さかのぼ》って、このブログが開設された二〇〇九年から、時系列に沿って順に投稿を読んでいくことにした。

『オレンジロビンソンの日記』［二〇〇九年～二〇一一年十一月］より抜粋

このブログは、二〇〇九年に開設され、以降、断続的に投稿されていた。

投稿者のオレンジロビンソンさんが写真の専門学校に通っていることや、地元の先輩がやっているデザイン事務所でアルバイトをしていることが日記風に綴《つづ》られている。

なお、紹介するブログの文章は、掲載されている原文通りに表記した。

［日時］2010／07／25
［タイトル］CS5　導入

バイト先についにCS5が導入。
感想。
「抽出ツール」が一気に進化して
凄く作業効率が上がった。
「境界線を調整」がめちゃくちゃ便利になった。
写真の切り抜きがとにかく楽に早い！

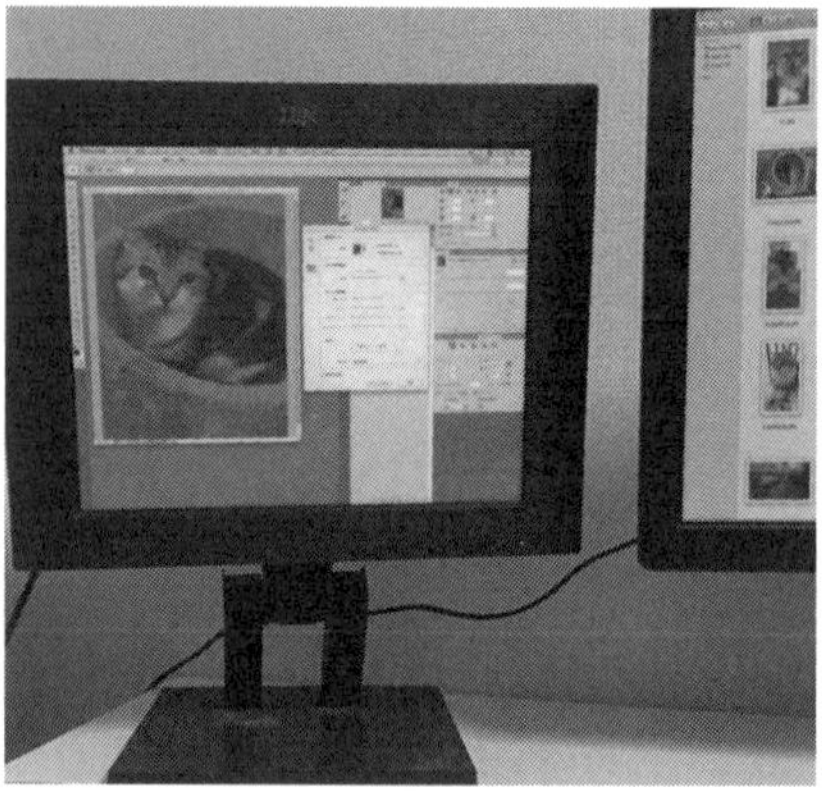

面白くなってきて、いろいろ試してます（、―、）
でも先輩の事務所のエアコンがショボくて暑さ限界。
Ｍａｃｐｒｏのファンもゴーゴー言ってやばそうなんだけど…

ブログには、先輩の事務所でのアルバイトの様子が定期的に載っており、パソコンを使用して、画像の合成や加工、レタッチなどを行っていることが見てとれる。
開設当初は趣味の写真を載せたり、学校や友人、アルバイト先の出来事など、他愛のない日常を記していた。今ほどネットリテラシーを意識しない時代だったからだろう。アルバイト先の仕事内容やちょっとした愚痴まで、平気で書き込んでしまっている。
このありふれたブログが、異質なものへ変化しはじめたのは次の投稿からだ。

［日時］２０１０／１１／１５
［タイトル］退職からの就職

俺の事じゃないんだけど、
女性アルバイトのＨさんが今日で退職することに。

理由は某大手広告代理店に就職が決まっているからだそうです。
うらやましい（´▽`）ノ
新しいスタッフ募集してるけど、しばらくは俺と先輩のふたりきり。
けっこう忙しくなりそうだ。
俺もそろそろ専門卒業後を真面目に考えないとね。
ということで、早速今日は入った仕事を任された。
それが、とんでもなく変な内容！
個人の方からの発注なんだけど、
家族写真にこの顔写真をなるべく大きく合成してほしいって依頼。
（。Д。）ハア??
文字だと分かりにくいので、黒目線入れて載せます。

投稿には、彼が自分のパソコンのモニターを、携帯電話で撮影した写真が載っている。モニターに映っている写真は二枚。
右側は、何かのお祝い事だろう。テーブルにはケーキと火のついた大きなロウソクが載っており、それを父親と母親、そして小さな女の子が囲んでいる楽しそうな光景だ。人物に黒い目線が入っているが、これはブログに掲載するにあたり、彼が加工したものである。

問題は、もう一枚の写真だ。

こちらは女性を正面から写した上半身の写真で、顔の部分が爛《ただ》れたように崩れている。

依頼内容は、「家族写真の上に、この女性の写真をなるべく大きく合成してほしい」という不思議な注文であった。

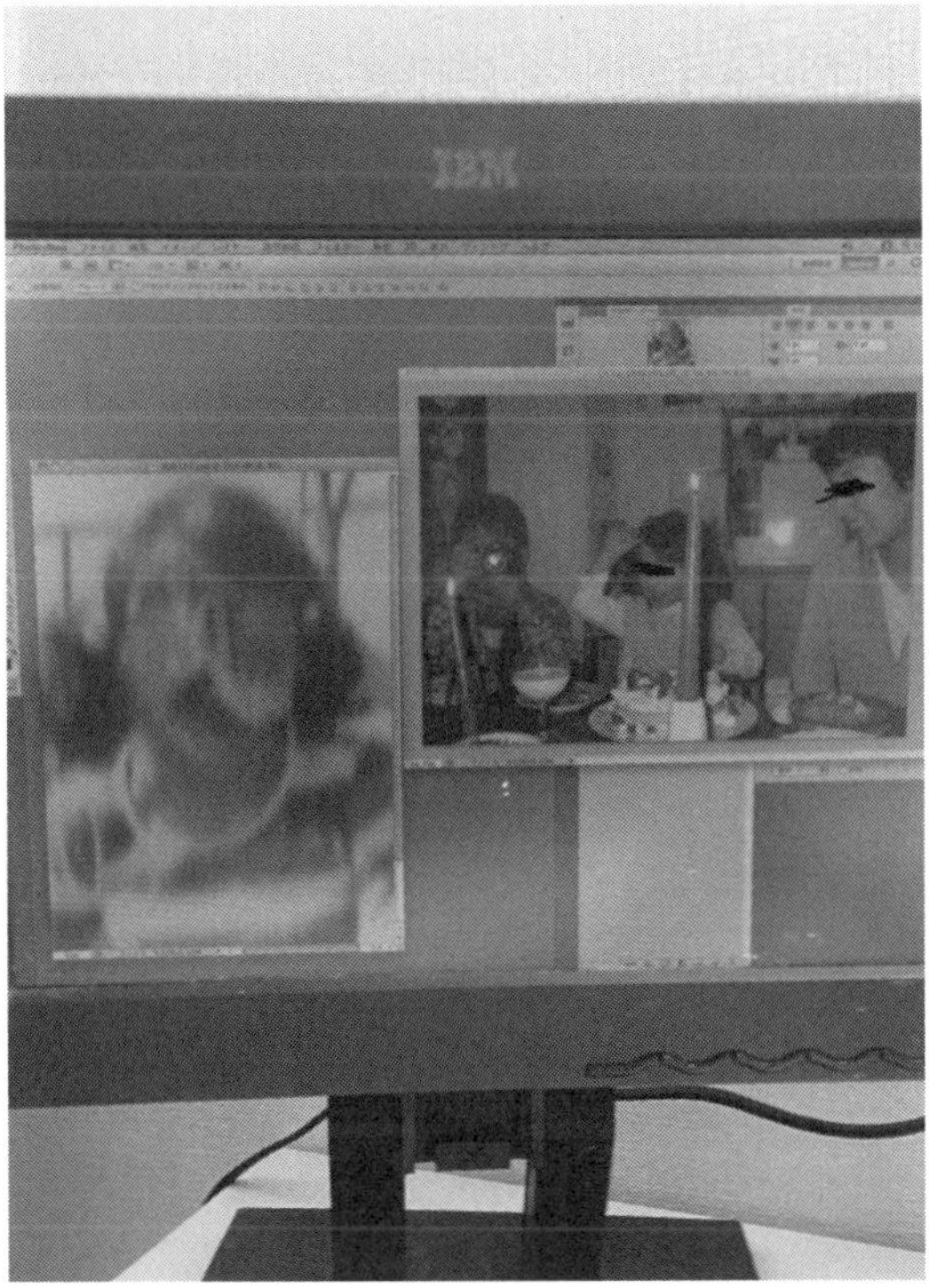

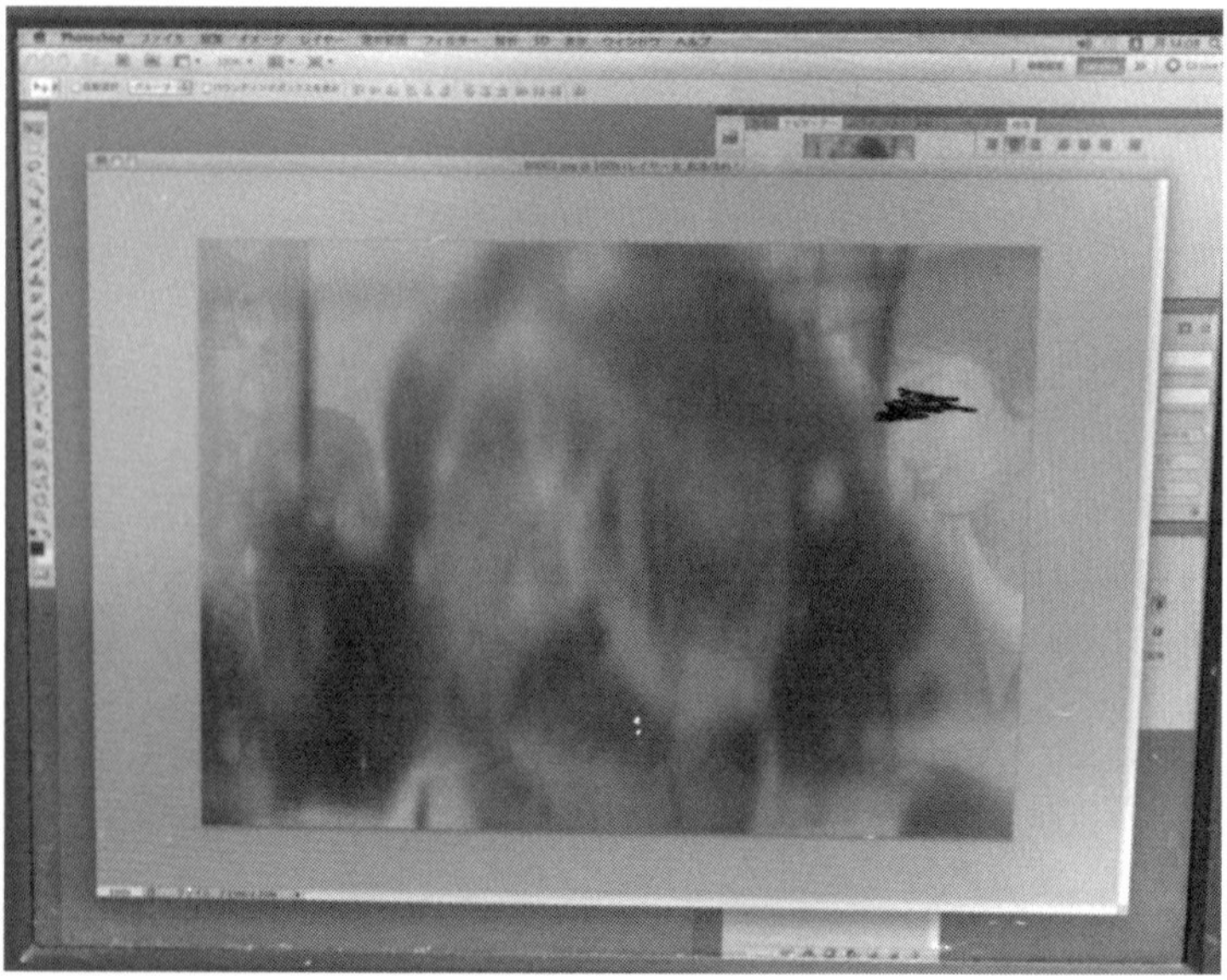

（ﾟДﾟ）ナンダコレ、顔写真気持ち悪いんですけど？？
撮影に失敗した写真なんだろうか？
特殊メイクかなんか？
とりあえず完成したのがコレ…。
これでホントにええんか？　貼り付けただけだけど…。
先輩がいうには発注者は、家族を驚かせたいからっていう理由らしい。
世の中には変わった人がいくらでもいるもんだ（；´▽｀）

［日時］2010／12／03
［タイトル］発注は嬉しいが

以前変わった合成写真の発注者Xさんからまた依頼のメールが…。
僕と先輩の間ではXさんと呼んでいます。
前のが気に入らなかったのかと先輩が尋ねたが、
その逆で前の写真がとても気に入ったそうだ。
え？　何が？

また同じ顔の女性をなるべく大きく合成する仕事。
簡単な作業だからこっちはいいけど…

これが完成

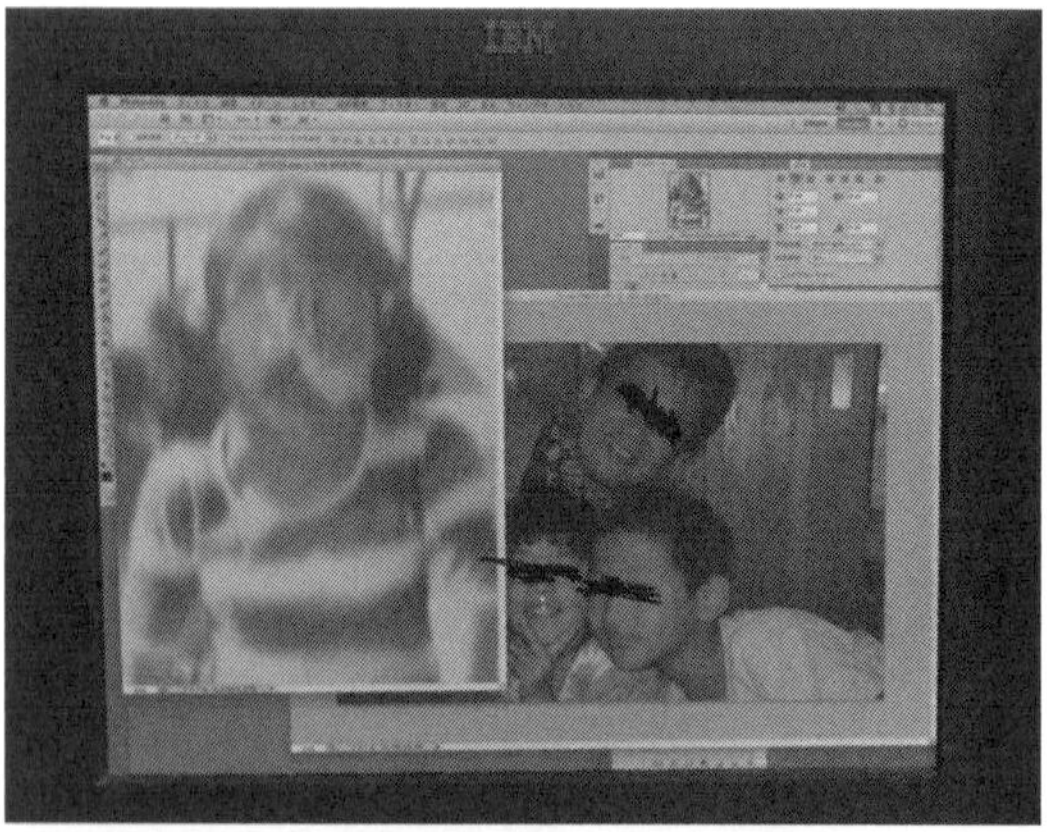

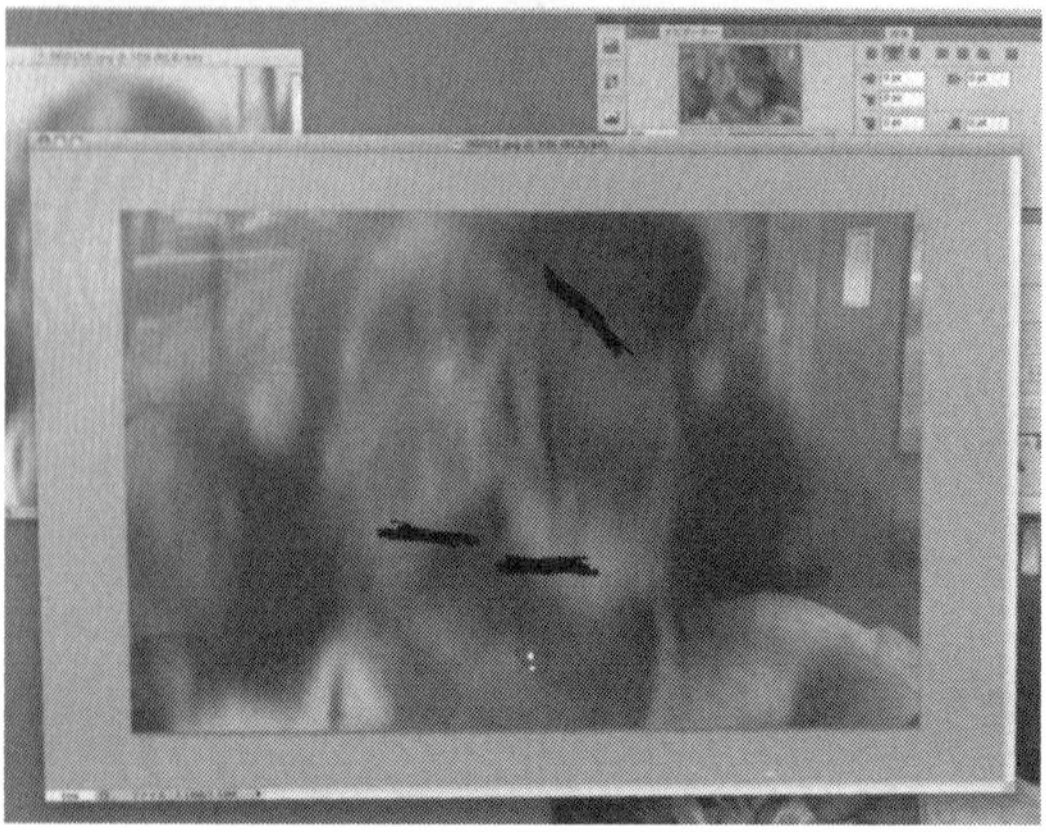

家族は同じ合成写真でまた驚くのだろうか？

まぁ、知らんけど。


まるで「心霊写真」を作らされているかのような奇妙な依頼。

「とても気に入った」というのは本当なのだろう。この日を境にXさんからの発注は、数日おきにくるようになる。

そして、オレンジロビンソンさんの日記もまた、この話題で埋め尽くされていく。

［日時］２０１０／１２／１０
［タイトル］一足先に年賀状

今月は料金３０％オフ！　と先輩が謳ったせいでメッチャ激務！
お客さんの写真使った年賀状ばっか作ってるけど、
幸せそうな家族たくさん見てると別世界のファンタジーに思えてくるよ（｀・ε・´）
そしてXさんからまたまた依頼のメールが…。
さすがに先輩も同じパターンでいいのか？

質問したらしいけど全く同じでいいらしい。
ここまできたら深く考えずに着々とこなす俺。
プロだからね…
それにしてもちょっと…やばいよね（笑）

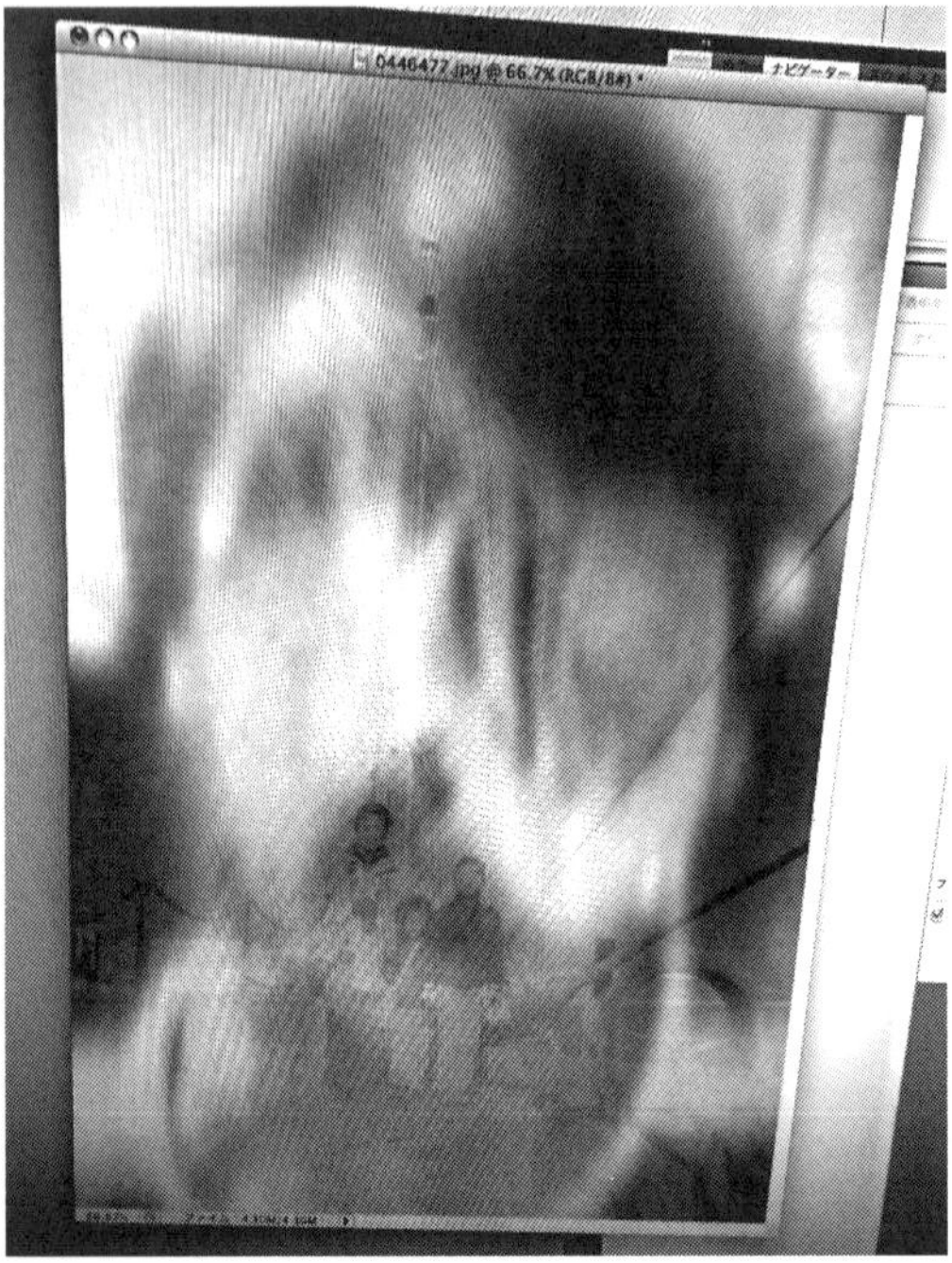

［日時］２０１１／０３／３０
［タイトル］街の明かり

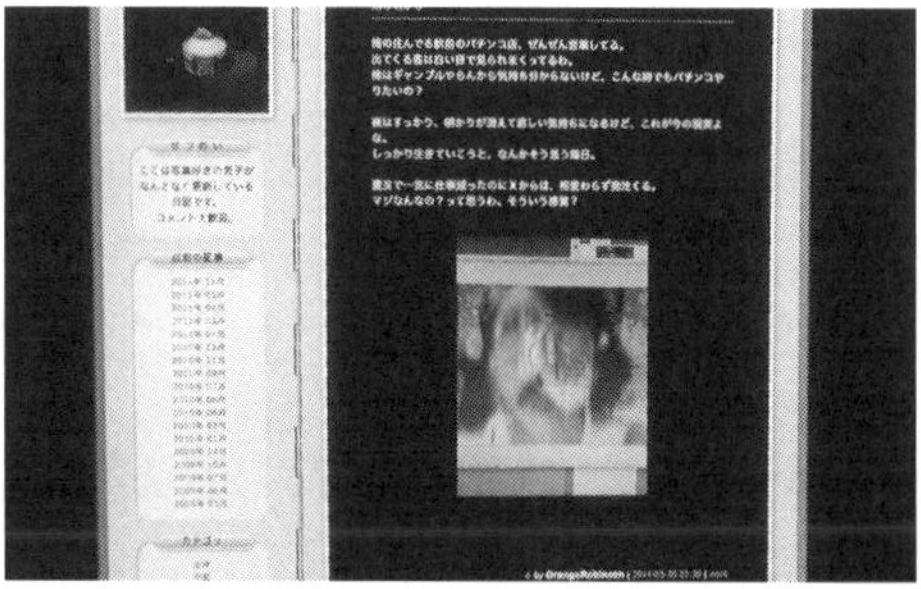

俺の住んでる駅前のパチンコ店、ぜんぜん営業してる。
出てくる客は白い目で見られまくってるわ。
俺はギャンブルやらんから気持ちわからないけど、
こんな時でもパチンコやりたいの？
夜はすっかり、明かりが消えて
悲しい気持ちになるけど、これが今の現実よな。
しっかり生きていこうと、なんかそう思う毎日。

震災で一気に仕事減ったのにXからは、
相変わらず発注くる。
マジなんなの？って思うわ。そういう感覚？

二〇一〇年十一月から約五か月の間に、Ｘさんからは「七十四枚」の依頼があった。

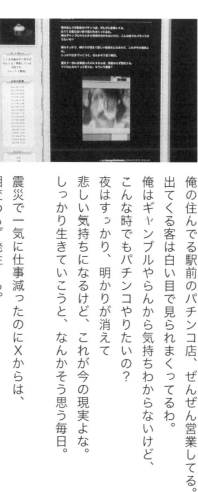

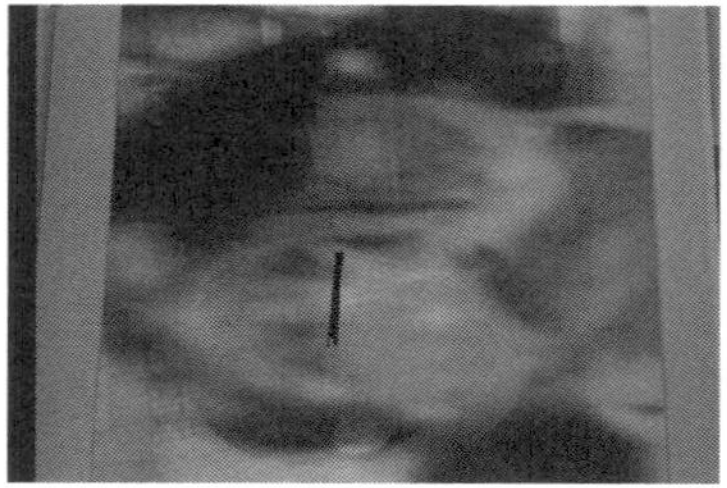

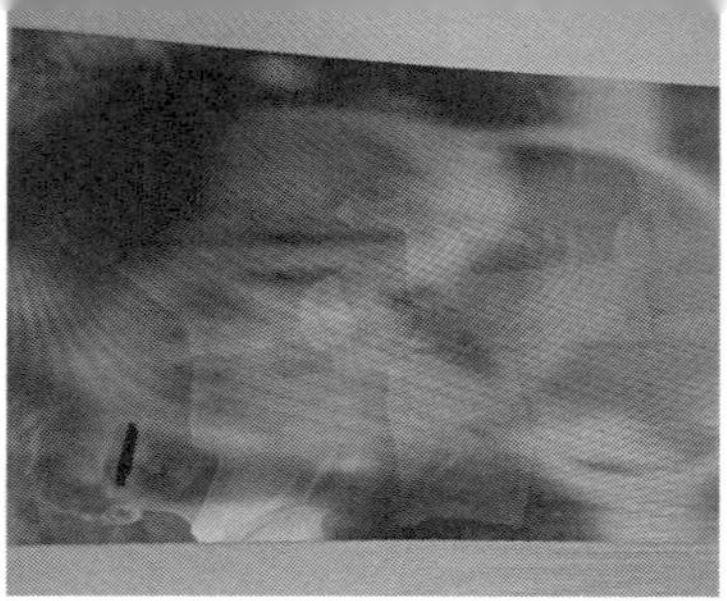

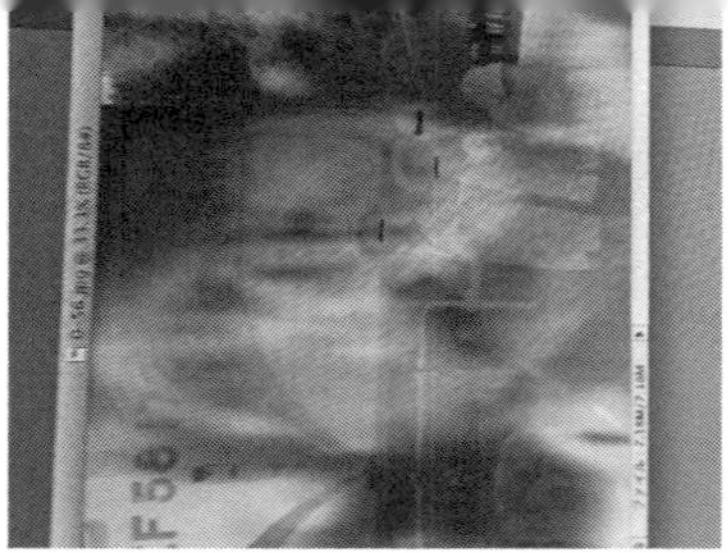

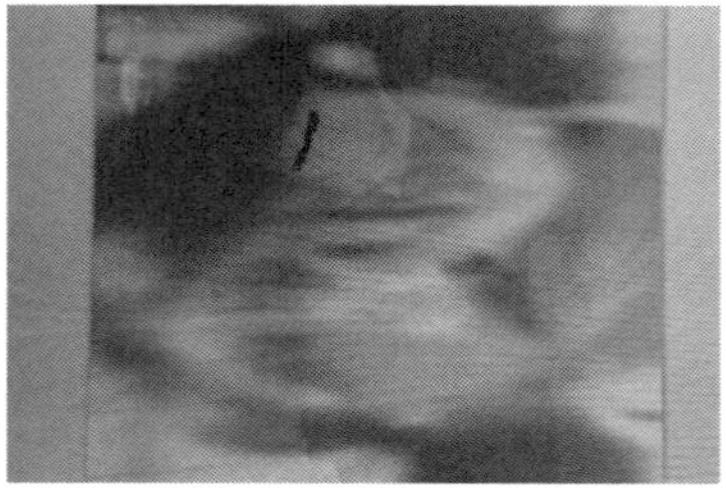

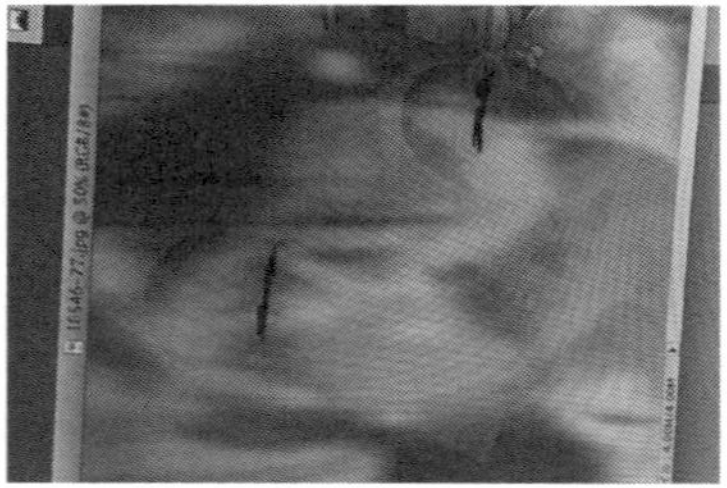

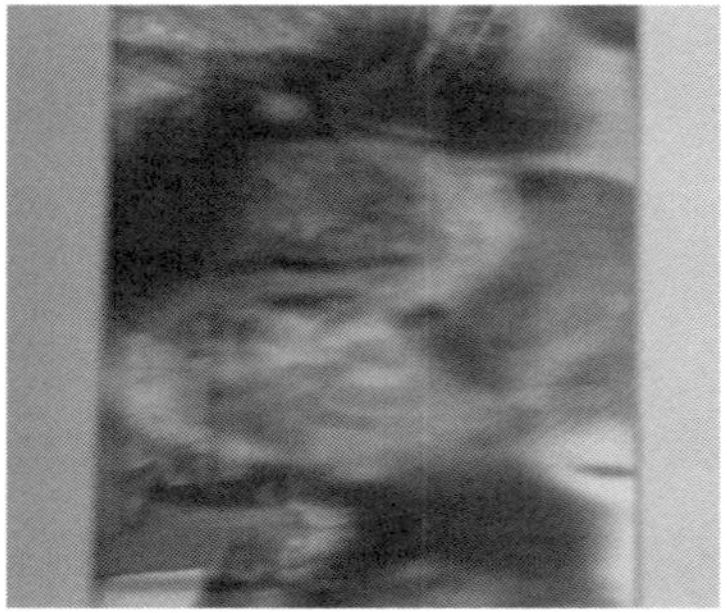

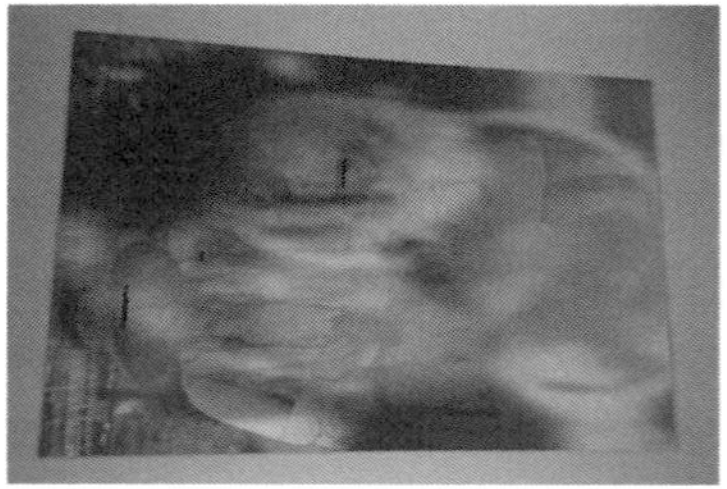

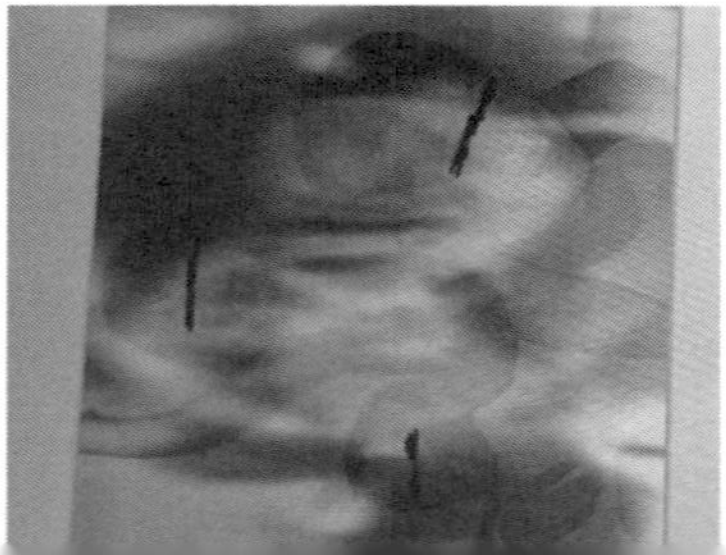

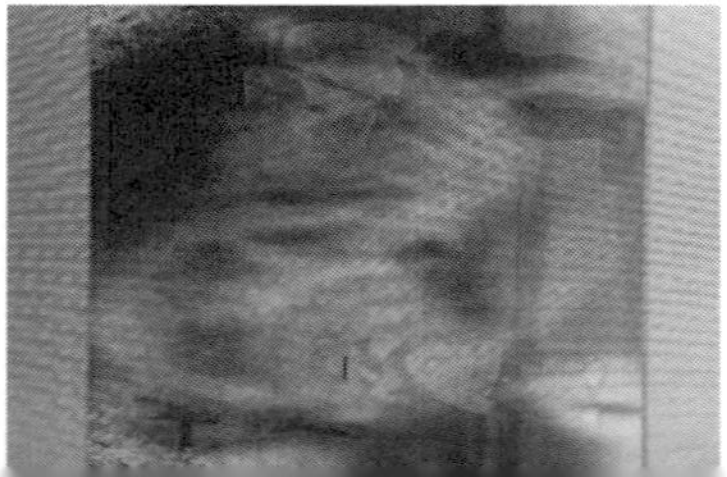

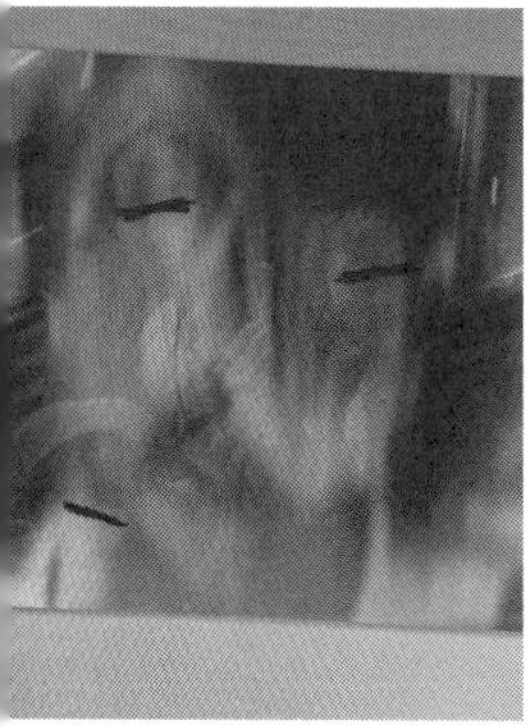

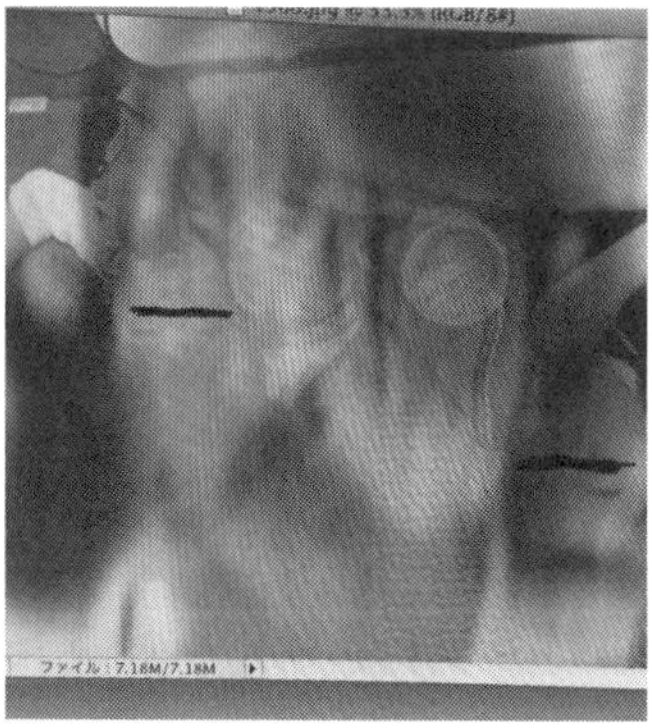
ファイル：7.18M/7.18M

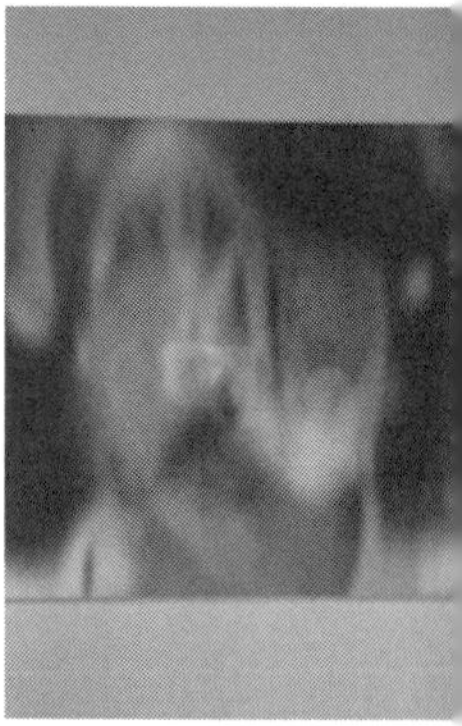

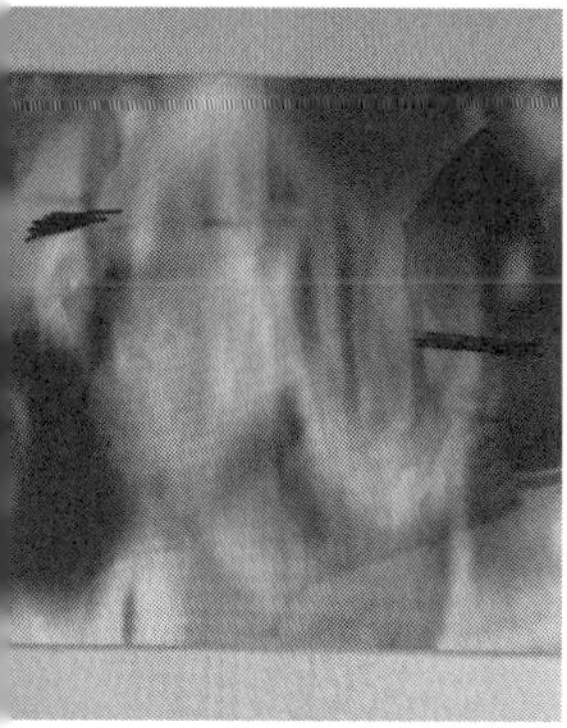

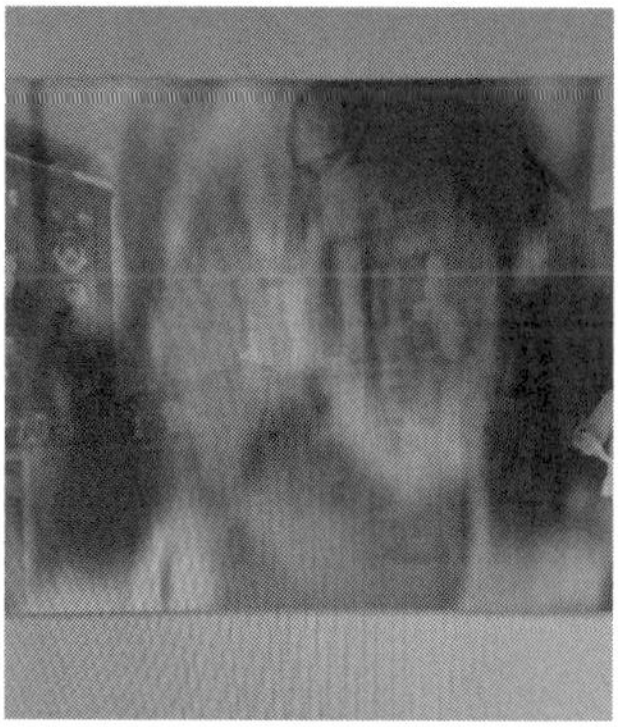

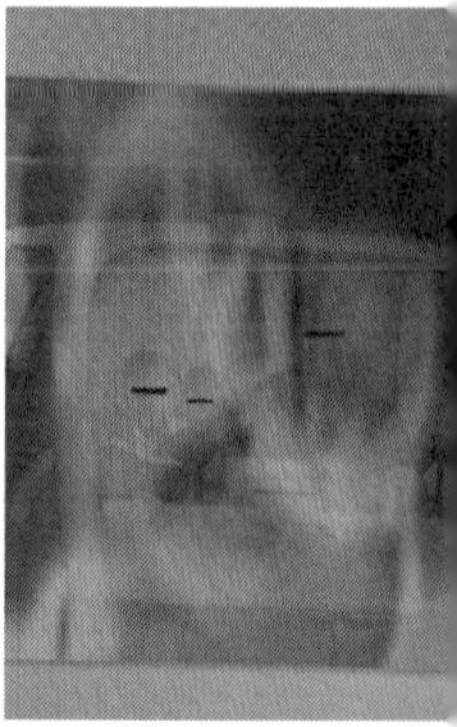

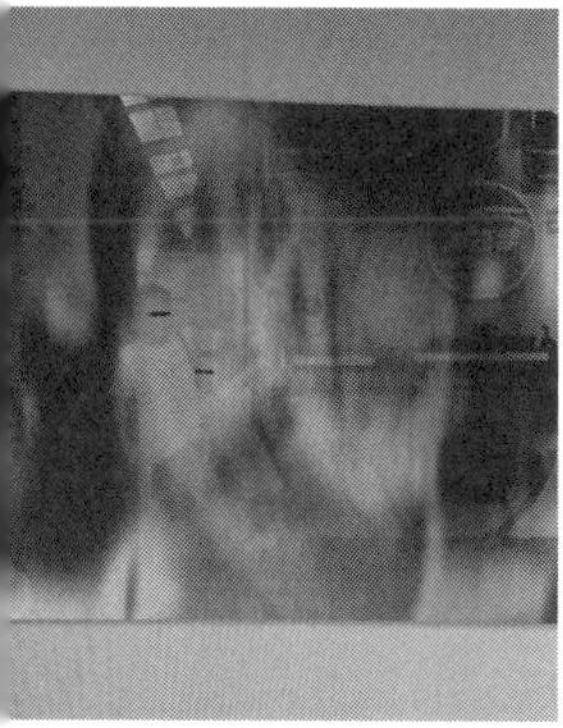

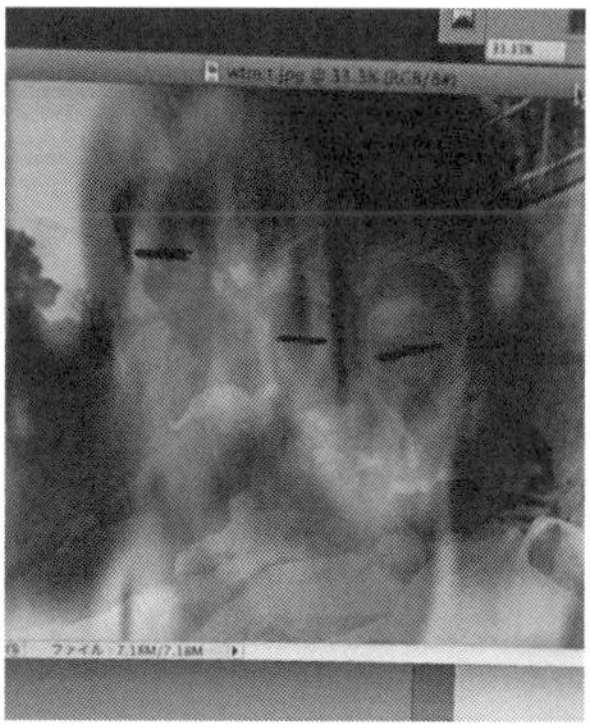
ファイル：7.18M/7.18M

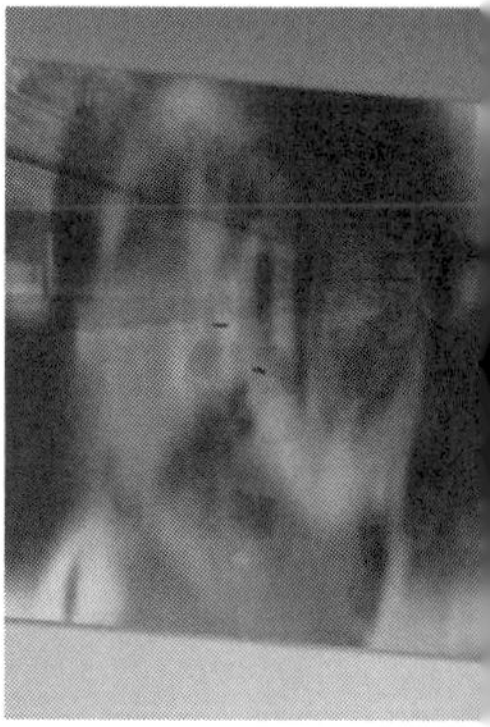

作業自体は簡単なうえに、やることも同じなので、仕事としては割がいい。

それでも、Xさんの発注が二十枚を超えた頃から、オレンジロビンソンさんも先輩も、かなり薄気味悪く感じるようになっていくのが、ブログには克明に記されている。


なぜXさんは、同じような写真を何枚も何枚も発注するのか。

どう考えても、「家族を驚かせる」というのは方便だろう。

こんなに大量の不気味な写真を、家族で楽しんでいるとは思えない。

では何のために、自分たちは写真を加工させられているのか。

そもそも毎回送られてくる家族写真は、本当にXさんの家族なのか。

違うならば、いったいどこの誰なのか。

何より、顔の崩れている女性は何者で、なぜ毎回家族写真に合成するのか。

オレンジロビンソンさんはブログの中で、こうした疑問を繰り返し問いかけていた。


やがて発注数が五十に達した時、先輩もさすがに異常を感じたようで、もうこの仕事は断ろうと考えていたようだが、折り悪く三月十一日に東日本大震災が発生し、受注が大幅に減ってしまったため、結局はXさんの注文を引き受け続けることにしてしまった。

そして遂に、オレンジロビンソンさんの周囲で異変が起こりはじめる。

［日時］２０１１／０４／１８
［タイトル］人生いろいろ

今月末でバイト先が暫く休業する事に。
理由は色々あるけど、一番の原因は先輩の心労がたたった事。
会社を辞めてフリーランスになって、この２年間ほぼ休みなく頑張った。
先輩の様子がおかしくなったのは少し前の事。
Xさんの、あの写真の顔を街中で目撃するようになったとか、
それがこっちをジッと見ていたと怯えていた。
冗談かと思ったけど、先輩は本気で辛そうだ。
しばらく休むのも仕方がない。
今受けている仕事を終えたら一旦休憩。
もちろんXさんの依頼はここ最近全部断っている。
先輩、お疲れ様です。
もう少しだけの辛抱です！

その後先輩は事業を畳み、業界へ戻ることはなかった。

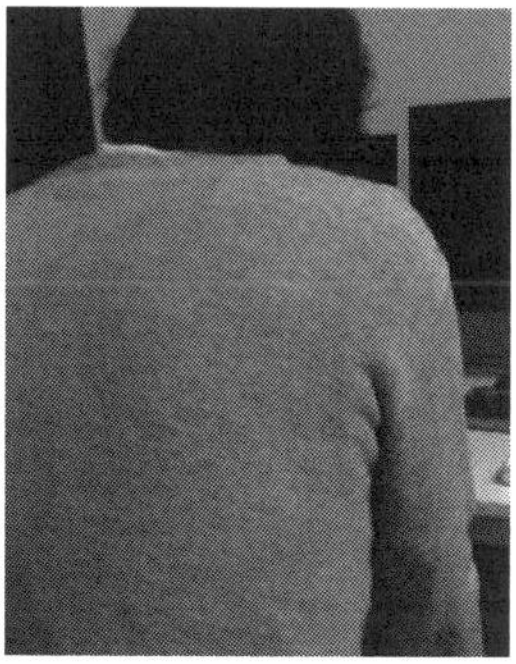

次にブログが更新されていたのは、数週間後。先輩が廃業した直後のことだった。

［日時］2011／05／08
［タイトル］後かたずけ

今日、久しぶりに会社のメールを確認。
いくつか仕事の依頼があったのでお断りのメールを送っていました。
するとまたXさんからのメールがありました。
その内容は、いつもとは違っていました。
いつもは必ず家族写真と、あの不気味な女の顔が2枚必ず送られてくるのですが、
1枚の写真しかありませんでした。
その送られてきた写真を、そのまま貼ります。
そして、メールの文面には短くこう書いてありました。

「ありがとうございました」

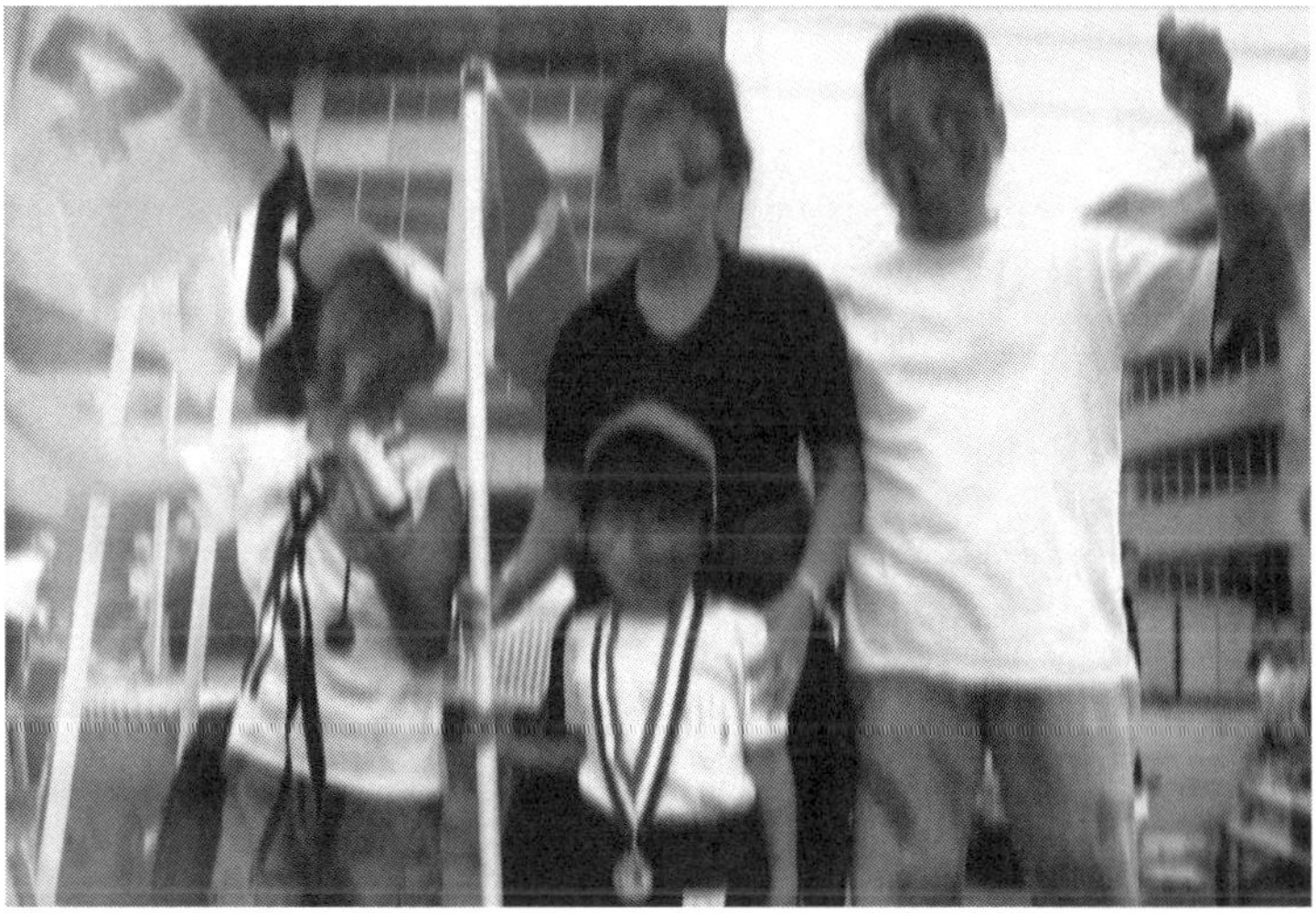

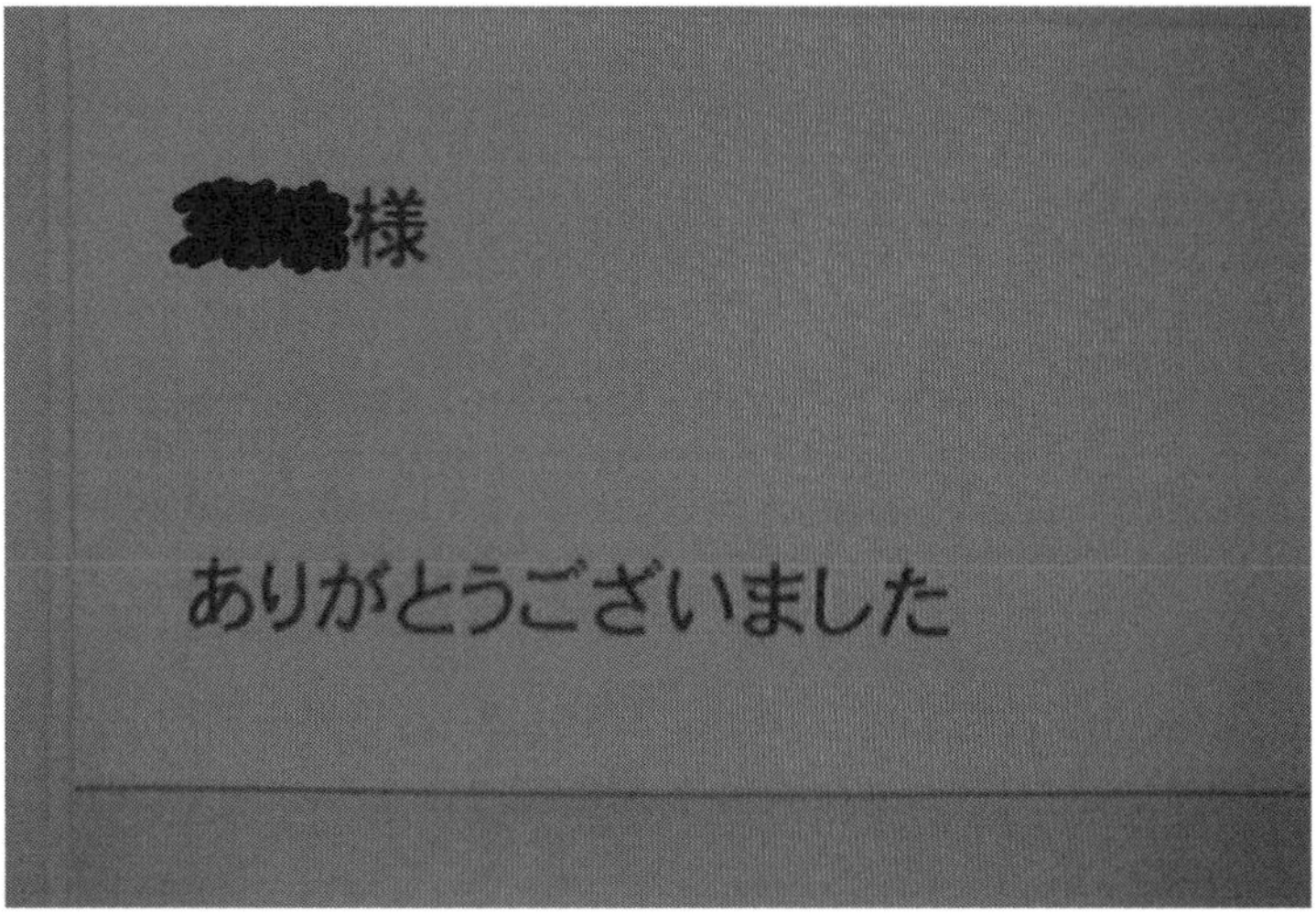
[redacted]様
ありがとうございました

暗い雰囲気の文体で、以前の投稿にあったような無邪気さが消えている。

そして次の投稿が、約半年後、二〇一一年十一月三日の『顔』である。これを最後に更新は途絶えている。

このブログに書かれていることは果たして本当なのだろうか。

オレンジロビンソンさんの安否や消息などは一切不明のままだ。

ここまでの経緯は、『Q』の動画として公開されている。

下記コードを読み取ると視聴できるので、ぜひご覧いただきたい。

＊　＊　＊　＊　＊

さて、この動画を発表してから約二年後、SNS経由で『Q』に情報が寄せられた。

情報提供者は、綾子さん（仮名）。住んでいる地域や年齢は、ここでは伏せておく。

送られてきた内容を見る限り、『オレンジロビンソンの日記』とは無関係と思えない。

以降では、綾子さんから提供いただいた、新たな追加情報を紹介したい。

『ハッピーマザーズダイアリー』［二〇〇九年〜二〇一一年十二月］より抜粋

《綾子さんからのメッセージ》

綾子さん（仮名）／二〇二四年二月

「X」（旧Twitter）ダイレクトメッセージ経由

フェイクドキュメンタリー『Q』スタッフ様

『オレンジロビンソンの奇妙なブログ』を拝見して、とても鳥肌が立ちました。

その理由は、十年以上前に私が見ていた、ある主婦の方のブログと、とても深いかかわりがあると思ったからです。

私の見ていたブログは、オレンジロビンソンさんのブログと同時期に書かれていました。

内容は、どこにでもある主婦のブログです。

でも文章とは裏腹に不気味な写真がアップされていたため、一部で注目を浴びていました（私が知ったのはその頃です）。

現在はサービスが終了しており、このブログは閲覧出来ませんが、当時、興味本位でブログの内容をスクショしていたので、そちらのデータをお送り致します。

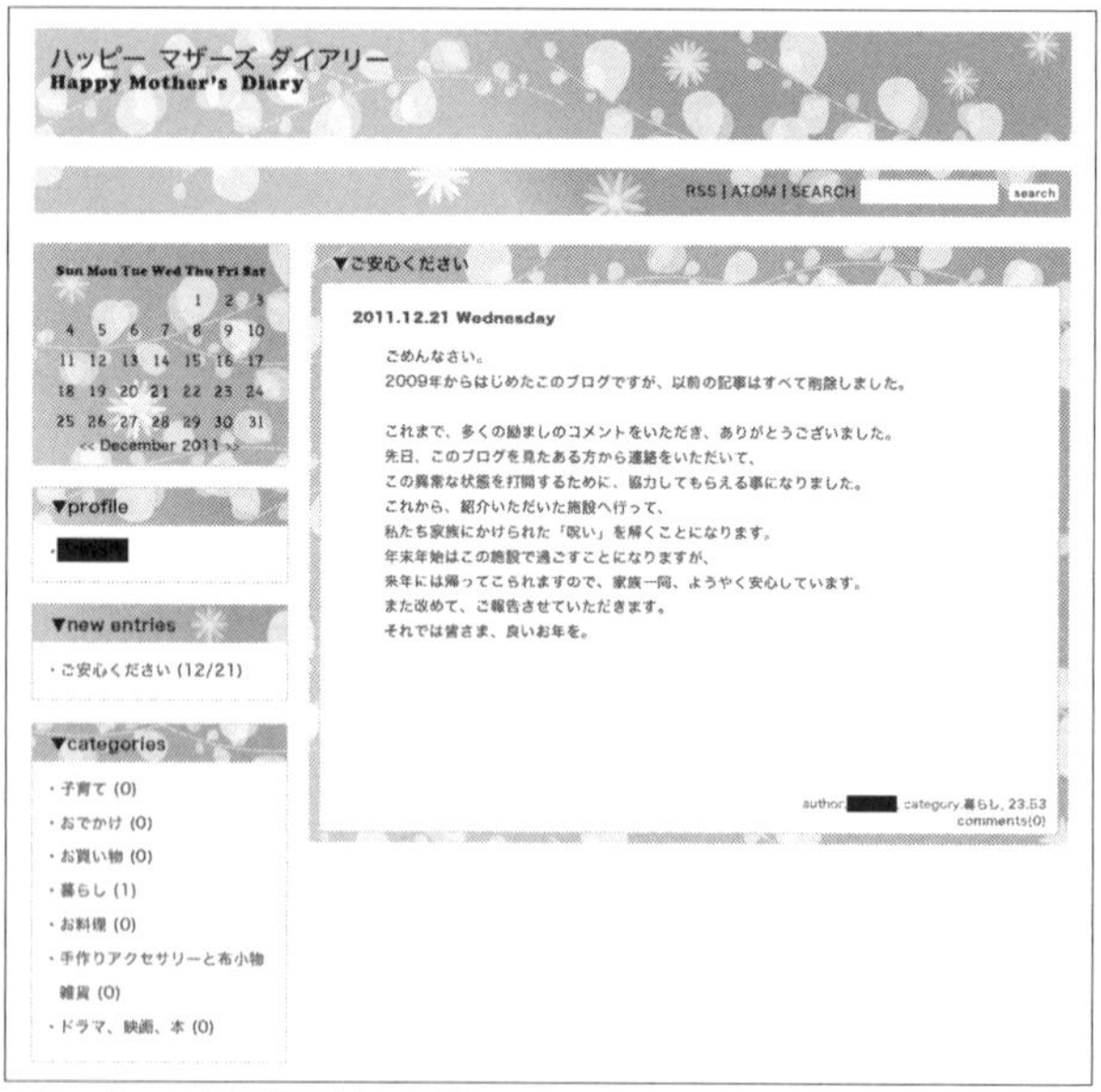
ハッピー マザーズ ダイアリー
Happy Mother's Diary

RSS | ATOM | SEARCH search

Sun Mon Tue Wed Thu Fri Sat
1 2 3
4 5 6 7 8 9 10
11 12 13 14 15 16 17
18 19 20 21 22 23 24
25 26 27 28 29 30 31
<< December 2011 >>

▼profile
・[redacted]

▼new entries
・ご安心ください (12/21)

▼categories
・子育て (0)
・おでかけ (0)
・お買い物 (0)
・暮らし (1)
・お料理 (0)
・手作りアクセサリーと布小物雑貨 (0)
・ドラマ、映画、本 (0)

▼ご安心ください

2011.12.21 Wednesday

ごめんなさい。
2009年からはじめたこのブログですが、以前の記事はすべて削除しました。

これまで、多くの励ましのコメントをいただき、ありがとうございました。
先日、このブログを見たある方から連絡をいただいて、
この異常な状態を打開するために、協力してもらえる事になりました。
これから、紹介いただいた施設へ行って、
私たち家族にかけられた「呪い」を解くことになります。
年末年始はこの施設で過ごすことになりますが、
来年には帰ってこられますので、家族一同、ようやく安心しています。
また改めて、ご報告させていただきます。
それでは皆さま、良いお年を。

author:[redacted], category:暮らし, 23:53
comments(0)

▲トップページの画像(現在は閉鎖)

綾子さんからの連絡には、このようなメッセージと、大容量ファイル送信用のURLが記されていた。

以降では、綾子さんから届いたスクリーンショットの画像を元に、ブログの内容をテキスト化した。写真はスクリーンショットの画像から該当箇所を拡大掲載している。

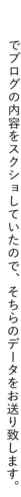

ブログのタイトルは『ハッピーマザーズダイアリー』。
最終更新日は二〇一一年十二月二一日。
その冒頭にはこう書かれている。

ごめんなさい。
２００９年からはじめたこのブログですが、以前の記事はすべて削除しました。

この幸せそうなタイトルのブログで、いったい何が起こったのか。
綾子さんから提供いただいた情報を元に、時系列で紹介していきたい。

【日時】２０１０／１１／０７
【タイトル】娘、五歳になりました！

こんにちは、■■です♪
わが家の元気娘が、今日５歳の誕生日を迎えました。
おめでとう！
今年はお誕生日が日曜だったので、お友達を家に呼んで誕生日会をしました。

お友達から「おめでとう！」とたくさんお祝いしてもらえて、
とても嬉しそうでした♪
お兄ちゃんからもらったプレゼントを、ずっと大事そうに持っていたのもかわいい♪
生まれて来てくれてありがとう！

ママも幸せで胸がいっぱいになりました！

写真の家族は、オレンジロビンソンさんの日記に掲載されていたものと同じに見える。
顔にモザイク処理を施しているようだが、それにしても歪み方が不自然だ。

［日時］２０１０／１１／２７
［タイトル］わが家の秋の恒例行事！

こんにちは、[redacted]です♪
先週末は、家族でキャンプ！
毎年恒例行事だけど、今年は暖かかったので超快適でした♪
私は虫が大の苦手なので、夏のキャンプは苦手なんです。
お父さんがとても張り切ってくれました。
本当にお疲れさまでした！
お兄ちゃんもお手伝いエラかったね。
ありがとう♪

キャンプをしながら、楽しそうな様子で写真に写る父親と息子の姿。
一見、夜に撮影したため、シャッタースピードの関係でブレたように思える。

ただ、息子の顔をよく見ると、口元はブレていないのに、顔の上だけが歪んでいる。
父親のほうも、頭部はブレていないのに、顔の中心が大きく歪んで見える。

［日時］２０１０／１２／１２
［タイトル］結婚式

こんにちは、[redacted]です♪
今日は、弟の結婚式に家族で出席しました。
結婚を知らされた時、いつの間に！　と驚きました。
まだまだ独身でいると思っていた弟が、あんな素敵なお嫁さんを見つけていたなんて！
それはさておき、感動で涙、涙の素敵な式でした。
子供たちは少し緊張気味でしたが、とてもいい経験になったと思います。
また、新たに家族が増えてとても幸せです♪
ハッピー♪

［日時］２０１１／０３／２７
［タイトル］パンづくり

今日は朝から家族全員でパンづくり♪
ついに我が家にも♪
ホームベーカリーが来ました！
うちのおばあちゃんからの頂きものです。
やっぱり焼きたてのパンってすごい！♪
市販のものとは全然違いますね。
あまりにおいしくて食パン半斤食べちゃいました。
さすがに食べ過ぎ……。
食後は、明日の朝の分もみんなで作りました。
春休みは、毎日朝はパンになりそうです。

こちらの写真では、家族全員の顔が歪んでいる。
歪みは顔だけで、手ブレとは思えない。

ここで、『オレンジロビンソンの日記』に掲載されていた画像をお見せしたい。
どちらも、Xさんからの依頼で、家族写真に不気味な女の写真を合成したものだ。

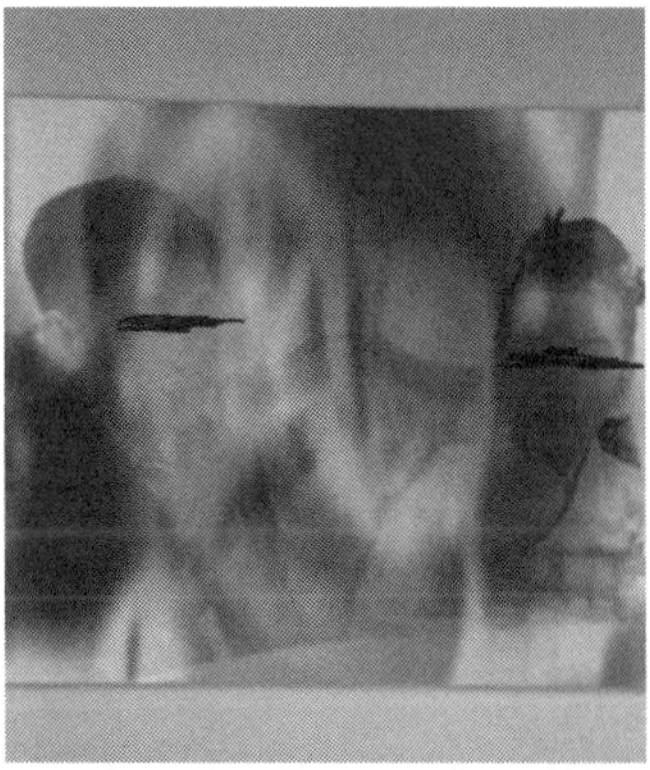

上が結婚式の写真で、下がパンづくりの写真。
オレンジロビンソンさんが女を合成した写真と、ハッピーマザーズダイアリーで家族の顔が歪んでいる写真を見比べると、元は同じ家族写真であるようにしか思えない。
情報提供者の綾子さんに再度確認してみると、『ハッピーマザーズダイアリー』のブログ内の写真は、ある時期を境に、家族の顔がすべて歪んだ画像に変わったという。

ブログを見ていた人たちは「いったいどうしたんだ?」と騒然となり、一時期話題になったそうである。しかし数日後には、ブログ内にある全ての写真が削除されてしまった。

綾子さんは友人に見せようと思って、たまたまスクリーンショットを保存していたが、残念ながらすぐに削除されてしまったので、他の家族写真は保存していない。現在、綾子さんの手元にある写真は、ここまでに掲載した四枚だけである。

ただし、綾子さんからは、その後の顛末《てんまつ》に関する投稿について、スクリーンショットで保存したものがさらに四点届いている。

この投稿もテキスト化したので、最後にこちらをご覧いただきたい。

[日時] 2011/04/14
[タイトル] コメント欄封鎖

写真にバグが起きてしまった事について、現在、原因を調べてもらっています。

ご心配くださった皆さんから、いろいろなアドバイスをいただいています。

励ましのコメントも、本当にありがとうございます。

でも、家族に対する心無いコメントは傷つきます。

当面、コメント欄を封鎖させていただくので、ごめんなさい。

［日時］２０１１／０４／２７
［タイトル］助けてください

持っている写真が全て、以前このブログに掲載していたような状態になっています。

データだけではありません。プリントした昔のアルバム(実家にあるものも)を含めて、
私たち家族が写っているものは全ておかしくなっています。

原因はわかりません。

なんと、友人が持っている写真まで、私の顔だけが変化しています。

子どもたちも怖がっています。

現在、コメント欄を再び開放しています。

原因のわかる方、お祓いの専門家の方など、情報をお持ちの方はご連絡ください。

私たち家族を助けてください。

よろしくお願いいたします。

［日時］２０１１／０５／１０
［タイトル］情報をお持ちの方・助けてくれる方へ

※これまでの経緯は過去のブログを読んでください。

最近の出来事について報告します。
・家族全員で変な夢を見る。
・体調の変化、子供に痣のような跡。瘦せてゆく。
・身の回りで聞こえる、奇妙な音や声。
（また何かあったらお知らせします）

［日時］２０１１／１２／２１
［タイトル］ご安心ください

ごめんなさい。
２００９年からはじめたこのブログですが、以前の記事はすべて削除しました。

これまで、多くの励ましのコメントをいただき、ありがとうございました。
先日、このブログを見たある方から連絡をいただいて、
この異常な状態を打開するために、協力してもらえる事になりました。
これから、紹介いただいた施設へ行って、
私たち家族にかけられた「呪い」を解くことになります。
年末年始はこの施設で過ごすことになりますが、
来年には帰ってこられますので、家族一同、ようやく安心しています。
また改めて、ご報告させていただきます。
それでは皆さま、良いお年を。

＊　＊　＊　＊　＊

二〇一一年十二月二一日。
この投稿を最後に、『ハッピーマザーズダイアリー』が更新されることはなかった。
この家族四名がその後どうなったのか、現在どうしているのかは不明である。

Episode Ⅶ

フィルムインフェルノ

～いくつかのピース～

二〇〇二年八月 「[redacted]海岸カップル失踪事件」

【日時／場所】

二〇〇二年八月／[redacted]県[redacted]海岸

【行方不明者】

松永　一良さん／男性／三二歳／東京都在住［※二〇〇二年当時］
森　瞳子さん／女性／二五歳／東京都在住［※二〇〇二年当時］

【事件概要】

二〇〇二年八月、[redacted]海岸でキャンプをしていた松永一良さんと森瞳子さんが、行方不明になった事件である。

海岸近くにテントや車が残されていたことから、何らかの事故または事件に巻き込まれた可能性を考慮して大規模な捜索が行われたが、二人の行方はわからないままだ。

当時は海に入った二人が沖に流されたのではないかと考えられていたが、それから九年後の二〇一一年秋、海岸から十五キロも離れた山の中で、登山中の男性がビーチバッグを発見した。

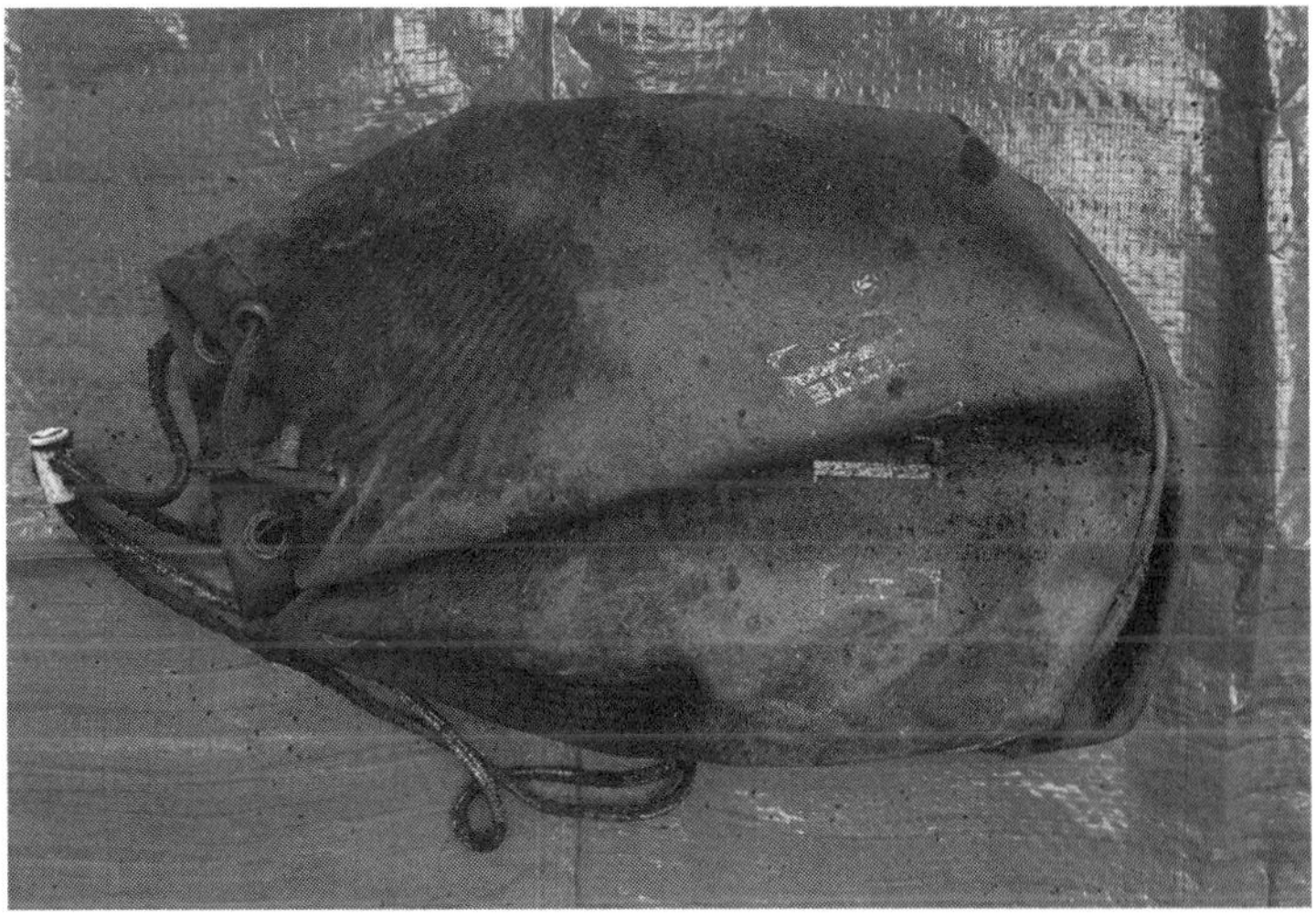

山で遭難した人の遺留品ではないかと思い、念のため警察へ届けたところ、中に入っていた身分証から、二〇〇二年に行方不明になった瞳子さんの持ち物であることが判明した。

バッグの中には、瞳子さんの財布や身分証のほかに、カセットテープ、ポラロイド写真、ビデオカメラ本体、そして専用のビデオテープ三本が残されていた。

事件性を鑑《かんが》みて、復元した映像を警察で確認したが、失踪の理由がわかるどころか、当日の二人の足取りについて謎が深まるばかりで、事件解決には至らなかった。

最終的には、「事件性なし」と判断されて捜索は終了となっている。

以降では、バッグの中に残されていた遺留品の詳細を紹介していく。

【カセットテープ】

ケースに入っていない状態で、磁気部分はかなり傷んでいたが、途中の三十五秒間だけは復元できた。

録音されていたのは瞳子さんとは異なる女性の声で、音声ガイダンスのような平板な口調である。

なお、声の主が誰なのかは未だに判明していない。

■録音内容テキスト

右……左……二つ目、左……右……突き当たり……

左……右……部屋にはい……（音声途切れる）

【ポラロイド写真】

バッグがビニール製だったこともあり、奇跡的に保存されていた。

発見時は何が写っているのかまったくわからなかった（写真上）が、丁寧に洗浄して修復することで、家族らしき三人の人物が写っていることがわかった（写真下）。

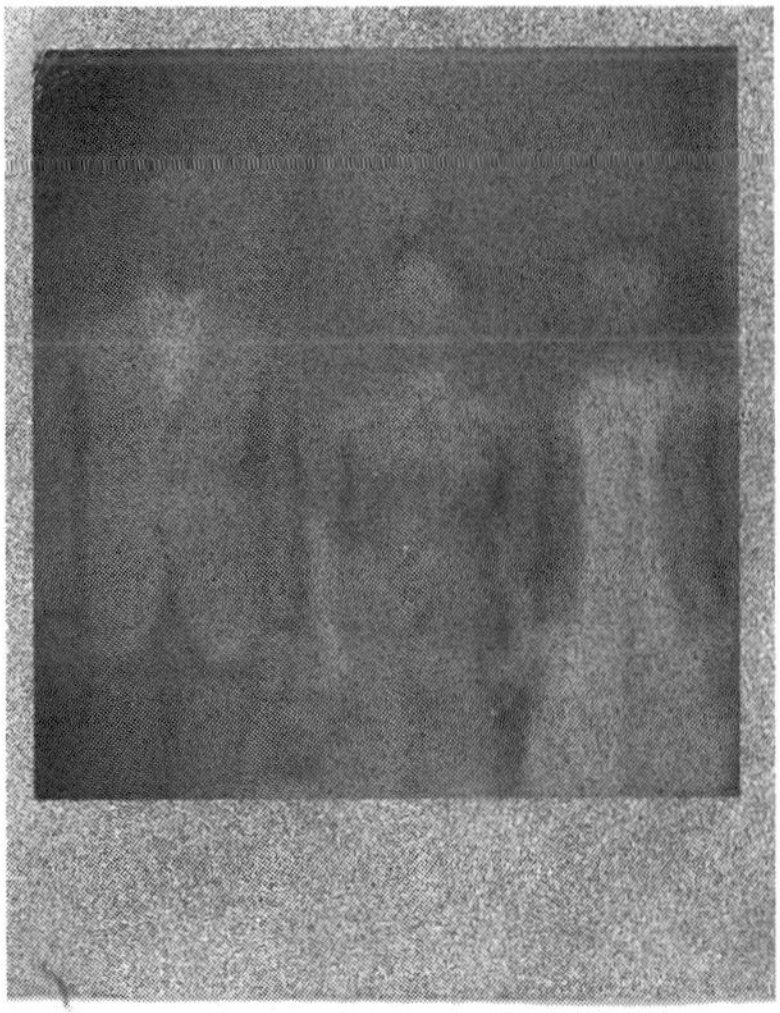

後述するビデオカメラの映像内でも、二人がこの写真を手にしている場面が映っているため、何らかの意図や目的をもって、キャンプへ持参した可能性が高い。
ただし、この写真に写っている人物が誰であるかは、今もなお不明である。

【ビデオカメラ本体／専用テープ三本】

ビデオカメラのテープ（ｍｉｎｉＤＶ）が二本（写真上）。ケースに入っていたため、

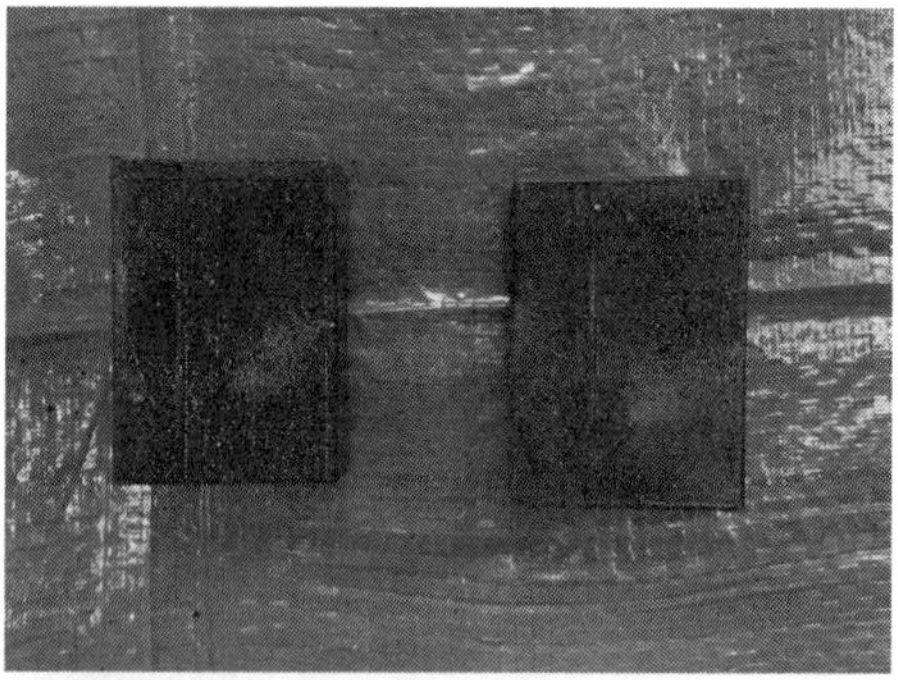

カセットテープに比べて保存状態が良好だった。

ビデオカメラ本体には、中にもう一本テープが入っていた（写真下）。カメラは行方不明になった一良さんのものであり、映像の一部を復元することができた。

映像には、行方不明になった一良さんと瞳子さんの姿が映っており、失踪当時の状況がわかる内容となっている。警察は事件性なしと判断して遺留品は家族へ返されたが、それに納得できない家族は、人づてに知り合ったルポライターの橋本ふみやさんに映像を託して、失踪の真相が解明されることを願っている。

以降に紹介する映像の内容は、一良さんの両親や瞳子さんの親族、そして情報提供を募るために『Q』へ本映像を持ち込んだ橋本さんの許諾を得ていることを断っておく。

二〇〇二年八月　ビデオカメラの復元映像

《一本目》

ビデオカメラの映像は、海岸へ続く草むらを抜けるところからはじまっている。

快晴とはいえない曇り空だが、海岸にレジャーシートを敷いて、ホットプレートで肉や野菜を焼いたり、海岸を散策したり、海水浴をしている姿が映っている。

▲松永一良さん（当時32歳）

▲森瞳子さん（当時25歳）

一本目のテープは損傷が激しく、復元できたのは部分的であり、二人が海岸で過ごした時間の大半は復元することができなかった。

ただし、部分的な映像ではあるが、『Q』として気になる箇所が二点あった。これが二人の失踪と直接の関係があるかはわからないが、まずはそこから紹介したい。

一つ目は、海岸沿いの砂浜の映像である。何かを埋めたような砂山が三つあり（写真上）、なぜか一良さんはこれをカメラに収めている。偶然見つけて撮ったのか、それとも二人で作ったのか。経緯がわかる映像は残されていない。

二つ目は、遠くから撮影者を見る人影（写真中央）で、拡大してみると、大人二人に子ども一人らしき姿が（写真下）確認できるため、家族のようにも見受けられる。

また、一本目のテープの終盤には、途中で音声が途切れてはいるが、二人が会話する場面も撮られている。テントの前に座る瞳子さんの表情は暗く、とても楽しいキャンプへ来たカップルとは思えない様子である。

一良「そろそろ……（不明）……時間だよ」
瞳子「本当に……（不明）」

二人は聞き取れない会話を交わしているが、内容はまったくわからない。

ただ、一良さんが「時間だよ」と言うと、瞳子さんは嫌そうな顔をして映っている。

次の場面では、カメラの撮影者が瞳子さんに変わっており、草が生い茂る中を、一良さんが先導して進む姿が映されている。

やはりほぼ音声は聞き取れないが、一良さんが「今日……（不明）……見られた」と話す声と、「（不明）……だから、大丈夫」と話す声だけは判別できる。

生い茂る草の向こうには山が見えており、どうやら二人は、そちらに向かって歩いているようだ。

やがて画像が大きく乱れたあと、山肌の岩壁にぽっかりと口を開けた、横幅が二～三メートルはありそうな、大きな洞窟の入口が姿を現した。

洞窟を少し入った所には、壊れた建造物らしき木材が積まれており、この場所には人の手で造られた何かがあったことがうかがえる。

二人は積まれた廃材の横を抜け、洞窟のさらに奥へと進んで行く。やがて画面が暗くなり、一本目のテープは、ここで映像が終わっていた。

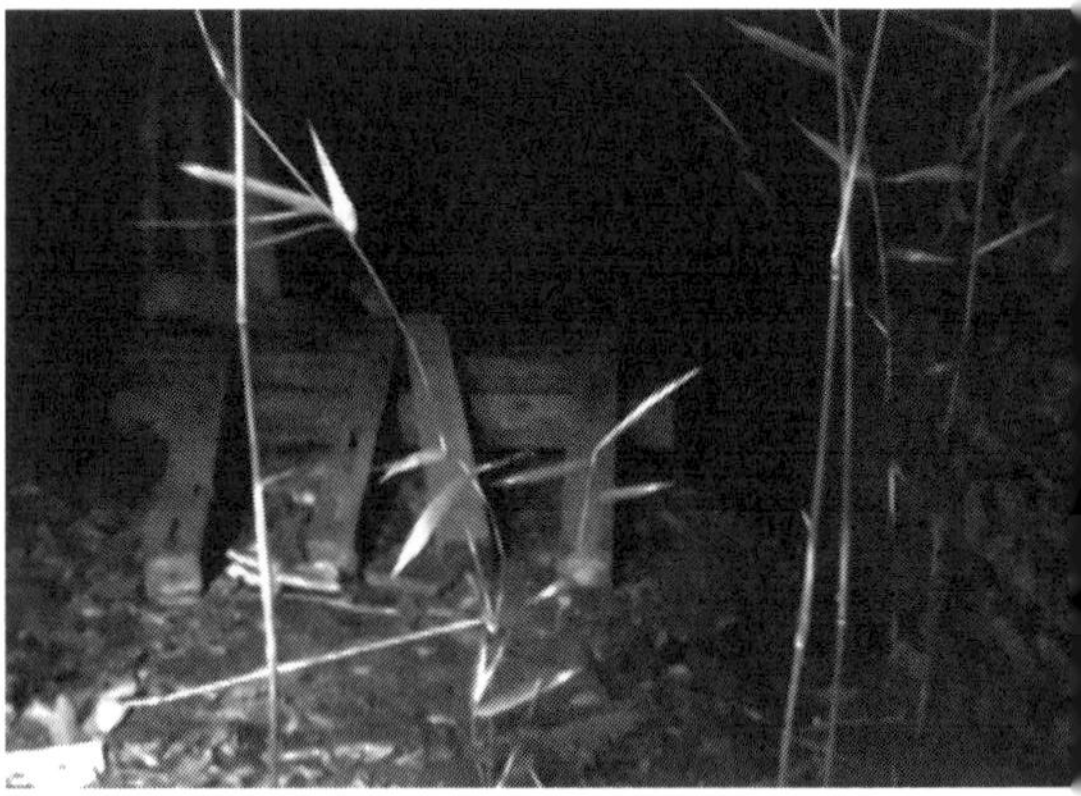
▲洞窟の入口と建造物の廃材

一本目のテープからは、海岸にキャンプへ来ていた二人が、しばらくして浜辺のテントを離れ、近くの山らしき場所にある洞窟へ入ったことがわかる。

最初からその場所を目指したのか、偶然発見したのかは、映像からはわからない。

《二本目ーカット①》

二本目のテープからは、洞窟を進む二人の姿が映されている。

洞窟の中には階段があり、ここが人為的に作られた場所なのがわかる。すべて人の手で掘ったのか、自然の洞窟を利用したのかまではわからないが、内部は道が分岐して、かなり入り組んだ構造になっているので、ある程度人の手が加わっていることは間違いない。

洞窟内は水音がしており、壁面や床も湿っている場所が多く、足元は滑りやすそうな

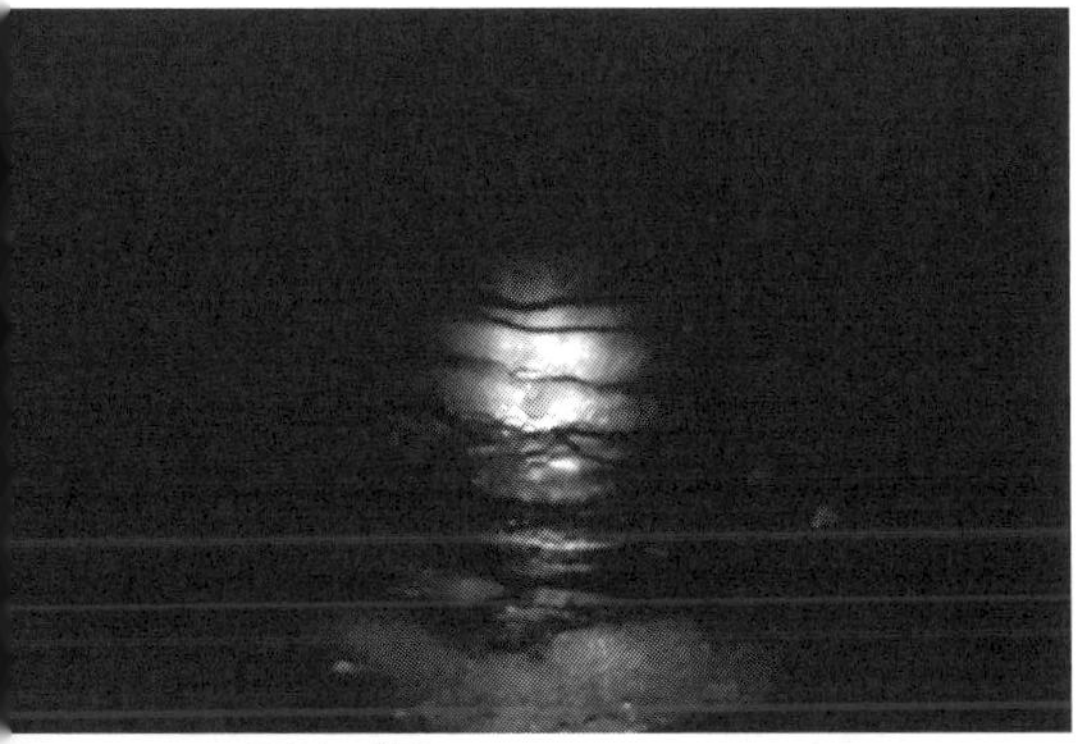

▲洞窟内の階段

▲洞窟内の様子、内部は入り組んでいる

▲針金のようなもので作られた頭部のない人形

雰囲気である。足場の悪い暗闇の中、ライトのわずかな灯りだけを頼りに、二人はハアハアと息を荒げながら、少しずつ歩みを進めて行く。

しばらく進むと、道が左右に分かれた。

一良さんが「どっち？」と訊くと、瞳子さんは「最初は右」と答えた。まるで道を知っているかのような受け答えである。

そのまま直進すると、再び壁に突き当たる。道は右へ折れ曲がっており、曲がり角の壁には、目線の高さに小さな横穴が掘られていて、そこには針金らしきもので造られた、頭部のない人型の人形が置かれていた。

怯えた声で「何これ……」という瞳子さんに、一良さんは「知らない」と嫌そうに返事をして、そのまま道を進んで行く。しばらくすると、また分かれ道になった。

一良さんが左側の道へライトを向けると、瞳子さんは軽く頷いて、二人はそちらに進んで行く。道は下へ降りる階段になっており、滑る足場を苦労しながら降りるものの、少し進むと行き止まりになってしまった。

瞳子さんが突き当たりの壁を見て、「あれ……？」と困惑した声を出すと、一良さんも当てが外れたように「行き止まりじゃん……」と呟いている。

彼らは来た道を引き返すと、今度は先ほど行かなかったほうの道へ入った。

一本道を左、右と曲がりながら進んで行ったが、やがて天井が低くなり、それ以上進めなくなったので、二人は来た道を引き返すことにした。その時、一良さんが床に散乱するメモ書きの切れ端を見つけたので、その画像を掲載しておく。意味はわからない。

▲何かが書かれたメモの切れ端

《二本目——カット②》

映像はいったん途切れ、次のカットでは来た道を引き返す途中からはじまっている。

二人は「こんな道あったっけ?」「通ってないよね」と困惑しながらも少し先へ進むが、瞳子さんが「一回戻ろう」と言ったところで、元来た道が見当たらないことに気が付いた。そ彼らは最初のT字路を右に進んで階段を昇ると、もう一度右に曲がっただけである。その先の分岐は、左側も直進も行き止まりになっていた。それなのに道を引き返すと、入口の階段が見当たらないのだ。


パニックになった二人は、来た道を戻ろうと必死に通路を駆け回る。その最中、瞳子さんが大きな悲鳴をあげた。瞳子さんが「あれ……」と指差す先には、横穴に置かれていたはずの針金人形が、触ってもいないのになぜか床に落ちている。

そして、「戻ろう」と再び通路を進む一良さんに、瞳子さんが「どっち……ねえ」と不安そうに呼びかけるところで、再び映像は途切れた。

《二本目——カット③》

やはり二人は、道に迷ったままである。

通路を進む一良さんの後ろから、瞳子さんが「これ以上進んだら危ないんじゃない」と呼びかけた。その言葉に振り返った瞬間、一良さんは「は?」と困惑の声をあげた。瞳子

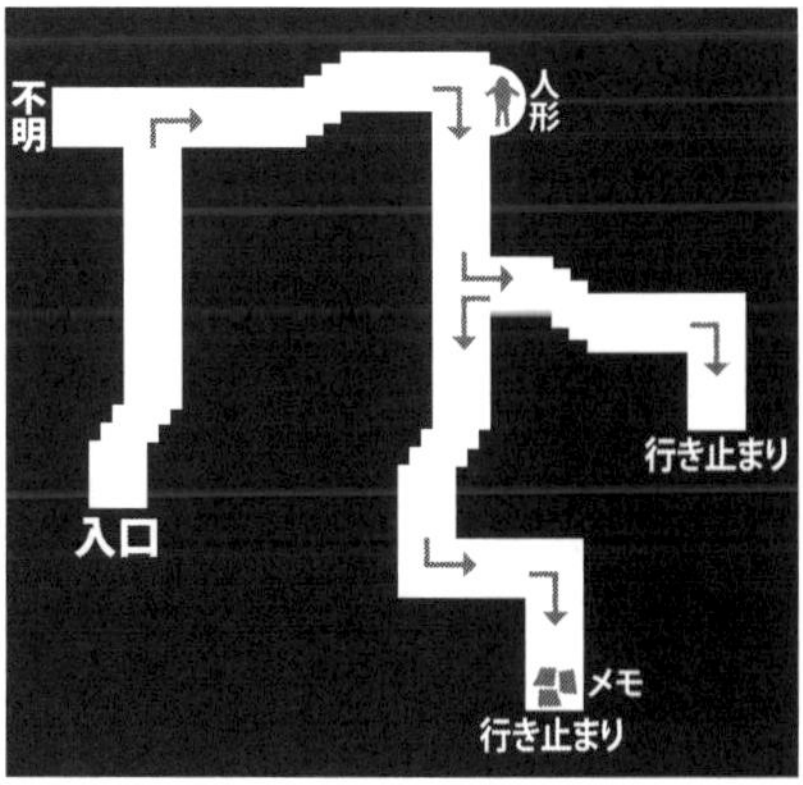

さんのすぐ後ろが壁になっている。今来たはずの道が、消えているのだ。
瞳子さんが、「カメラ確認させて！」と言うところで、映像はまた切断された。

《二本目―カット④》

次のカットでは、通路が少し広くなった小部屋のような場所に立っており、壁際にはビニール袋や段ボール箱、レジャーシート、ゴミのようなものが散乱している。
瞳子さんが「人いたのかな……？」と訊くものの、一良さんは「知らない……」と不機嫌そうに言いながら、手に持った携帯電話をあちこちに掲げながら電波の入る場所を探している。焦りと苛立ちで、二人とも精神的に追い詰められている様子だ。

《二本目—カット⑤》

苦しげな息遣いと、足元を照らすライトの光だけが映っている。

映像と音声が大きく乱れており、何とも言えず気味が悪いのは確かである。

《二本目—カット⑥》

場面は相変わらず洞窟の中だが、映像が開始してしばらくすると、突然遠くのほうから音楽が聴こえてきた。それは次第に大きくなり、洞窟内になぜかクラシックが響き渡った。

どこからか、歌劇「アイーダ」の「凱旋行進曲」として知られる名曲が、大音量で流れてくるのだ。

音のする方角へ進んで行くと、通路の途中に誰かの靴が落ちており、その先には、胸の高さくらいの壁に遮《さえぎ》られた空間があるのを見つけた。壁の上に開いた隙間か

▲洞窟内に現れた人工的な空間

ら向こう側を覗《のぞ》くと、奥にはコンクリートで周囲を封鎖した、かなり広い人為的な空間が広がっていた。

《二本目―カット⑦》

クラシック音楽が鳴り続ける中、二人はさらに洞窟の奥を進んで行く。

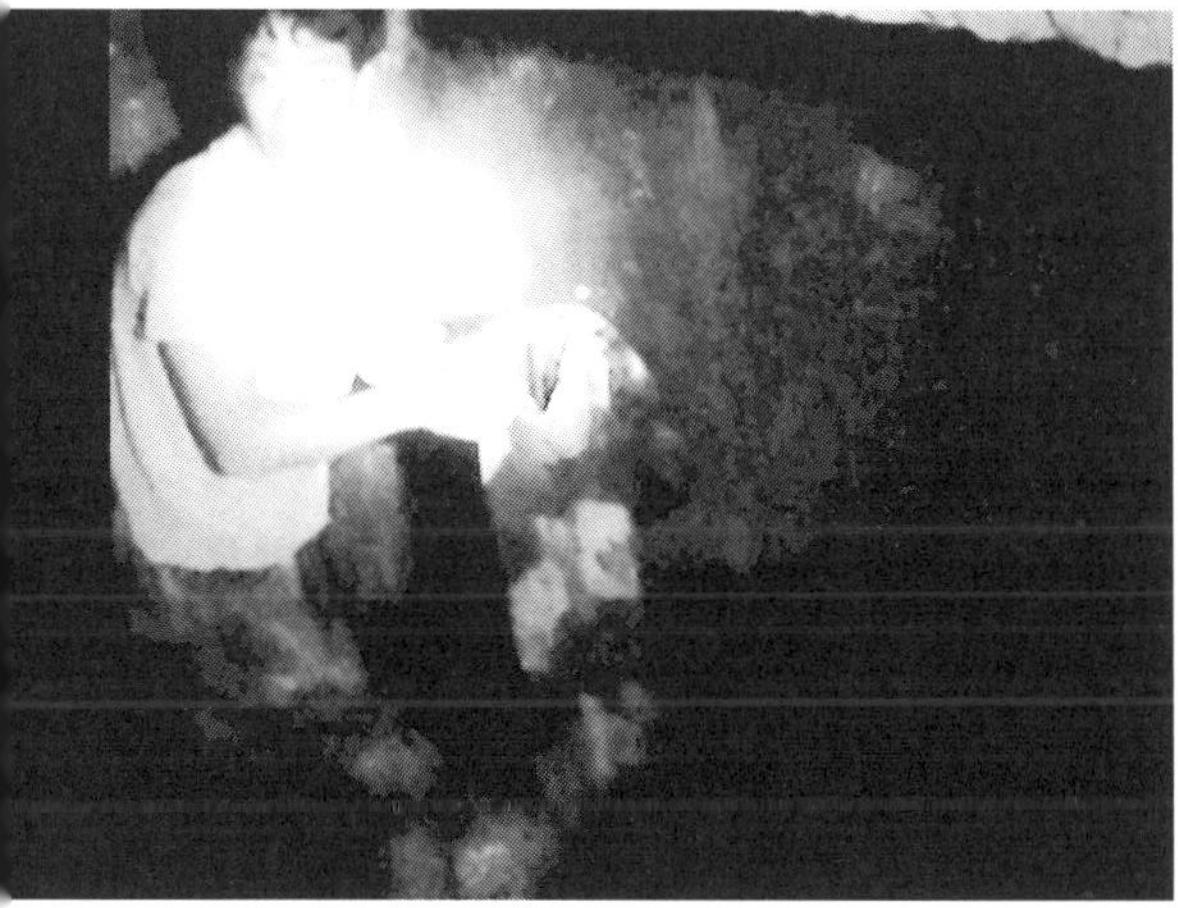

▲ボーダーのシャツを拾い上げる一良さん

しばらく進むと、通路の先にブロックで造られた小さな仕切りを発見した。やはりここは単なる天然の洞窟ではなく、部分的に人の手が加えられているようだ。

仕切りがダムのようになり、その奥は膝丈くらいの深さまで水が溜まっていた。

そこに、服が浮いている。

一良さんは水の中へ足を踏み入れると、浮いている衣服を拾い上げた。

ジーンズと、ボーダーのシャツ。先ほどの靴と合わせて、誰かが居たことは間違いない。

一良さんが、「すみません！　誰か居ますか」

と何度か洞窟の奥に向けて呼びかける。

誰からも返事はなかったが、突然、流れていた音楽がピタリと止んだ。

他に何も聞こえてこないが、不穏な気配を感じたのか、一良さんはそうっと衣服を水へ戻すと、怯えた様子でその場を後にした。

《二本目―カット⑧》

ビデオカメラを置いた状態で、床に座った二人が会話をしている。

何のために据え置きで映像を撮ったのかはわからないが、もしかすると会話の内容を残そうとしたのかもしれない。ただ残念なことに、画像や音声に激しい乱れがあり、二人が話していることはまったくわからない。

二人はかなり険悪な雰囲気で言い合っており、その途中、「間違って」という言葉がかろうじて聞き取れるので、道順や迷ったことを責め合っているのかもしれなかった。

しばらくすると、一良さんは一枚の写真らしきものを取り出した。そして、今にも泣き出しそうな顔で膝を抱える瞳子さんの前に、その写真を差し出した（写真上）。

それを見た瞬間、瞳子さんは激昂《げきこう》した様子で叫ぶと、そのまま立ち上がって、画面外へ走り去ってしまった。一良さんが焦りながらその後を追うところで映像は終わっている。

《二本目ーカット⑨》

洞窟の中を、一良さんが「瞳子！ 瞳子！」と叫びながら進んでいる。どうやら走り去った瞳子さんと、すっかりはぐれてしまったようである。しばらく進んだ先で、通路の奥に立つ瞳子さんを見つけたが（写真下）、瞳子さんはそのまま通路奥へ姿を消してしまった。一良さんはすぐに後を追ったものの、もう瞳子さんの姿はどこにもなかった。

▲瞳子さんに写真を見せる一良さん

▲瞳子さんは一瞬姿を見せると洞窟の奥へと消えた

その後も、一良さんが瞳子さんの名前を呼びながら、必死に洞窟内を探し回っているところで映像が途切れている。

《二本目―カット⑩》

一良さんが壁際を這うようにして進んでいる。重い足取りや苦しげな息遣いから、そろそろ体力も限界のようだ。

通路は下りの階段で、暗闇の中、一歩ずつ、一歩ずつ、慎重に進んでいく。

しばらくすると、通路の奥から、またもやクラシック音楽が聴こえてきた。

音楽が少しずつ大きくなる中、突然、通路の先に、フックのついたひも先が現れた。

ひもは、まるで一良さんを誘うようにして、スルスルと動きながら階段の奥へと吸い込まれるように消えていく。

一良さんは「瞳子？」と呼びながら、ひもの後を追って階段を下りて行く。

階段を下りきると、ひもはもう動かなくなった。

ただ、長いひもの先は、通路の奥へと伸びている。

そして一良さんは、ひもに導かれるようにして、通路の奥へと歩みを進める。

カメラの映像は、ひもを辿る一良さんの視点で、地を這うように進んでいく。

ひもを追う映像には、やがて地面に落ちている空き缶やゴミが映り込みはじめた。

ようやくひもの端まで辿り着いた頃には、周囲は瓦礫《がれき》とゴミだらけになっており、ひもの先は千切れてバラバラにほどけていた。そして、ひもの傍らには、老人のような薄気味悪いモノクロの顔写真が落ちていた。

ここでようやく、地面を見ていた一良さんの視線が正面へと上がった。

カメラの映像がゆっくり前を向くと、ここが行き止まりになった小部屋のような場所であることがわかった。

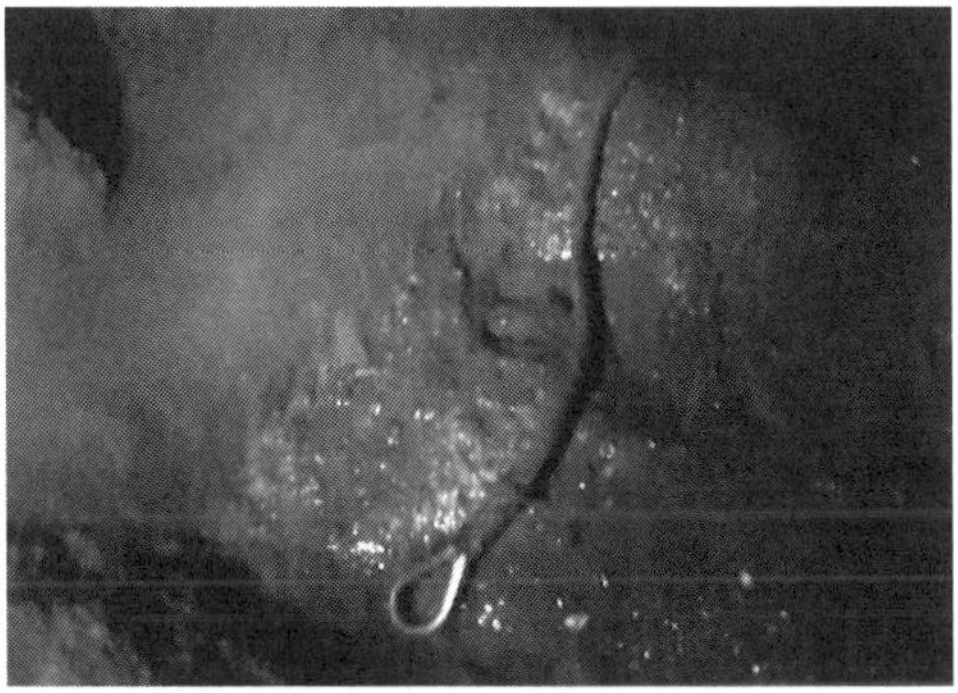

▲ひもに導かれて洞窟の奥へと進んで行く

▲ひもの先には大量のゴミと顔写真が落ちていた

そして、洞窟の壁一面には、無数の顔写真が貼られていた。

最後は、カメラの映像に、一瞬だけ「→」と「×」が描かれた壁を映して途切れている。

▲洞窟の小部屋に貼られた大量の顔写真

二本目のカメラの映像は、これで終わっている。

不可解なシーンばかりだが、少なくとも二人が自分の意思で洞窟へ入ったこと、そして、洞窟内で遭難したことは間違いない。警察はこの点をもって、事件性はないと判断。二人の捜索は正式に打ち切られた。

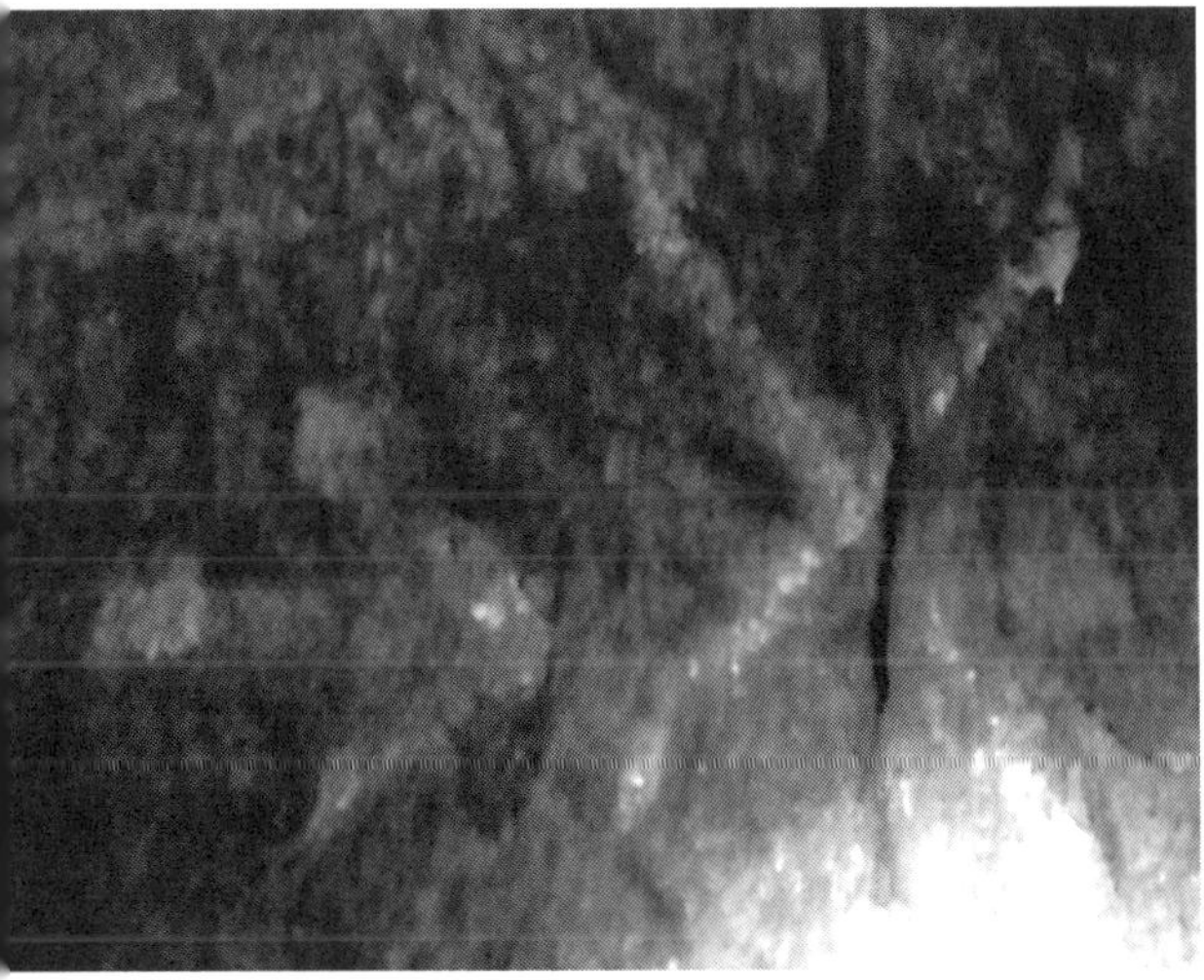

▲壁に描かれた「→」と「×」印

家族はこの結果に納得せず、洞窟の捜索を警察に要求したが、その願いが叶うことはなかった。というのも、[redacted]海岸のある[redacted]市には、大きな洞窟が存在しない。海岸から一番近い洞窟も内部の形状がまるで異なるうえ、海岸から五〇キロも離れた場所にあるため、そこで遭難したとは到底思えないのだ。

警察は一本目のテープの映像を参考に洞窟の入口を探したが、同じ風景の草むらはあっても、肝心の入口はどこにも見当たらなかったという。

《三本目》

三本目のテープには、ほぼ何も映っていない。ただ、終盤に短い映像が残されていた。

▲三本目のテープには赤い光だけが映っている

撮影場所は不明。ただひたすら、暗闇の中で、赤い光が揺れ動いている。

音は入っているものの、二人の声ではないようだ。

聞こえてくる音は二つある。

ひとつは、強い風が吹くような、あるいは波の音のような、ザーッという音。

そしてもうひとつは、機械音のような、壊れた楽器が奏でるような、あるいは無数の悲鳴が響くような、ギャーという甲高い音。

しばらくの間、音と赤い光だけが映り、三本目の映像は終了する。

＊　＊　＊　＊　＊

ここまで紹介した遺留品の音声や映像は、資料を提供いただいたルポライターの橋本さんのコメントと併せて、『Q』の動画として公開されている。

興味のある方は、次のコードを読み取って、まずはご視聴いただきたい。

二〇二二年～二〇二四年　いくつかのピース

「フィルムインフェルノ」の動画を発表すると、あまりの不可解さが多くの人の関心を惹いたのだろう、二〇二二年～二〇二四年の短期間で、『Q』には多くの情報が寄せられた。

以降では、追加取材した情報の中から、特に重要だと思われる「いくつかのピース」を紹介する。組み合わせたその先に、一体何が見えてくるのだろうか。

＊　＊　＊　＊　＊

《ピース①》「滑落」

【取材対象者】
宮内さん（仮名）／男性／六二歳（当時三八歳）／埼玉県在住［※二〇二四年現在］

【日時／場所】
二〇〇〇年晩秋／中央アルプス

宮内さんの趣味は登山である。大学では山岳部に所属しており、卒業してからも当時の仲間たちとよく山に登っていた。二〇〇〇年晩秋、宮内さんを含む登山仲間五名は、中央アルプスの[redacted]岳登頂をめざし、二泊三日の予定で入山した。

メンバーの中で最も登山経験が豊富なリーダー格の春元さん（仮名）は、当時、購入したてのビデオカメラを回しながら登ることにはまっており、この時もやはりビデオカメラ持参で山登りに参加していた。

山の天気は変わりやすい。彼らがちょうど森林帯を抜けた辺りで天候が急速に悪化し、付近一帯が吹雪に見舞われた。先頭を歩く春元さんは、「雪を凌げる場所へ引き返そう」と皆に提案したのだが、その際に凍結した岩場で足を滑らせてしまった。

春元さんは体勢を崩して「あっ」と小さく叫んだあと、山から吹き下ろす強風と共に、真横の急斜面を転げるように落ちていった。

携帯電話がつながらないので、仕方なく宮内さんたちは近くの避難小屋へ移動、天候の回復を待ち下山して救助要請を行った。ただ、悪天候のためヘリコプターを飛ばすなど救助へ赴《おもむ》くことができず、救助隊が春元さんの遺体を発見したのはそれから三日後のことだった。

春元さんは、滑落した地点から約二〇〇メートルの崖下に横たわっていた。

左大腿骨、腰椎、肩甲骨、肋骨など、身体中を骨折しており、移動することもできなかったのだろう。身体にうっすらと雪が積もった状態で亡くなっていた。

登山用リュックの中には、春元さんが持参したビデオカメラも残されていた。警察が映像を確認すると、なんとそこには、滑落後の春元さんの様子が収められていたそうである。


崖下の岩場に倒れ、苦しそうに呻《うめ》く春元さんの姿が延々と撮影されている。

横たわる春元さんを上から見下ろす視点なので、撮影者が別人なのは間違いない。

雪にまみれた春元さんが、「助けて……」と苦しそうに喘《あえ》いでも、撮影者は声をかけるわけでも、助けようとするわけでもなく、ただ淡々と撮影を続けている。瀕死状態の春元さんが痙攣《けいれん》しながら息絶える姿を、まるで観察するかの様にひたすら撮っているのだ。

遺体が見つかった場所は、登山ルートから大きく外れた崖下で、人が容易に立ち入れる場所ではない。ましてその日は救助ができない程の吹雪であった。その場に春元さん以外の人間が居たということ自体あり得ないのだが、謎の人物は春元さんの最期を撮影すると、再びビデオカメラをリュックに戻し、その場を立ち去ったようである。


撮影時間は、六〇分テープ三本分に及んでおり、映像の最後、カメラを止める直前には、撮影者の上半身が一瞬だけ映っていた。

宮内さんは、「登山メンバーや知り合いに心当たりの人物はいないか」を確認するため、警察に依頼されて、一度だけ撮影者の映像を見たことがある。

ほんの一、二秒の映像だが、ボーダー柄のシャツという軽装で、他に上着を羽織っているようにも見えず、到底、険しい山を登る際の恰好には見えない。

何とも言えない気味悪さを感じて、おかげですっかり脳裡《のうり》に焼き付いてしまった。

それから二十数年。宮内さんが孫に勧められた動画を一緒に見ていると、カップルが水の中からボーダー柄のシャツを見つける場面で、「あの服だ！」と思わず叫んでしまった。

ボーダーなんて、ありふれた柄だ、絶対の確信が持てるわけでもない……。

そう思ったがどうにも気になってしまい、『Q』へ連絡をしてきたのだという。

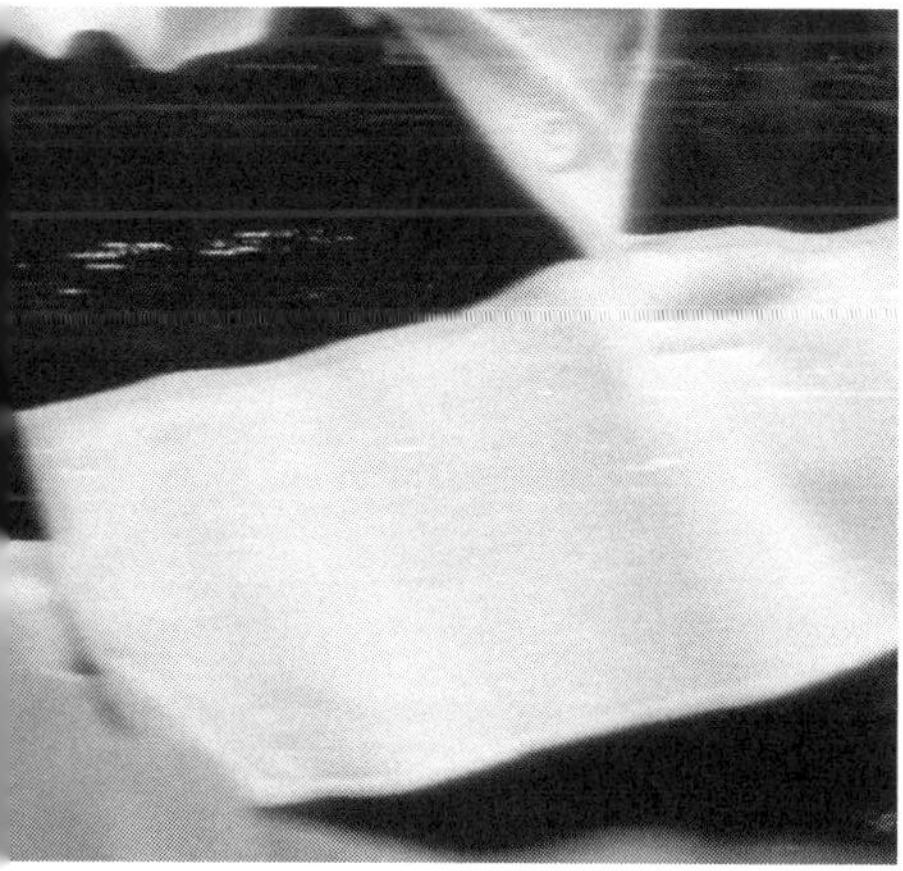
▲ボーダー柄のシャツ（春元さんの遺族提供）

《ピース②》「M・T」

【取材対象者】
麻生さん（仮名）／男性／五七歳（当時三二歳）／東京都在住［※二〇二四年現在］

【日時／場所】
一九九九年五月／東京都

多様な媒体で記者やライターの仕事をしてきた麻生さんは、三十代前半、某出版社の雑誌で、編集記者として働いていた。

麻生さんが「M・Tさん」という女性に取材をして不思議な話を聞いたのは一九九九年五月のこと。この年はノストラダムスの大予言で盛り上がっており、オカルトやホラーの話題が多かった。担当誌でも、夏は「読者の心霊体験」に誌面を割こうということになり、ホラー好きを公言していた麻生さんがこのコーナーを担当した。

雑誌で「心霊体験を募集します！」と告知すると、編集部には何十もの体験談が寄せられた。麻生さんはその中から面白そうな話を十話ほど選んで応募者へ連絡をとり、出版社の会議室へ来てもらうと、丸二日間かけて聞き取り取材をした。

その中でもひときわ印象に残っているのが、M・Tさん（以下Mさん）という二十代前半の女性から聞いた体験談だ。

積極的に体験談を話したがる他の応募者とは異なり、Mさんはあまり気乗りしない様子で自身に起きた奇妙な出来事を語ると、「これを雑誌に載せる代わりに、読者から何か情報が寄せられたら必ず教えてください」と頼んできた。

応募の目的は、体験談を公開する代わりに情報が欲しい、ということらしい。

麻生さんは、「話したい、聞いて欲しい」ではなく、「本当は話したくないけれど、何でもいいから助けになる情報が欲しい」というMさんの態度に強いリアリティを感じて、この話をぜひ掲載したいと思い、情報提供を約束して原稿にまとめた。

ただ結局は、「オチがなくて、まとまりに欠ける」という理由で編集長からダメ出しをされてしまい、実際に雑誌へ掲載されたのは、幽霊が出てくるような、わかりやすい体験談で、残念ながら執筆した原稿が世に出ることはなかった。

とはいえ原稿がボツになるのはよくあることで、Mさんには申し訳ないことをしたとは思いつつ、麻生さんは『Q』の動画を目にするまで、この出来事をずっと忘れていた。

取材テープは残っていなかったが、麻生さんが執筆した原稿は仕事用ハードディスクの中に保管されていたので、以降にそれを掲載する。なお、他に資料は残っておらず、昔のことで麻生さんの記憶も定かではないため、体験者の氏名はM・Tとしかわからない。

タイトル　『家族』(仮)　／M・Tさん(二十二歳・女性)の体験談

　私はこれまで幽霊を見たことなんてありません。怖い話なんて、フィクションの中だけだと思っていました。もちろん父も母も姉も、家族みんながそうです。

　誰にも霊感なんてないし、怖い体験とは無縁の、本当に普通の家族でした。

　すべてが変わってしまったのは、去年の夏、家族旅行の時からです。

　私は専門学校を出たあと、実家を出て東京で就職しています。大手チェーンの飲食店で働いているため、土日や祝日も仕事があります。しかも春に就職したばかりの社会人一年生だったので、自由に休暇を取ることができませんでした。


　去年の六月、「お盆休みに家族で旅行にいこう」と両親から誘われたのですが、仕事を休めないので断ると、両親と姉の三人で、三泊四日の旅行をしたようです。行先は[redacted]県だと事前に聞いていましたが、それ以上の詳細はわかりません。

　お盆も休みなく働き、やっとひと息ついた頃、考えたら家族の誰からも連絡がないことに気付きました。家族仲は良かったので、旅行の報告をしてきたり、お土産をくれたりしそうなものです。気になって実家へ電話してみたのですが、何度かけても誰も出ません。

　実家は両親と姉の三人暮らしで、夜遅めに電話をすれば、全員不在でない限り、家族の誰かが出るはずです。不安になった私は、近くに住む地元の友人に連絡をとり、実家の様子を確認しに行ってもらいました。

友人からはすぐに連絡があり、「家には明かりが点いていたし、窓越しに三人の姿も見えたよ」と聞かされたので、その場はひと安心したのですが、翌日改めて実家に電話をかけてみても、やはり誰も電話に出ないのです。当時は携帯電話が普及したばかりで、両親も姉も持っていなかったので、安否確認をするには会いに行くしかありませんでした。

胸騒ぎがした私は休日に、日帰りで実家の様子を見に行くことにしました。

インターホンを押すと、母親が玄関の扉を開けて姿を見せたのですが、なんだか様子がおかしいんです。初めて会ったかのような態度で、「ご用件は何でしょう?」と言ったきり黙り込んでしまい、あとは何度声をかけても、ボンヤリしたまま反応がありません。

仕方なく母親を押しのけて家に入ると、父親は生気のない顔でソファに座ったままで、姉は同じ場所をうろうろと歩き回っています。

三人とも明らかに様子がおかしくなっており、どうしたのか訊いてもまともな返事をしてくれず、会話はまるで噛み合いません。私を無視してブツブツと何か呟きながら歩き回ったり、かと思えばボーッと立ち尽くしたまま、こちらをジッと凝視したりします。

時折、[redacted]県の地名を呟いているので、どうやら旅行した時のことを話している様子なのですが、地名のほかは「トクイテン」という言葉を繰り返すだけで、何を言おうとしているのかまったく理解できませんでした。見知った家族が、違う何かに入れ替わったかのようですっかり怖くなってしまい、その日は逃げるように実家を後にしました。

次の休みの日に再び実家を訪れると、リビングの机に「旅に出ます」という書き置きだけを残して、三人とも姿を消していました。

結局、旅に出た家族が戻って来ることはありませんでした。警察にも相談しましたが、大人が自分の意思で出かけただけなので、「事件性なし」と判断されてしまいました。

私は、必死に家族を探しました。[redacted]県への旅行と関係あるに違いないと思って、休日を利用して何度も県内の観光地へ足を運びましたが、何の手がかりも得られていません。

ただ、母の旅行鞄には、誰かが撮った一枚のポラロイド写真が入っていました。

顔はぼやけており服装にも見覚えがないものの、背格好や雰囲気から両親と姉に思えるのです。

だとしたら、旅先で誰かに撮ってもらったのでしょうか。本当に家族かもわからないこの写真だけを頼りに、今も行方を探しているのです。

※原稿中の写真は、Mさんが持参したもの。ポラロイド写真をコピーして常に持ち歩いている。

（文／編集部・麻生[redacted]）

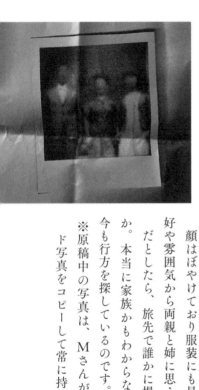

《ピース③》「ひっぱれ」

匿名で寄せられた、ある地方紙の記事を紹介したい。

一九八六年七月[redacted]日　[redacted]新聞　地元の出来事を掲載するコーナーから抜粋

【このひも何だ？　終わらない引き上げ作業】

七月[redacted]日、[redacted]市在住の男性が、[redacted]山を登っている際に、偶然、一本の「ひも」を山道脇の茂みで発見した。ひもの先は、茂みの奥にある使われていない井戸へ繋がっており、男性は力いっぱい引いてみたが、持ち上がる気配がなかった。通常よりも深い井戸のようで、覗き込んでも底が見えない。ただ、奥から人の声らしきものが聞こえたため、男性は「井戸に人が落ちているかもしれない」と通報した。

通報を受けて現場を訪れた地区の消防団員七名が、井戸につながるひもを引いたところ、かなり重いものが、少しずつ引き上げられる手応えがあった。

作業を続けて三〇分が経過した時点で、井戸から引き上げたひもの長さは五〇メートル近くに及んだが、まだひもの先にあるものは見えてこなかった。

通常、井戸の深さは六メートル前後であり、深く掘った場合でも、二〇メートルを超えることはない。明らかな異常事態に団員にも戸惑いが広がったが、それでも作業を続けること約一時間、引き上げたひもの長さは一〇〇メートルを超えていた。

当日参加していた団員の一人は、「引いているはずなのに、いつの間にか引っ張られているような感覚になっていた。まるで綱引きをしているようだった」と話しており、結局、ひもの長さが一三〇メートルを超えたところで、作業はいったん中止された。

翌日以降、改めて重機で巻き上げることになり、ひも先は引き上げたところまで近くの木に結わえられた。だが、翌日団員が井戸を訪れると、木に結んだはずのひもはほどかれており、井戸の中へ引き込まれてしまったのか、ひもはどこにも見当たらなかった。

井戸に人が落ちた形跡はないため、作業はこれで終了されたが、それにしても不思議な出来事である。

（記事・写真　南川[redacted]）

《ピース④》「こっち」

【取材対象者】

莉子さん（仮名）／女性／五九歳（当時三五歳）／[redacted]県在住［※二〇二四年現在］

【日時／場所】

二〇〇〇年十月／[redacted]県[redacted]市

「こっち、こっち」

夕飯の買い物をするために、当時小学三年生の娘を連れて、近所のスーパーへ行った帰り道のこと。突然娘が手を引いて、どこかへ連れて行こうとする。

「どうしたの？」
「こっち、こっち」
「だから、どこへ行くの？」
「こっち、こっち」

娘は何も答えずに、ひたすら「こっち」だけを繰り返すと、莉子さんの手を固く握ったまま、家の近所から離れた場所へと向かっていく。

戸惑いながらも後を付いて行くと、見知らぬアパートの横にある細い通路を抜けたり、入り組んだ路地裏を抜けたりして、まったく見覚えのない場所まで来てしまった。


「ママはもう疲れたよ」

「こっち、こっち」

「ねえ、もうおうちに帰ろう」

「こっち、こっち」


何を言っても、娘は「こっち」と言い続けて、強く手を引っ張る。

やがて細い道の行き止まりに、庭付きの古い一軒家が姿を現した。

通行人が投げ入れたのか、庭にはゴミが散乱しており、建物も使われている様子はなく、窓ガラスが割れたままで、どうやら廃屋のようである。


「えっ……ここにはよく来るの?」

「こっち、こっち」

いろんな意味で危ないので、小さな子どもが遊んでいい場所ではない。二度と来ないよう言い聞かせようと思っていると、突然、娘は莉子さんの手を離して、少し開いた鉄柵の門からするりと中へ身を滑らせた。

娘は、庭のゴミを上手に避けて進んで行く。莉子さんも慌てて後を追ったが、娘は玄関へ辿り着くと、鍵のかかっていないドアを開けて、サッと廃屋の中へ入ってしまった。

「こらッ！　待ちなさい！」

「こっち、こっち」

莉子さんの制止を聞かず、娘は廃屋の廊下を小走りで進んでいく。

そして奥まで行くと立ち止まり、目の前にある部屋を指さした。

「こっち、こっち」

莉子さんが中を覗くと、そこは六畳ほどの和室で、埃が積もった薄暗い部屋の隅に、おびただしい数の丸められた紙があり、それが小さな山のようになっている。

娘は紙の山に駆け寄ると、「触っちゃダメ！」という莉子さんの言葉も聞かず、くしゃくしゃの紙を手に取って、それを丁寧に広げていく。


「なに……これ……？」

広げた紙には、誰かもわからない男の顔が写っていた。


嬉しそうに笑いながら、娘がまた紙を広げると、そこには別の人の顔がモノクロでコピーされている。次々に紙を広げていくので、莉子さんはすっかり気味が悪くなってしまい、無理に手を引くと廃屋から娘を連れ出した。

帰宅してから娘に尋ねると、どうやら下校途中に寄り道して散歩している時、あの廃屋を見つけたようで、興味が湧いて中へ入ったところ、あの紙の山を見つけたのだという。

いろんな人の顔が写っているので、毎回何枚か持って帰るのだが、不思議といくつ取っても紙の山は減らなかったそうである。

娘の部屋の引き出しからは、廃屋から持ってきた、何十枚もの紙が見つかった。

危ないのでもう二度と廃屋に行かないよう約束をさせたあと、娘が拾ってきた紙もすべて処分したそうだが、どうしても一枚だけ、捨てられないものがあった。

「これ、ママにそっくり」


娘にそう言われた一枚だけは、処分するのも何だか嫌で、今でも手元にあるという。

そして、「フィルムインフェルノ」を見た時、莉子さんは思わず悲鳴を上げてしまった。

この顔と非常によく似たタッチのモノクロ写真が、壁中に貼られていたからである。

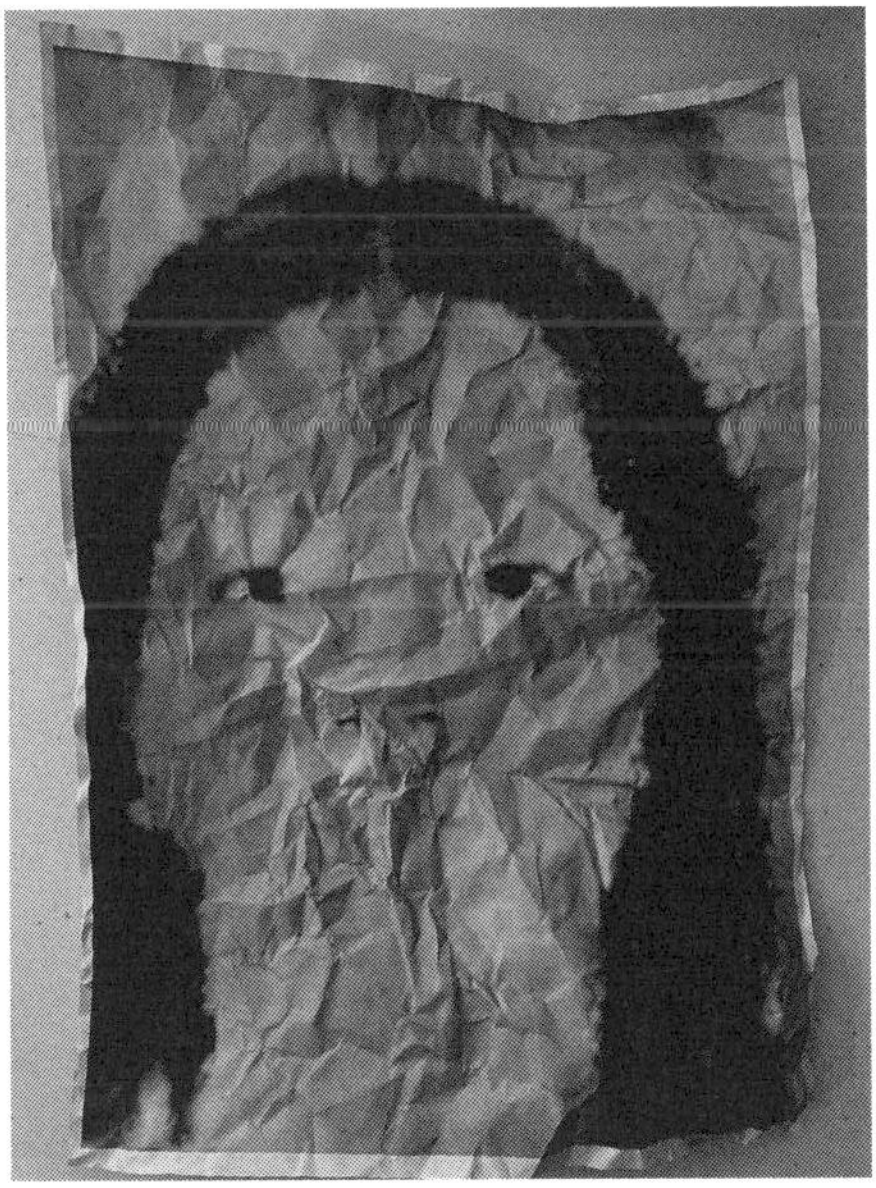

《ピース⑤》「渦」

【取材対象者】

成一さん（仮名）／男性／五五歳（当時三五歳）／[redacted]県在住［※二〇二四年現在］

【日時／場所】

二〇〇四年九月一八日／[redacted]県[redacted]市

成一さんの父親である将隆さんは、[redacted]市の小さな漁港で、四〇年以上漁業を営んできたベテラン漁師であり、自身の船で沖まで出て、アジ、サバ、イワシなどを獲っていた。他の船とまき網漁をすることもあったが、もっぱら一人で海に出ることが多く、寡黙で昔気質な海の男として、仲間内からは信頼が厚かった。

将隆さんは調子の良い嘘を吐くような性格ではなく、だからこそ、成一さんは父親が語った話をどう受け止めてよいのか未だにわからない。

これは二十年前、二〇〇四年の秋に成一さんが父親から聞かされた話である。

一九九二年の春、将隆さんは朝早くから船で沖へ出ていたのだが、目的地の漁場へ向かう途中、まるで見覚えのない小さな島を見かけた。

目をこらすと、島の浜辺には人が三人立っている。

船を近づけると、おそらくは家族であろう、夫婦らしき男女二人と、若い女が小さな砂浜に佇《たたず》んで、船のほうをジッと見つめている。

夏になると、近くの無人島へレジャーで訪れる人もいるが、時期的にはまだ早いうえ、周辺に船が停まっている気配もない。時間になれば迎えが来るのかもしれないが、何ともいえない違和感がある。そもそも彼らの服装は無人島で遊ぶにはきちんとし過ぎており、父親は襟付きのシャツにジャケット、母親と娘は小綺麗なワンピースを着ていた。

島の横を通過する際、将隆さんは大きく手を振って挨拶をしてみたが、三人は何ら反応することなく、直立不動のまま船のほうを凝視し続けていた。

不審に思いながらも島を通過してさらに沖へ出ると、将隆さんは昼過ぎまで漁に励んだ。

帰港するために同じルートで船を走らせると、途中、先ほどの島が再び姿を現したのだが、今度はなぜか浜辺に別の女が一人で立っており、やはりこちらを見つめてくる。

薄紫色のワンピース姿で、先ほどの二人とは異なる柄だが、はっきり顔が見えるわけではないので、もしかすると単に着替えただけかもしれない。ただ、浜辺にボーッと立つ姿には生気が感じられず、訳もなく怖くなり、横を通る時は背筋が冷える思いであった。

帰ってから漁師仲間に今見たものを話したが、誰もそんな小島は知らないと言う。

存在しない島で、居るはずのない人影を見たとなれば、それはもう幽霊話である。面白がって聞いてはくれるが、誰一人まともに取り合ってはくれなかった。

それから数日後、将隆さんは違う漁場へ船を出したのだが、また遠くに見覚えのない小島が見えた。近づいてみると、どう考えてもこの前見た島と同じであるが、まったく異なる場所を通っているので、同じ島が存在するのはあり得ない。

船で島をぐるりと周ってみたが、小さな砂浜があるだけで、あとは切り立った岩場しかない。浜辺の近くには木や草が生い茂っているが、大半は岩壁で出来ているようだ。

砂浜には、家族連れも、あの女もいない。

将隆さんは座礁しないよう慎重に船を寄せると、島の近くに停泊した。そしてウェットスーツを着ると、十数メートルの距離を泳いで砂浜まで上陸した。

突然現れた島なので、蜃気楼のように消えたらどうしようと思っていたが、いざ辿り着いてみると、砂も岩も草木もすべて確かな質感で、本当に実在しているのがわかる。

砂浜と岩場との間には、数本の細い木々と下草が生い茂る場所があって、そこだけは昼間でも日陰になって薄暗い。そして木の下に、奇妙な形に盛られた砂の山を見つけた。

かまぼこ型に砂が盛られているので、人の手で作られたのは間違いない。

最近作られたのであろう。その上に草などは生えていなかった。

大きさからして、ちょうど人が埋まっているかのようだ。

将隆さんは薄気味悪くなり、船へ戻ろうと踵《きびす》を返すと、砂浜にあの女が立っていた。女は無言でこちらを見つめている。近くには船もなく、突然姿を現すはずがない。ここに至ってようやく、この女はこの世のものではないと確信し、恐ろしくなって急いで海に飛び込むと、必死で自分の船まで泳いで戻った。

それ以来、将隆さんは広い漁場の中で、時折、同じ島を見かけることがあった。近づかないようにしていたが、浜辺には人の他にも、ぼろぼろのワゴン車や、日本家屋らしき物の残骸が見えたり、叫び声や音楽、ブザー音などが聴こえる時もあった。

他の漁師に訊いても、誰一人そんな島は見たことがないと言う。

当初は見たモノに驚いて仲間に話していたが、そのうちに皆から精神状態を心配されるようになったので、何を見聞きしても人に話さないようにしていた。

初めて島を見てから約十年間、将隆さんは数か月から半年程のペースで、この不思議な小島に遭遇し続けてきた。

ここ二年ほどは見ていなかったが、つい先日、近くの海で久しぶりにあの島を見かけた。浜辺には忘れもしないあの女が立っていて、見た目はまるで変わっていない。

昔見た場所よりもずいぶん港から近かったので、ふと気になり、今まで遭遇した場所を地図に当てはめていくと、扇形の半円を描くようにしながら、少しずつこの海辺の街に近づいて来ているのがわかった。まるで渦の真ん中へ引き寄せられるようにして、半円を描きながら、中心にあるこの街へ接近しているのだ。

「ずっと胸にしまっていたけれど、半年前に漁師を引退したから、やっとお前にこの話をすることができた。渦の中心は、間違いなく、父さんの住むこの街だ。母さんも去年亡くなったから、今じゃ家には父さんだけだ。長年暮らした故郷だから、最後に何が起こるのかは、怖いけれど見届けるつもりだよ。でもな、お前はもう、この家に帰って来るな」

将隆さんは、息子である成一さんにそう言って話を終えたそうである。


成一さんは、母親の一周忌で帰省した折に、将隆さんからこの話を聞かされた。

生真面目な海の男である父親が、荒唐無稽な怪談話を人に聞かせて喜ぶような性格でないことはわかるのだが、かといって素直に話を信じる気にもなれない。

少し茶化した気分で、「半円って何だよ。渦ならぐるぐる円を描くだろう。だったら残り半分、海じゃなくて陸地でも、変な島や女が出てるんじゃないか」と笑いながら言うと、将隆さんはハッとした表情になり、「そうか……そうなのか……」と呟いていた。

深刻そうな顔で考え込む父親を前にして、成一さんは何も言うことができなくなり、この話はここで終わりになった。

ただ、今となっては、もっと真剣に父親の話を聞けばよかったと後悔している。

この話を聞いた二〇〇四年九月以降、将隆さんは長年暮らした家から姿を消した。以来、二十年間、将隆さんの消息は不明である。
行先を示す手がかりは何もないが、荷物を整理している時、古いアルバムの中に見たことのない写真が挟まっているのを見つけた。父親の語った三人家族と重なるので捨てずに取っておいたのだが、『Q』の動画を見て奇妙な符合に震え上がり、連絡をくれた次第である。

＊　＊　＊　＊　＊

寄せられた情報の中から、特に関連の深いと思われるものをピックアップしてみたが、これらいくつかのピースから見えてくるのは、禍々しい、不吉な予兆である。

恐ろしいことはもう起きてしまったのか。それとも、これから起こるのか——。

本当は、まだ何も終わっていないのではないか。そんな予感に震えながら、『Q』制作メンバーは今もこの奇妙な事件に関する情報を集め続けている。

Episode Ⅷ

池澤葉子失踪事件

～母の印影～

一九九五年六月五日　池澤葉子さん失踪

ここに、一枚の捜索チラシがある。

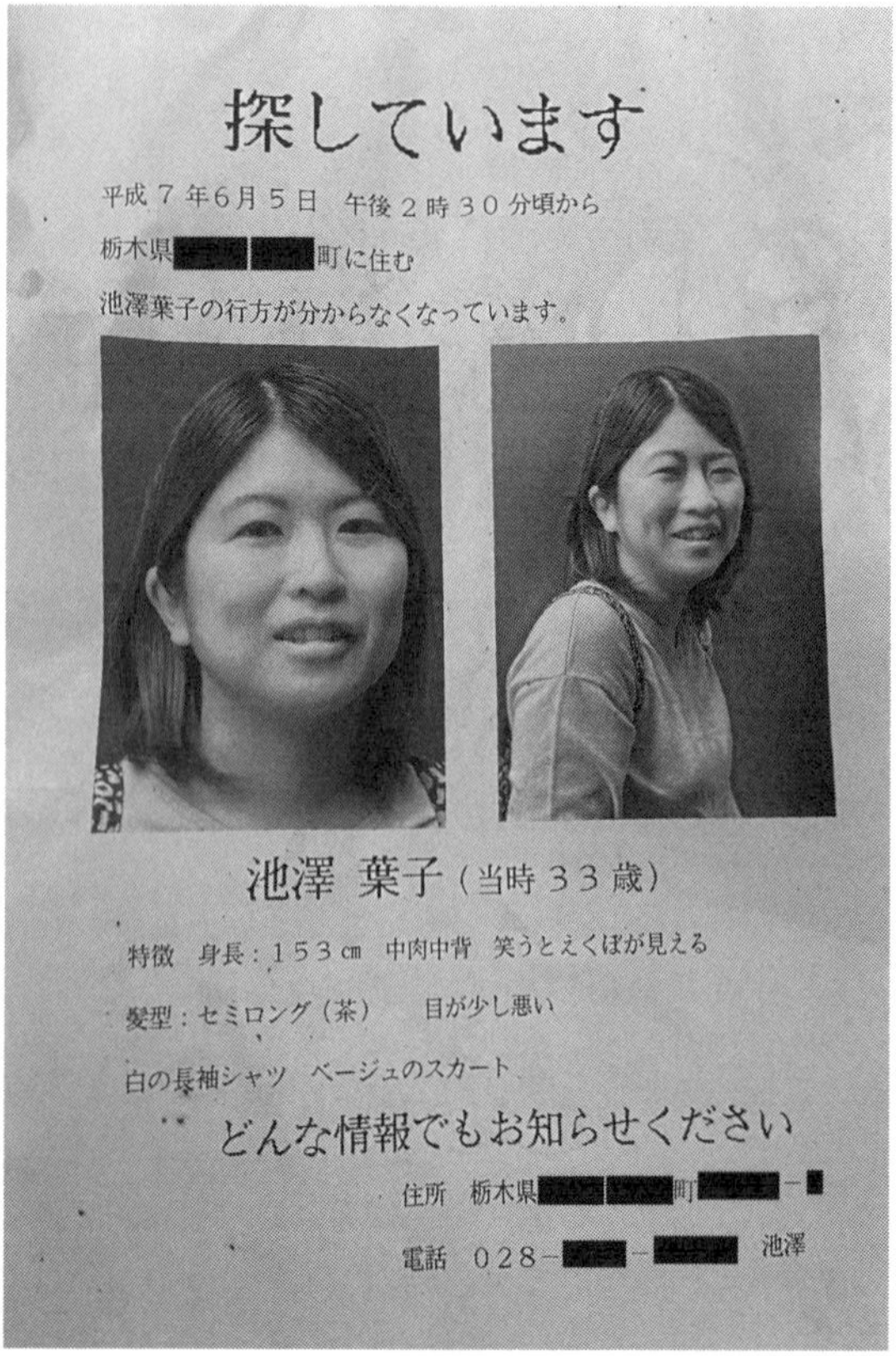
探しています
平成７年6月５日　午後２時３０分頃から
栃木県[redacted]町に住む
池澤葉子の行方が分からなくなっています。
池澤　葉子（当時３３歳）
特徴　身長：１５３㎝　中肉中背　笑うとえくぼが見える
髪型：セミロング（茶）　目が少し悪い
白の長袖シャツ　ベージュのスカート
どんな情報でもお知らせください
住所　栃木県[redacted]町[redacted]－[redacted]
電話　028－[redacted]－[redacted]　池澤

探しています
平成7年6月5日　午後2時30分頃から
栃木県[redacted]市[redacted]町に住む池澤葉子の行方が分からなくなっています。

池澤葉子（当時33歳）
特徴　身長：153cm　中肉中背　笑うとえくぼが見える
髪型：セミロング（茶）　目が少し悪い
白の長袖シャツ　ベージュのスカート

どんな情報でもお知らせください
住所　栃木県[redacted]市[redacted]町●●●●—●
電話　028—●●●—●●●●　池澤

＊　＊　＊　＊　＊

池澤葉子さんが、自宅から忽然と姿を消して、今年でもう二十九年の時が経つ。
行方は未だにわからないままだ。

二〇二四年三月三日　遠藤香代子

本取材の情報元は、『Q』制作メンバーの遠藤香代子である。遠藤は、以前CM編集スタジオに勤務しており、寺内康太郎、福井鶴と出会ってからは、映画、ドラマ、ドキュメンタリーの編集にも携わってきた。

犬を飼っている遠藤は、毎日、朝晩公園へ散歩に行く。その際に近所の人々や飼い主同士で世間話をしたり情報交換などを行うことがある。そんな中、先日耳にした噂話で一つ気がかりなものがあった。

それは、池澤さんという数年前に引っ越してきた犬を飼っている親子三人の家族の話である。夫の文雄さんは、妻と子どもを家に残して、毎週末、車に乗ってどこかへ出かけて行くらしい。荷物を持たず軽装なので、釣りや登山、アウトドアなどではなさそうだが、朝から晩まで一日中外出しているとのことである。どこに行くのか犬の飼い主仲間が尋ねても答えないので、あれはきっと他に女を作って不倫をしているに違いない。子どもはまだ一歳なのに身勝手で酷い男だ、という噂であった。

かなりの言われようだが、土日のどちらかで、必ず丸一日出かけるのは本当のようだ。池澤夫妻が近くのマンションに引っ越して来てから約三年、たとえ妻が妊娠中でも、出産直後でも、文雄さんは週末の外出を欠かさなかったらしい。

ただ、公園などで見かける夫婦や親子の様子は仲睦まじく、休みのたびに夫が堂々と不倫をするような、仮面夫婦にはとても思えない。

そんなわけで、池澤夫妻のことは、街で見かける度に何となく気にかけていたのだが、ある日、犬を連れて公園に来ていると、通りの向こうから、文雄さんが犬を連れて自分のほうへ真っ直ぐ歩いてくるのが見えた。

「遠藤さんですよね？　僕の話を聞いてもらえませんか」

どうやら文雄さんは、人づてに遠藤が「難解な事件を扱う仕事」だと聞かされたらしい。誤解のないように『Q』のことを説明すると、それはそれで興味を持ったようで、自分に起きていることを取材しても構わないので、その代わりに、集まった情報を自分にも提供してもらえないか、と頼まれた。

話を聞いてみると、文雄さんは六歳の時に母親の葉子さんが突如失踪して行方不明になっており、それに端を発して、とある現象が今も続いているという。

これは『何か』がある——そう感じた遠藤は文雄さんの情報を『Q』のメンバーへ報告した。

二〇二四年六月　撮影記録／寺内康太郎

遠藤から概要の報告を受け、『Q』で池澤文雄さんの取材を行うことになった。

母親の失踪からは三十年近く経っているので足取りを追うことは難しいが、その後、文雄さんが体験してきた出来事については、今も調べることができる。

以降は、『Q』映像監督である寺内が、文雄さんに同行取材した撮影の記録である。


【取材対象／日時】

池澤文雄さん／男性／三五歳（当時六歳）／埼玉県[redacted]市在住　［※二〇二四年現在］
取材期間：二〇二四年六月一日～三〇日

《撮影場所：車内～実家》

池澤文雄さん、三五歳。栃木県[redacted]市生まれ。母親は池澤葉子さん（三三歳で失踪）、父親は池澤善文さん（享年五三歳）。六歳の時に母親の葉子さんが失踪し、父親の善文さんは、文雄さんが二四歳の時に病気で亡くなっている。

高校生まで栃木県[redacted]市の実家で生活し、大学進学を機に家を出る。埼玉県内の企業に就職し、三二歳で結婚。現在は埼玉県[redacted]市で、妻と息子の三人で暮らしている。

息子は一歳なので子育てにはまだまだ手がかかるのだが、それでも週末になると、文雄さんは妻子を家に置いたまま、車を運転して栃木県の実家を訪れる。

寺内が同行した撮影初日、文雄さんは朝十時に家を出て、車で実家へ向かった。高速道路を利用しても片道一時間半以上を要するので、これを毎週末、土日のどちらかで必ず行うというのは、丸一日潰すことになり、かなりの負担であるはずだ。

▲池澤文雄さん

寺内「これから向かうのは、実家なんですよね」
文雄「そうです。生まれ育った家です」
寺内「往復三時間以上かかる場所まで、毎週通っているんですか？」
文雄「出張とか、保育園の行事とか、外せない用事がある時以外は、ほぼ毎週です」
寺内「誰かご家族が住んでるんですか？」
文雄「いいえ、十一年前に父が亡くなってからは空き家です」
寺内「だとしたら、何のために、わざわざ実家まで……」
文雄「荷物が……届くんです。それを取りに行くためですね」

午後十二時。文雄さんの運転する車は、ようやく一軒の家の前で停まった。

どうやら、ここが実家のようである。定期的に手入れをしているのだろう。誰も住んでいない割には、空き家特有の荒れ果てた雰囲気が少ない。

文雄さんは玄関脇に置かれた置き配ボックスの蓋《ふた》を開けると、「おっ、来てる……」と嬉しそうな声を出し、雑な梱包の小包を取り出した。

そのまま、鍵を開けて玄関をくぐる。やはり家の中もきちんと掃除がされていた。

居間に腰を下ろした文雄さんは、待ちきれない様子で小包を開封する。

中に詰められた緩衝材を丁寧に取り除くと、中からは三枚のＣＤが出てきた。

タイトルは伏せるが、いずれもパッケージの色褪せた中古品のCDで、他には送り状や手紙などの同送物は一切ない。

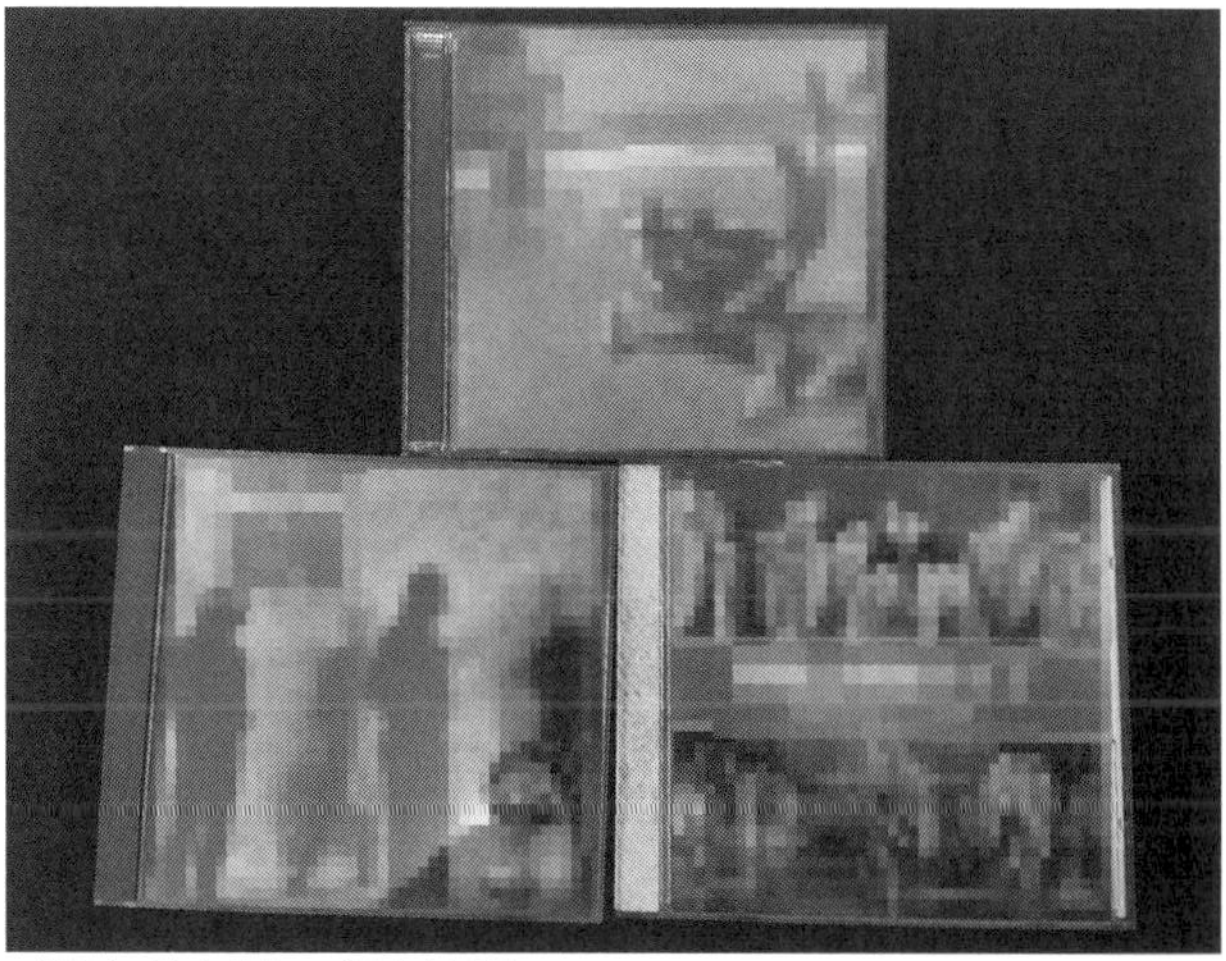
▲送られてきた中古CD(差出人不明)

寺内が、「これはいったい……」と問いかけても、文雄さんは返事をせずに、真剣な面持ちで一枚ずつCDを確認していく。

パッケージを舐めるように見ながら、表、裏、表、裏と何度も何度も確かめる。

次にケースを開けて、ジャケットや歌詞カードを抜き出して丁寧に観察し、最後にCDを手に取って、印刷面だけでなく、ディスクの裏面までじっくりと観察する。まるで隠された暗号でも探しているかのようだ。

寺内「それは通販で買ったんですか?」
文雄「違います。勝手に送られてきました」

文雄さんが確認の手を休めたところで、寺内はインタビューを開始した。

寺内「この家はずっと空き家なんですよね？」
文雄「大学進学で僕が家を出た後は、父がずっと一人で住んでいました。ただ十一年前に脳梗塞で亡くなってしまって。それ以来ずっと空き家です。僕が相続してこの家を管理しているんですけど、電気や水道は止めています」
寺内「この家には住まないんですか？」
文雄「仕事は埼玉だし、結婚してあちらに家庭があるので」
寺内「でも仕事が休みになると、土日のどちらかでは必ず来るわけですよね。奥様とお子さんを家に残して毎週通うのは、よほどのことだと思うんですけど……」
文雄「さっきも小包が届いていたでしょ？　実はいつ届くかわからないんです。ちゃんと確かめに来て回収しないと、二度と届かなくなったら困るので……」
寺内「荷物は、文雄さん宛てに届くんですか？」
文雄「ええ。すべて私の名前『池澤文雄』宛てに届きます。差出人は不明ですね。たまに名前が書いてあっても全部偽名です。送付元に手紙を送ったこともありますが、宛先不明ですべて返送されてきました。差出人の名前や筆跡、送付元の場所も違うので、もしかすると複数の人が送っているのかもしれません」

寺内「ここが一番の不思議ですが、差出人不明の荷物をなぜ取りに来るんです？」
文雄「消えた母の手がかりなんですよ」

さて、ここでいったん、文雄さんへの聞き取りを元に、池澤葉子失踪事件の詳細を改めて説明しておきたい。


事件が起きたのは、一九九五年六月五日。

近所のスーパーでパートをしていた葉子さんは、仕事を終えると、幼稚園に預けている文雄さんのことをお迎えに行った。

職場での葉子さんに、何ら不審な様子はなく、休憩ルームで一緒になった同僚には、「夏になったら家族で海水浴に行きたい」などと、他愛のない話をしていたという。

幼稚園に迎えに来た時も、やはり普段と違う様子はなかった。

担任の先生に、文雄さんの体調のことを相談したり、顔見知りの母親たちと夏祭りの話で盛り上がっていたようである。

文雄さんを連れて帰宅すると、休む間もなく、夕食の準備にとりかかる。

いつも通りの光景で、何らおかしなことはなかったという。

文雄さんは、台所に立つ母親の背中に、「二階に行ってくる」と声をかけた。

池澤葉子の行方が分からなくなって
池澤 葉子（当
▲池澤葉子さん（当時）

料理中の葉子さんは背中を向けたまま、「はーい」と答える。

それが、文雄さんが見た母親の最後の姿であり、最後に聞いた声となってしまった。

文雄さんは二階の自分の部屋へ行き、玩具を手に取ると、再び一階へ降りてきた。時間にして、ほんの数分。ただその時にはもう、台所に母親の姿はなく、まな板に切りかけの食材が載っているだけであった。

文雄さんは、「どこー？」と呼びながら家中を探したが、母親がどこにも見当たらない。外に飛び出して、玄関の周りや家の前を探すが、やはり母親の姿はない。

パニックになり、家の前で「おかあさーん」と叫びながら号泣していると、聞きつけた近所の人たちが集まってきたので、すぐに皆で周囲を探し回った。

仕事を終えて帰宅した父親の善文さんも捜索に加わったが、何時間探しても葉子さんが見つからない。事態を深刻に捉えた父親は、すぐに警察へ相談したのだが、成人女性が数時間姿を消しただけである。状況に事件性がないので、警察は「単なる家出でしょう。しばらくしたら戻って来ますよ」とまるで真剣にとり合ってくれなかった。

警察が事件性を疑って本腰を入れたのは一週間以上経った後だった。夫婦仲はどうだったか、葉子さんに親しい男性がいなかったかなど、警察が職場やご近所に訊いて回ったため、夫の善文さんが失踪に何らかの形で関わっているのではないかと疑いの目を向けられた。「旦那に殺されて、どこかに埋められた」「不倫相手と駆け落ちした」など、心ない噂を立てられ、当時の善文さんはかなり苦しんだようである。

結局、警察は「事件性なし」と判断したので、本人の意思による失踪と結論づけられ、葉子さんの足取り自体は捜索してもらえなかった。こうして何ひとつ情報が集まらないまま、葉子さんの失踪は次第に風化し、家族以外には忘れられていった。

《撮影場所：文雄さん宅》

取材二回目。寺内は埼玉県[redacted]市にある文雄さんの自宅を訪れた。

居間に通された寺内の前に、文雄さんはVHSのビデオテープを差し出した。

文雄「当時のテレビ放送を、父がテープに録画したものです。母が失踪して三か月くらい経った頃、テレビ局が取材にきたんです。一部が『神隠し』と騒いでいたから、話題になると思ったんじゃないかな。マイクを向けられて、私が話している映像です」

そう言うと文雄さんは、テレビの脇にある古いビデオデッキへテープを差し込んだ。

映像が流れると、そこには緊張した様子で叔母の手を握り、マイクに向かって話す六歳の文雄さんの姿が映っていた。

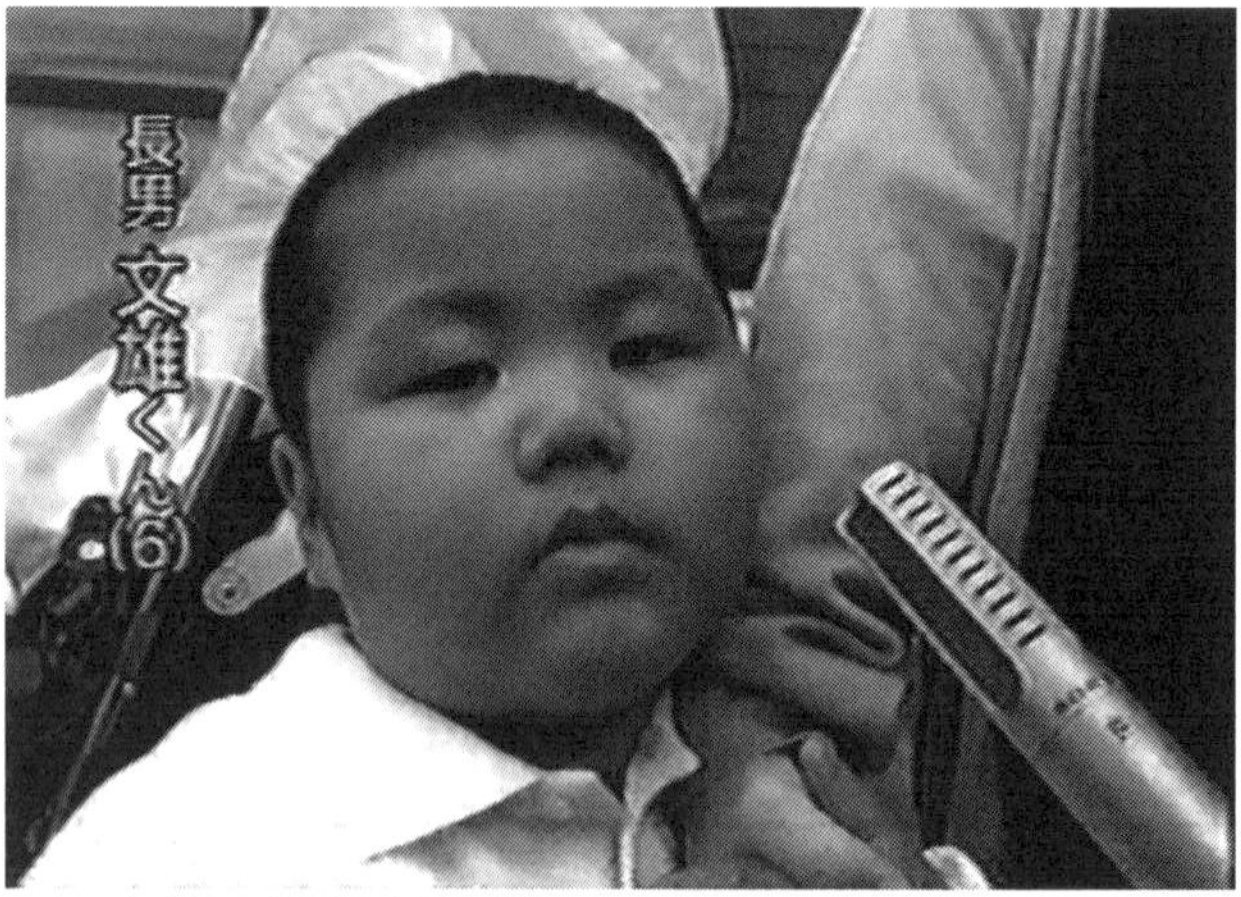

▲テレビで訴える文雄さん(当時6歳)

【テープの映像】

「かなしい……」

「文雄くんはお母さんいなくなってどんな気持ちかな？　さみしい？」

「ママに帰ってきてほしい」
※テープの映像は下記コードを読み取るとご覧いただけます。

寺内「テレビで放映して、反響はどうでした？」

文雄「目撃情報がたくさん来たみたいでした。残念ながら、どの情報も母の行方にはつながりませんでしたが……。期待と落胆を何度も何度も繰り返すことになりましたが、今にして思えば、わずかな希望を持てただけでも良かったのかもしれません」
寺内「情報はどれくらい集まったんですか？」
文雄「どうかなあ……数はわからないけど、一年くらいで風化して、あまり情報が集まらなくなりましたね。だから父が捜索チラシを作ったんです」

そう言って文雄さんは、冒頭に紹介した捜索チラシを見せてくれた。

善文さんは休日になると駅前に立ち、数年間チラシを配り続けたという。

電話番号を記載していたので、いくつも連絡は来たが、葉子さんの行方はわからないままだった。

文雄「でも、テレビに出たり、チラシを配ったりしたのが無意味ではありませんでした。父が亡くなった後に、そのことがわかったんです」

二〇一三年十月三日、父・善文さんが脳梗塞で亡くなった。享年五三歳。いつまでも妻の行方を探し、離れて暮らす息子を案じる、真面目で優しい人だったそうである。

父の葬儀を終えた文雄さんにとって、残る問題は実家の処分であった。

文雄さんは当時二四歳で、すでに埼玉県内の企業に就職しており、栃木県にある実家で暮らすことは考えていなかった。

売却しようと思ったのだが、家屋は古いのでそのまま売るのは難しい。リフォームをしてから売るのか、取り壊して更地にして売るのか、どちらにせよお金がかかるので、不動産業者に相談する一方で、仕事の休みを利用して実家の荷物を整理していた。

二〇一三年十二月二九日、実家で荷物の整理をしている最中、固定電話のランプが点滅しているのを見て、解約手続を忘れていたことに気がついた。

そして、何気なく留守番電話の再生ボタンを押した。


「ママに帰ってきてほしい」


電話から、幼い子どもの声が再生された。

誰かのイタズラだろうか。そう思った瞬間、記憶が甦《よみがえ》った。

間違いない。これは六歳の時、文雄さんがテレビに出演した時の声である。

留守番電話の録音日は、二〇一三年十月十日。父親が亡くなった七日後のことだ。

何度も聞き直したが、声真似ではなく、間違いなく文雄さんの声なので、おそらくは番組の録画を電話口で再生しているのだろう。

　だとすれば、十八年前の番組を録画して手元に保管していることになるわけで、そこまでするのは、残された家族か、母親本人か、事件に関係している者だけだ。

　それに、実家の電話番号を知っているということは、父の作った捜索チラシを受け取って番号を控えているということだ。単なる愉快犯とは思えない。だとしたら、父が亡くなった直後にこれが吹き込まれたことも、偶然ではないだろう。

　寺内は音声の検証を行った。文雄さんは留守番電話の音声を録音しており、それをデータとして保管していたので、その音声とテレビ放映時の音声を比較してみると、確かに留守番電話の声は、テレビ放映時の文雄さんの声とまったく同一であった。

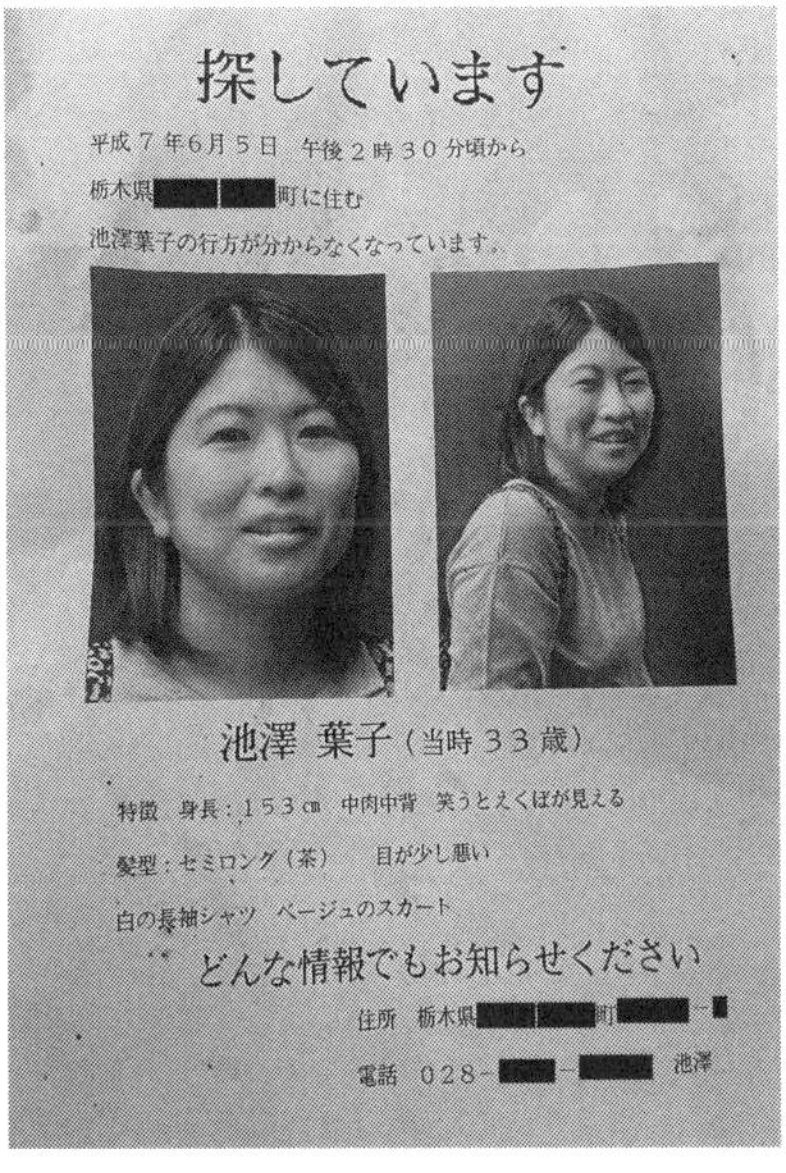
探しています
平成７年６月５日 午後２時３０分頃から
栃木県[redacted]町に住む
池澤葉子の行方が分からなくなっています。
池澤 葉子（当時３３歳）
特徴 身長：１５３cm 中肉中背 笑うとえくぼが見える
髪型：セミロング（茶） 目が少し悪い
白の長袖シャツ ベージュのスカート
どんな情報でもお知らせください
住所 栃木県[redacted]町[redacted]ー[redacted]
電話 028-[redacted]-[redacted] 池澤

《撮影場所：実家》

取材三回目。寺内は再び文雄さんに同行して栃木県の実家へ向かった。

ただ、この日は荷物が届いておらず、文雄さんは残念そうにしていた。

念のため家の周囲を確認すると、おそらく誰かがゴミとして投げ入れたであろうペットボトルが落ちていたが、文雄さんはそれを拾うと興奮した表情になった。

寺内「えっ……それはただのゴミでしょう」
文雄「いやいや、この家に誰かが訪れている証拠ですよ」

文雄さんは落ちていたペットボトルを回収すると、真剣な眼差しで観察していた。

《撮影場所：文雄さん宅》

取材四回目。寺内は文雄さんの自宅へ行き、前回のインタビューの続きを撮影した。

妙なことは留守番電話だけではなかった。年が明けると、実家に『池澤文雄』宛ての封書や荷物が届きはじめたのだ。

差出人名は記載していないか、書かれていてもすべて偽名で、筆跡や発送している場所もバラバラ。同一人物の偽装工作なのか、複数いるのかもわからない。届くのは、手書きの地図や押し花など、そのほかもゴミにしか見えない物まで様々で、まったく意味がわからず気味悪かったので、すべてイタズラだと思うようにしていたという。

寺内「二〇一四年の一月から、差出人不明の手紙や小包が実家へ届きはじめて、でも最初はイタズラだと思っていたんですよね」

文雄「そうですね。最初は意味がわかりませんでしたから……」

そう言うと、文雄さんはこれまでに届いた物の一部を寺内の前に並べはじめた。

怪文書としか思えない手紙。

場所のわからない手書きの地図。

ツツジの押し花。

十字に結わえられた木の枝。

ゴミとしか思えない物が次々と寺内の前に置かれていく。

文雄「すべてが変わったのは、二〇一四年二月一六日に、一本のＶＨＳのビデオテープが送られてきた時からです。再生すると、暗い場所で苦しむ女が映っていました。私はこれを見て、誘拐された母だと確信しました。これまで送られてきていた物が、すべて犯人からのメッセージだったと気づいたんです」

文雄さんは一本のＶＨＳテープを手に取り、ビデオデッキに差し込んだ。

周囲は暗く、どこかに閉じ込められているのだろうか。

灯りに照らされた女性が苦悶の表情で映っている。葉子さんであるかは判別できない。

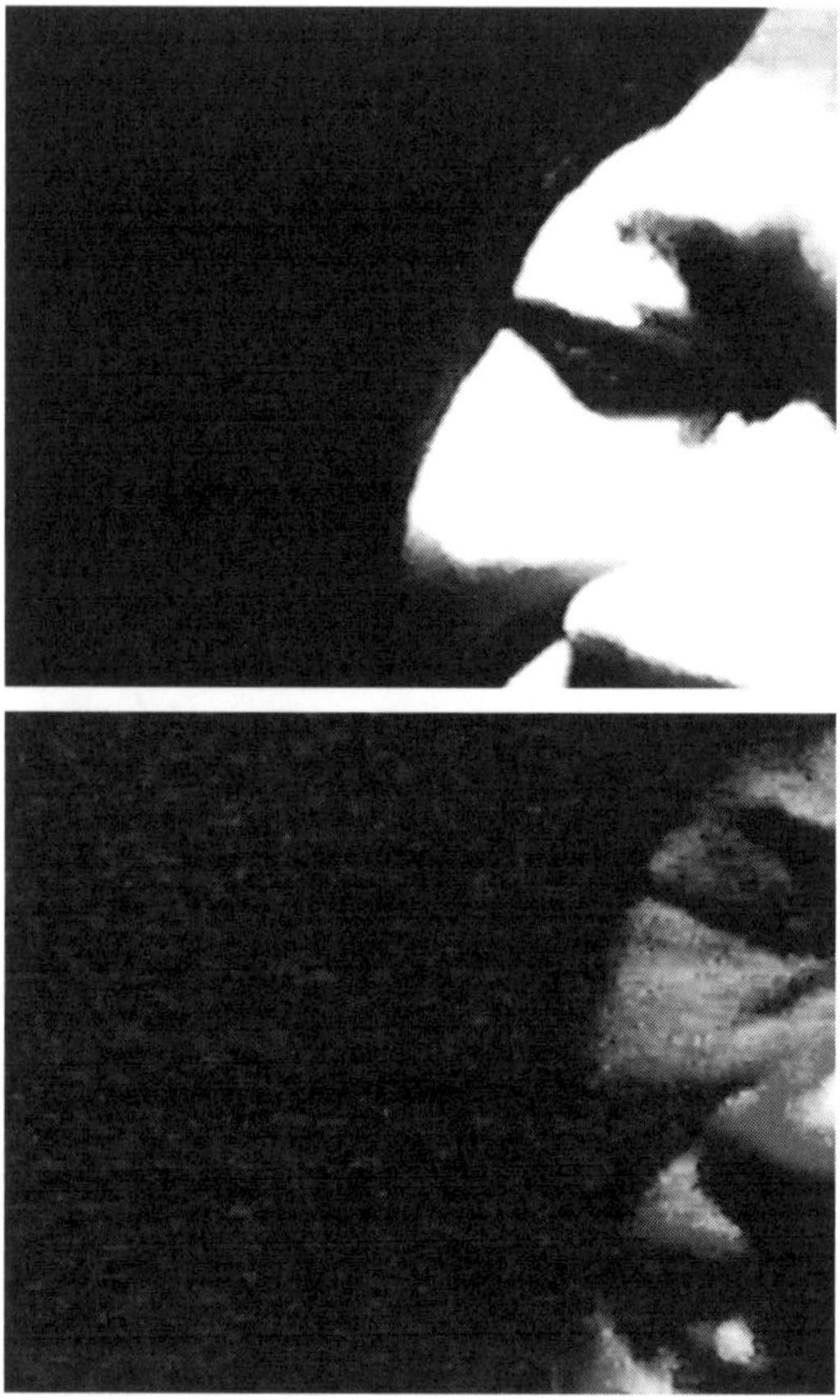

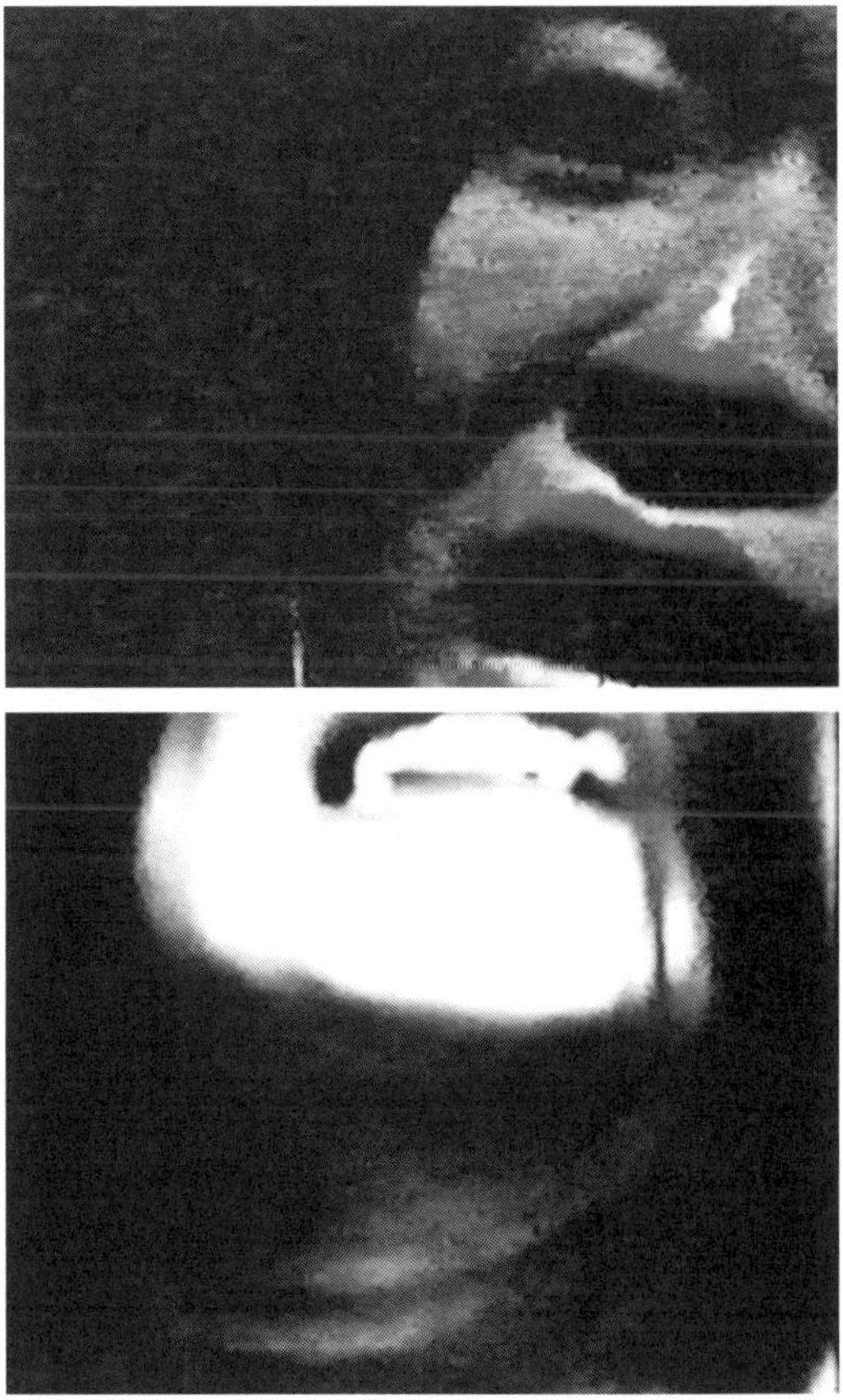

音声はなく状況はまるでわからないまま、映像は三十秒ほどで終わった。

ここで、VHSテープの映像を掲載しておく。コードを読み取ると映像を見ることができるので、興味のある方はご覧いただきたい。

寺内「これがお母様なら、何らかの事件に巻き込まれた可能性が高いですよね。警察には届けなかったんですか？」
文雄「暗い場所だし、はっきりしない映像です。母だと確信していますが、似ているだけでは何もしてくれませんよ。母は自分の意思で失踪したと判断されたので……」
寺内「そうですか……他にも何か届きましたか？」
文雄「それ以来、ずっと手紙や荷物が実家に届いています。先ほど見せたのは、特に意味のある物ですが、本当によくわからない物を含めると百個以上ありますね」
寺内「事件に関係している誰かから送られてきたものだと……」
文雄「留守番電話が吹き込まれていて、そこから物が届くようになって、ついにはあのビデオテープです。犯人が送っているに決まってます。僕に何かメッセージを伝えてきているんですよ。それが母の居場所なのか、連れ去った動機なのかはわかりませんが、何かを息子である僕に知らせようとしているのは確かです。そう思って届いたものを何年も調べているうちに、結構メッセージを読み取れるようになってきました」
寺内「実家はずっとお父様が亡くなった時のままにしてあるんですか？」
文雄「あえて昔のままにしています。それに荷物は実家にしか届かないので、家を売るのはやめました。せめて届くペースが決まっていると楽なんですが、続けて届くこともあれば、二か月間来ない時もあって」

寺内「だったら無理をしなくても、数か月おきに取りに行けばいいのでは？」
文雄「父の荷物を整理するために、休みの度に毎週実家を訪れるようになったら、荷物が届くようになったんです。しかも宛先は僕の名前ですよ。これからも毎週実家に通って荷物を受け取らないと、もう届かなくなる気がするんです」
寺内「ということは、二〇一四年から十年間、毎週ずっと通っていると……」
文雄「そうなりますね。でもこれが、消えた母の唯一の手がかりなんです」
寺内「手がかり……ですか。何かわかりましたか？」
文雄「もちろんです。まあ、慣れてないと読み取るのは難しいんですが、同じような意味を持つ物が繰り返し届くので、犯人からのメッセージ性を感じます」
寺内「よければ、実際に届いた物を元に、解説してもらえませんか」
文雄「では、いくつかわかりやすい物をお見せしますね」

＊　＊　＊　＊

ここからは、文雄さんが見せてくれた物を、本人のコメントで紹介したい。

【怪文書】

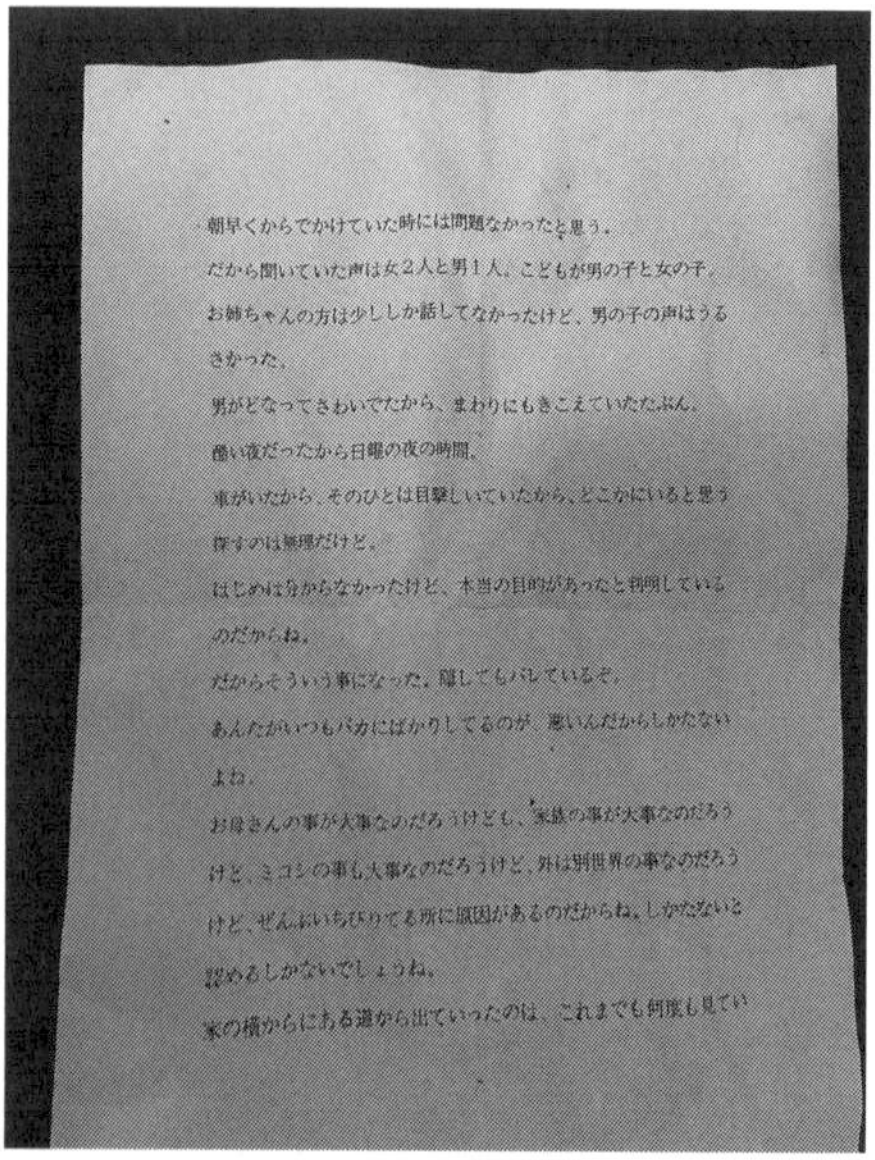

朝早くからでかけていた時には問題なかったと思う。
だから聞いていた声は女2人と男1人。こどもが男の子と女の子。
お姉ちゃんの方は少ししか話してなかったけど、男の子の声はうる
さかった。
男がどなってさわいでたから、まわりにもきこえていたたぶん。
暗い夜だったから日曜の夜の時間。
車がいたから、そのひとは目撃していたから、どこかにいると思う
探すのは無理だけど。
はじめは分からなかったけど、本当の目的があったと判明している
のだからね。
だからそういう事になった。隠してもバレているぞ。
あんたがいつもバカにばかりしてるのが、悪いんだからしかたない
よね。
お母さんの事が大事なのだろうけども、家族の事が大事なのだろう
けど、ミコシの事も大事なのだろうけど、外は別世界の事なのだろう
けど、ぜんぶいちびりてる所に原因があるのだからね。しかたないと
認めるしかないでしょうね。
家の横からにある道から出ていったのは、これまでも何度も見てい

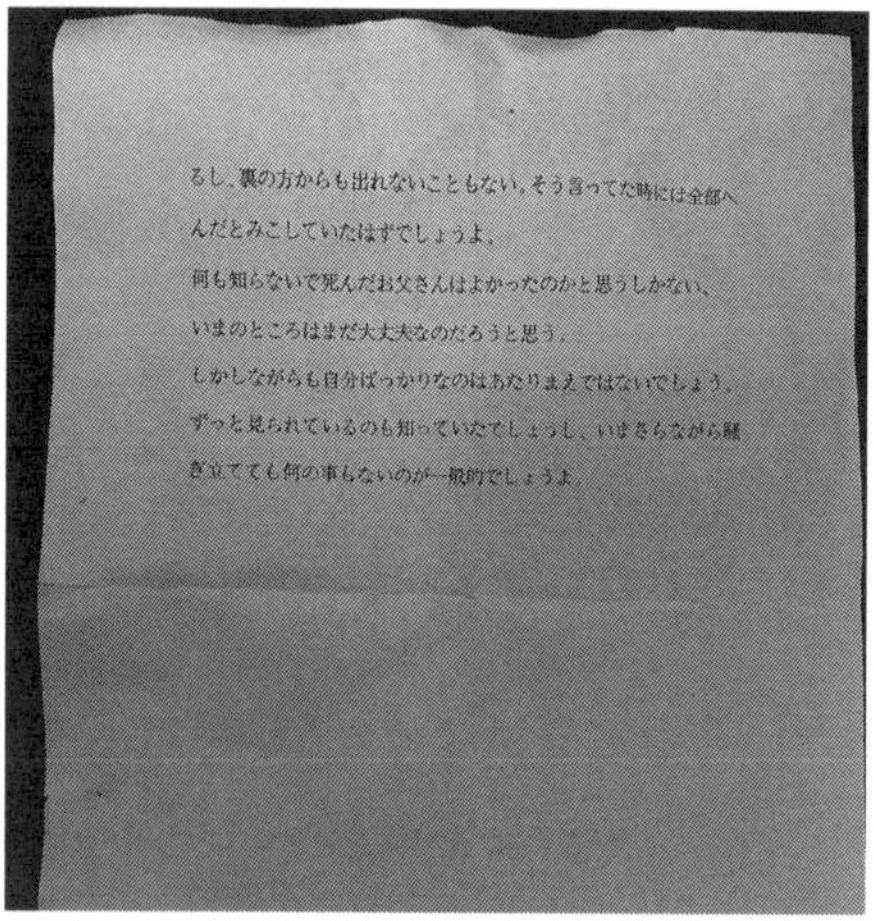

るし、裏の方からも出れないこともない。そう言ってた時には全部へ
んだとみこしていたはずでしょうよ。
何も知らないで死んだお父さんはよかったのかと思うしかない。
いまのところはまだ大丈夫なのだろうと思う。
しかしながらも自分ばっかりなのはあたりまえではないでしょう。
ずっと見られているのも知っていたでしょうし、いまさらながら騒
ぎ立てても何の事もないのが一般的でしょうよ。

朝早くからでかけていた時には問題なかったと思う。
だから聞いていた声は女2人と男1人、こどもが男の子と女の子。
お姉ちゃんの方は少ししか話してなかったけど、男の子の声はうるさかった。

男がどなってさわいでたから、まわりにもきこえていたたぶん。

酷い夜だったから日曜の夜の時間。

車がいたから、そのひとは目撃していていたから、どこかにいると思う探すのは無理だけど。

はじめは分からなかったけど、本当の目的があったと判明しているのだからね。

だからそういう事になった。隠してもバレているぞ。

あんたがいつもバカにばかりしてるのが、悪いんだからしかたないよね。

お母さんの事が大事なのだろうけども、家族の事が大事なのだろうけど、ミコシの事も大事なのだろうけど、外は別世界の事なのだろうけど、ぜんぶいちびりてる所に原因があるのだからね。しかたないと認めるしかないでしょうね。

家の横からにある道から出ていったのは、これまでも何度も見ているし、裏の方からも出れないこともない。そう言ってた時には全部へんだとみこしていたはずでしょうよ。

何も知らないで死んだお父さんはよかったのかと思うしかない。

いまのところはまだ大丈夫なのだろうと思う。

しかしながらも自分ばっかりなのはあたりまえではないでしょう。

ずっと見られているのも知っていたでしょうし、いまさらながら騒ぎ立てても何の事もないのが一般的でしょうよ。

文雄さんのコメント

これは母を連れ去った時の状況や、当時の事が書かれているのだと思います。父が知らなかった、母に関する「何か」があったことも匂わせています。

文章に攻撃性を感じるので犯人の可能性が高い。書き方は女性っぽいですね。

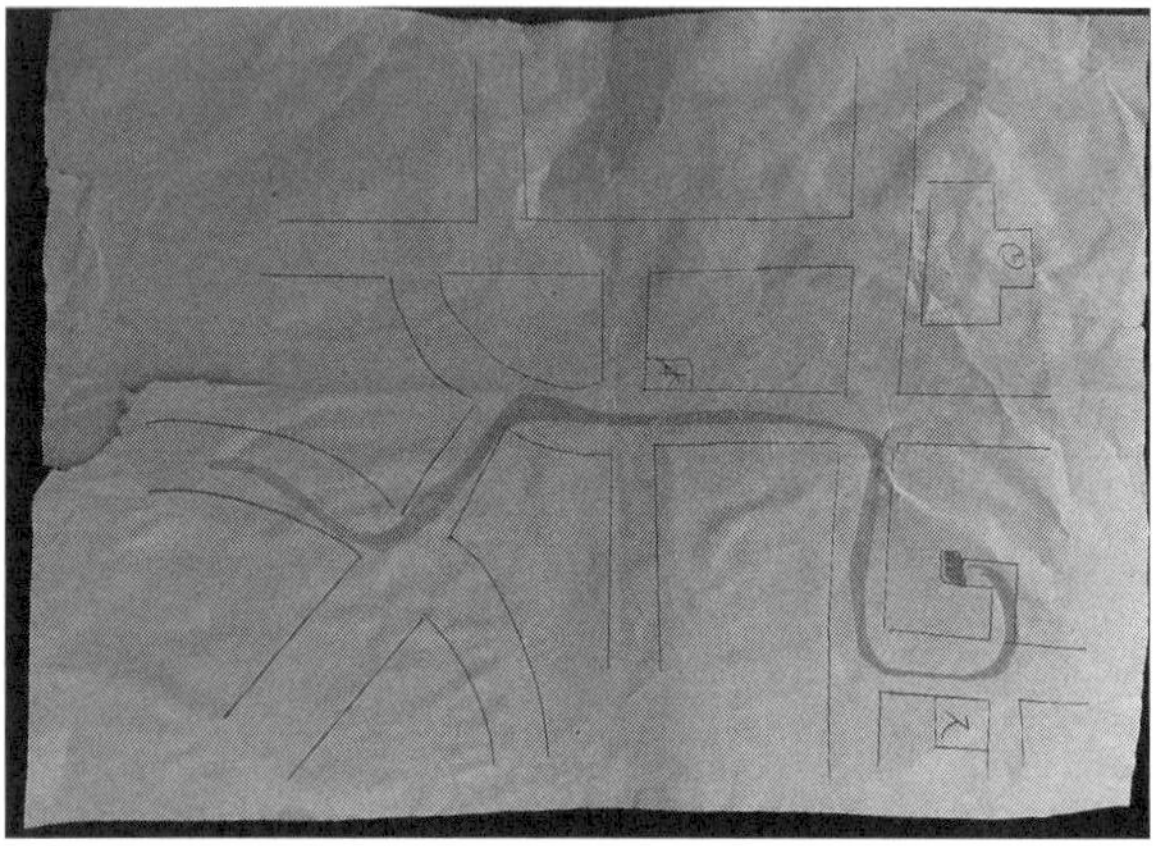

【手書きの地図】

文雄さんのコメント

最初に届いたのがこの地図です。場所がどこかはわかりませんが、スーパー、本屋、学校らしきものが目印です。

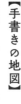

これはね、どこが中心かというのがポイントなんです。アクセスマップだと、どこからでも来られるように、目的地を中心に据えますよね。どこからでもそこを目指せるようにしているので。

でもこの地図は違う。中央に据えられているのは、線が引かれたルートなんです。つまりこれは、場所というより、道順が大切なんです。僕は、犯人が母を連れ去る時に使用した、逃走経路を示しているんじゃないかと思っています。

【押し花】

文雄さんのコメント

ツツジの花びらの上に、葉っぱを重ねた押し花です。見栄え良くするなら、葉っぱのほうを上にはしませんよね。つまりこれは、葉っぱのほうに目が行くようにわざとしているんです。母の名前は葉子ですから、送り主は「お前の母親のことだ」と言っているわけです。

そしてツツジの花言葉を調べてみると、「節度」「慎み」という意味がある。これもメッセージなんですよ。

おそらく「なぜお前の母親がこんな目に遭っているのか考えてみろ」という犯人からの問いかけだと思います。

送られてきたビデオの映像で、母は暗い場所に押し込められて、苦しそうにしていますよね。もしかすると、押し花は母の置かれた状況を示しているのかもしれません。

【交差した木の枝】

文雄さんのコメント

一見十字ですが、一箇所折れているのがわかりますよね。この木の枝は、きちんと緩衝材で梱包されて届いたんです。だから輸送中に折れたというより、わざと折って送ったと考えるほうが自然なんです。

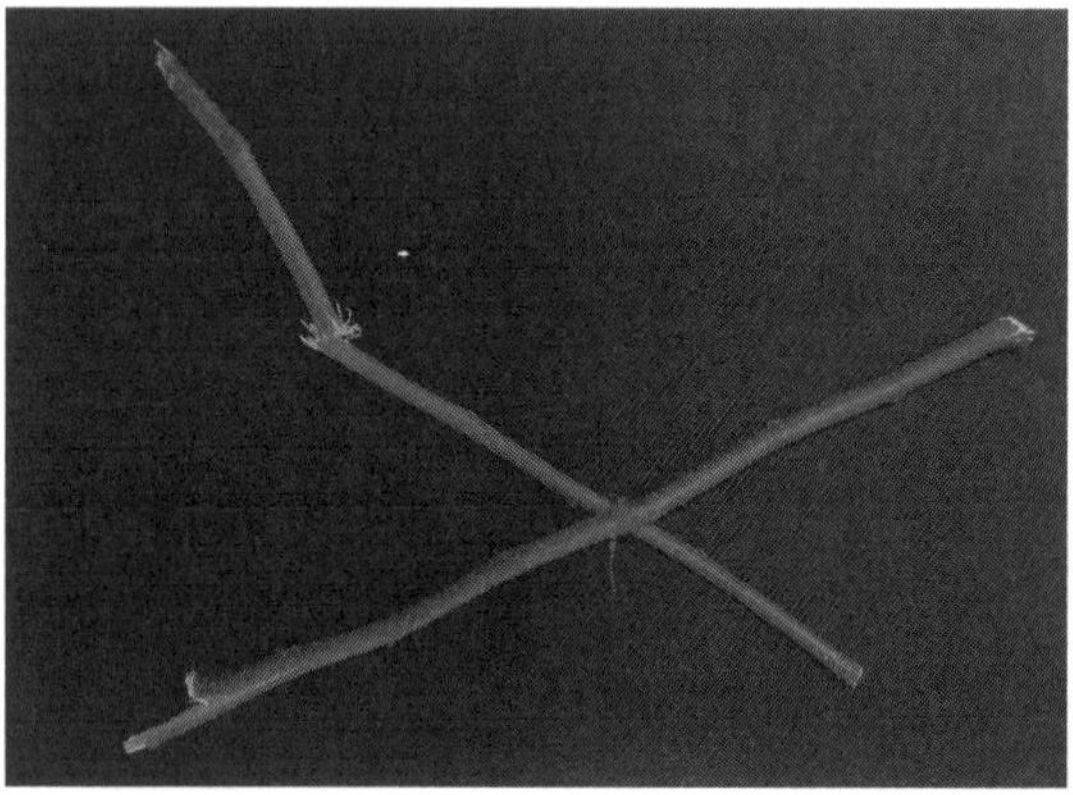

中央は糸を使って何重にも丁寧に結わえてありますが、一方で十字にしては枝の長さのバランスがおかしいし、枝の端の処理も、手で折ったような部分と、ハサミで綺麗に切っている部分に分かれます。そもそも、十字というよりX字に近い。糸の丁寧な結わえ方から見ても、これはわざとやっているんです。

十字でまず思い付くのは十字架です。十字には「贖罪《しょくざい》」「犠牲」「苦難」という意味があるんですが、わざと十字を崩しているので、まだ贖罪が終わっていない、正しい犠牲が払われていない、苦難は続く、ということなんじゃないでしょうか。

そして十字は、交差点や四つ辻など道の交差から転

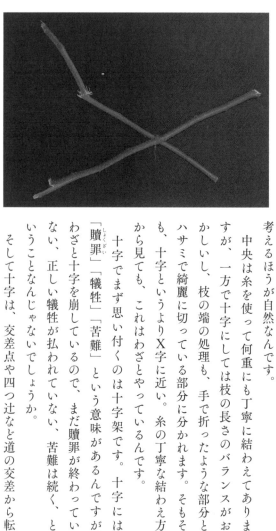

じて、人と人の出逢いを表します。枝が途中で折れている、端が千切れているのは、道が途絶えており、もうお前と母親が出逢うことはない、と言いたいのかもしれません。

結わえてある糸は朱色なんですが、赤や朱色は、縁起が良いもので、魔除けや厄除けを意味します。神社の鳥居もそうですよね。丁寧に結ばれた朱色の糸は、おそらく誘拐犯自身を指しています。まだ贖罪を終えていない邪悪なモノを魔除けの力で封じている、だからお前と母親が再会することはない、そういうメッセージかもしれません。

【堆積岩】

文雄さんのコメント

これは、小さな石が細かく詰まっている堆積岩です。堆積岩は、砂や泥や火山砕屑物、生物の死骸など堆積して固まったものなんです。

どこかの地層や場所を示しているのか、それとも多くの物を集めて圧し潰すことを意味しているのか。もしそのひとつが母親なのだとしたら、考えたくないですね。

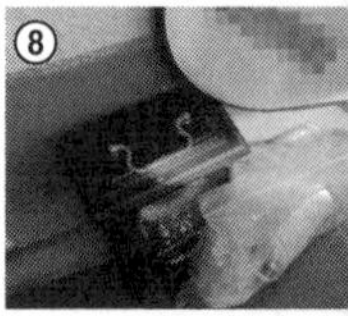

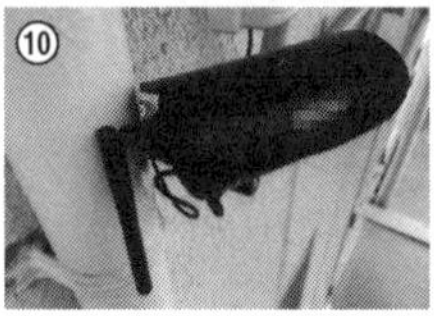

【十三枚の写真】

文雄さんのコメント

全部で十三枚ある写真は一年以上かけて一枚ずつ送られてきました。偽名ですが、差出人の名前が同じなので、同一人物なのは間違いありません。

一枚目ですが、これは小山駅です。実家からは少し離れていますが同じ栃木県なので、母に意味づけているのは確かでしょう。

次に二枚目ですが、これは京都の四条大橋交差点です。この辺りは祇園と呼ばれるエリアです。最初は意味がわからなかったんですが、一枚目の小山市には「小山城」の城跡が残っており、地元では「祇園城」と呼ばれています。これは小山氏の守護神である祇園社からとっています。一枚目と併せて何らかの神事を意味しているのではないか、先ほどの怪文書にあった「ミコシ」にも関係するんじゃないかと思っています。

三枚目は、どこかの小屋です。場所はわかりませんが、写っている段ボールに「草加せんべい」と読めるものがあります。草加は私が住んでいる埼玉県なので、「近くで見ているぞ」という脅し、または「近くにいるぞ」という挑発かもしれません。

四枚目は、どこかの森です。「鎮守の森」という言葉が頭に浮かぶので、やはり神社な

①

②

③

④

⑤

どに関係しているかもしれません。あと、右下に白いシャツを着た男が写っています。母に関連する人物に違いないのですが、いくら調べても誰かはわかりませんでした。

五枚目は、盆踊りの写真です。テントに「〇市」と一文字の市が書いてあるのが見えます。僕は潰れた文字の構成とバランスから「堺市」ではないかと思っています。

調べてみると、堺市は港があって、長年石炭の取引が多く、石油や石炭を用いた製品の製造業も多いんですよ。そして石炭は、地中に埋もれた太古の植物が地熱や地圧を長期間受けて変質した物資です。なんか、さきほどの堆積岩を連想しませんか。

六枚目は、場所はわかりませんが、手前の欄干から日本建築なのは確かです。二人の人物が写っており、もしかすると四枚目の白いシャツの男性と同一かもしれません。おそらくは寺社仏閣ではないかと思っています。

七枚目は、市街地の写真です。写り込んでいる家電量販店と道路の形状から、苦労しましたが稲城市であることがわかりました。

最初は意味がわかりませんでしたが、以降に届く写真と併せて考えると、市内のどこかへ誘導しているのは確かです。

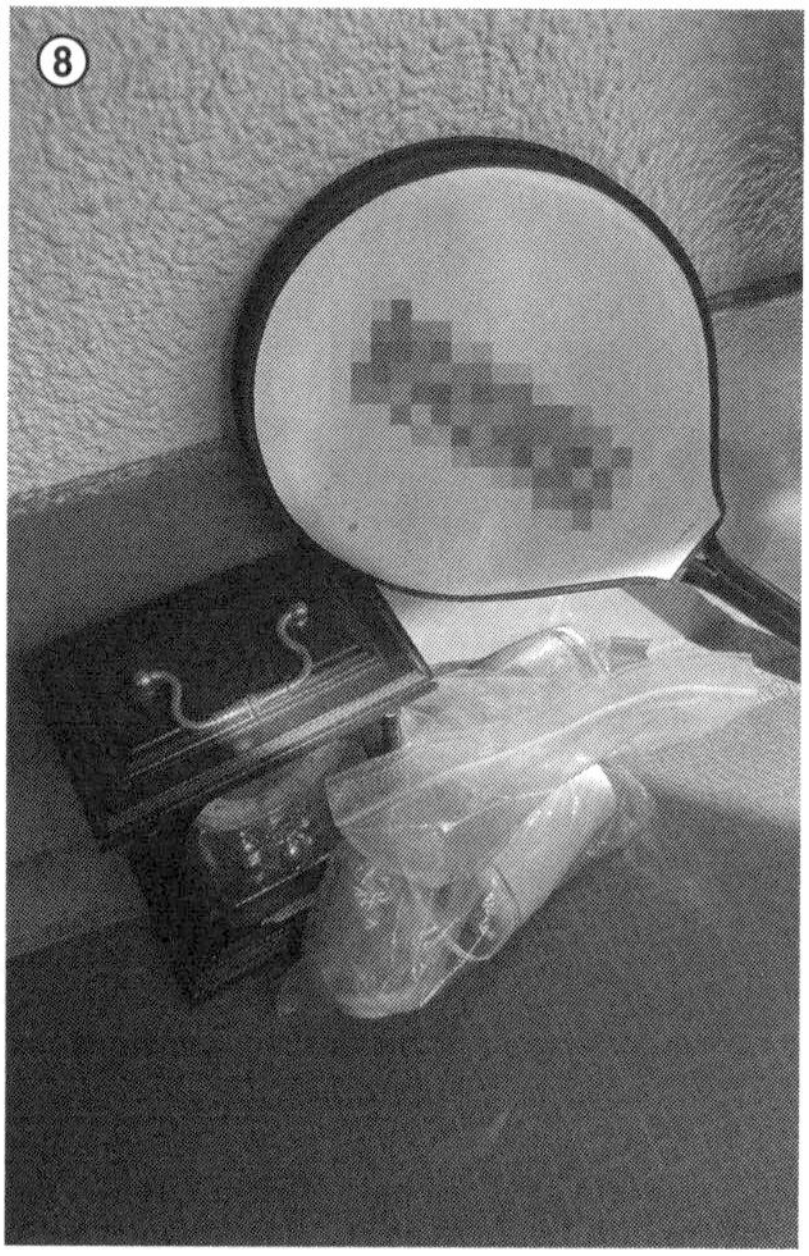

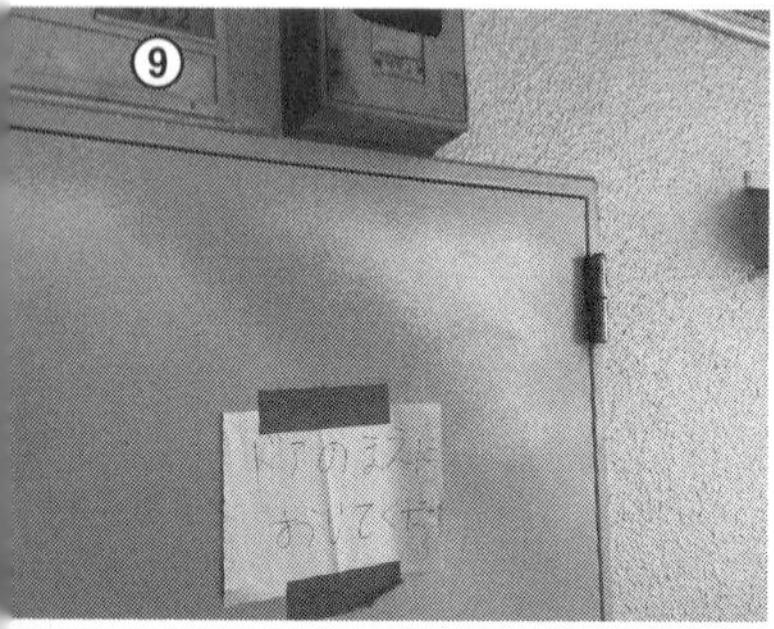

八枚目は、建物の廊下らしき場所に、テニスラケットと置時計、袋に入ったドライヤーらしきものが置かれています。

先ほどの家電量販店で購入したものかもしれませんが、なぜ廊下に置かれているのかは不明です。母はいつかテニスをしてみたいと憧れていたので、「ここにお前の母親がいるぞ」という誘拐犯からの挑発かもしれません。

九枚目は、集合住宅の玄関ドアです。電気メーターはかなり汚れており、新築とは思えません。八枚目と壁が同じなので、間違いなく同じ建物でしょう。部屋番号は四〇二号室です。

注目してほしいのは玄関ドアの貼り紙で、「ドアのまえにおいてください」と書いてあります。普通に考えれば、不在が多いだけなのかもしれませんが、別の見方をすれば、荷物の受け取りをしたくない、家の中を覗かれたくない、顔を見られたくない人物かもしれません。

ひとつ前の写真と併せると、ここに母を監禁している誘拐犯が住んでいる可能性は十分あり得ます。


十枚目は、建物に取り付けられた監視カメラのアップです。やはり壁が似ているので、これまでと同じ建物で撮ったものでしょう。この監視カメラは、ここ五年くらいのモデルですから、建物が廃墟などではなく、築年数は古くても新しい設備を導入できる集合住宅ということです。

ちなみに七枚目に写っているマンションかと思いましたが、現地を訪れてみるとまるで違う建物で、四〇二号室も写真と違っていました。まあ、そんなに簡単に母に辿り着けるわけがないのですが……。

⑪

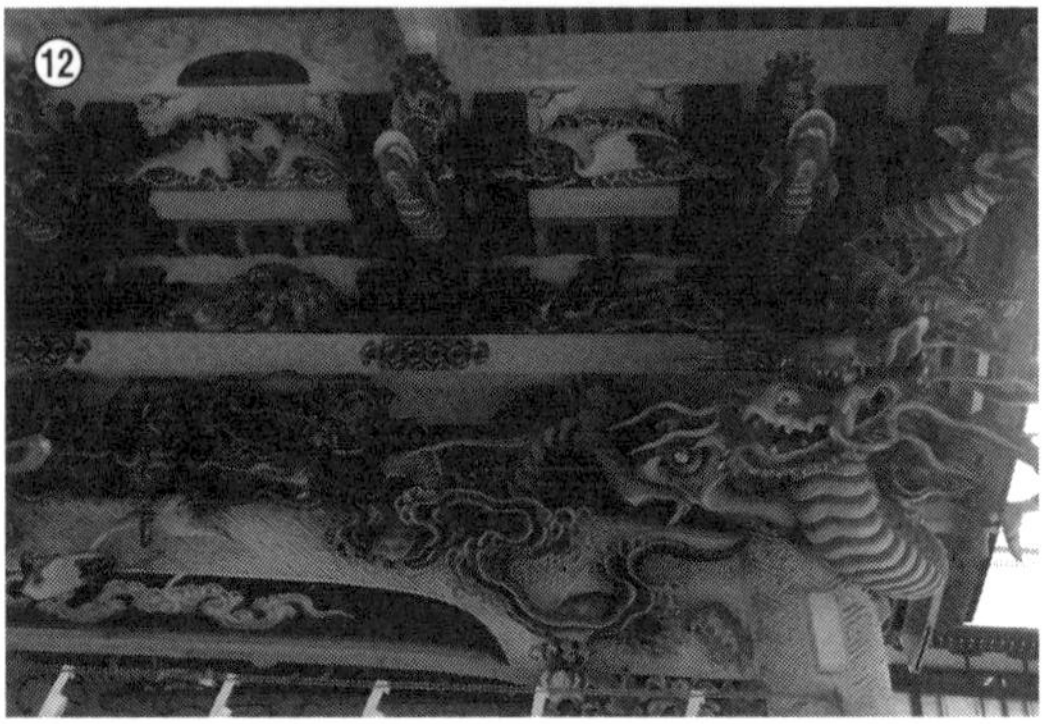
⑫

十一枚目は、モニターの写真です。監視カメラの映像かとも思いましたが、監視カメラは野外に設置されており、一方のモニター映像は室内の雰囲気です。女性らしき頭が見えるので、これを母と見立てたメッセージだとすると、監視カメラで見張っている、監禁している、ということを言いたいのかもしれません。

十二枚目は、秩父にある三峯神社の手水舎でした。やはり私の住む埼玉県なので、三枚目と同じく、「まだお前のことを見ているぞ、近くにいるぞ」という意味かもしれません。それに、国内で最後の石炭貨物列車は秩父なんです。この写真にも石炭の意味が込めら

れているような気がしますね。

　十三枚目は、北海道の夕張市です。案内板の「石炭の歴史村」でわかりました。

　またもや、石炭です。先述の通り、堆積岩には生物の遺骸が含まれますし、石炭はいわば植物の遺骸の化石です。

　送られてきたビデオテープの映像では、暗くて狭い場所に母が閉じ込められている気がします。最初にビデオを見た時、「棺桶の中みたいだ」とつい思ってしまったんです。もしかすると母は誘拐されたあと、何かの贖罪や犠牲、あるいは苦痛を与えられるために、狭い所に閉じ込められたり、生きたまま地下に埋められているんじゃないか……。考えたくないのに、それが頭から離れないんです。

【中古のCD】

文雄さんのコメント

先日、寺内さんと一緒に受け取ったものです。

三枚中二枚は、僕が生れる前に発売された古いCDです。

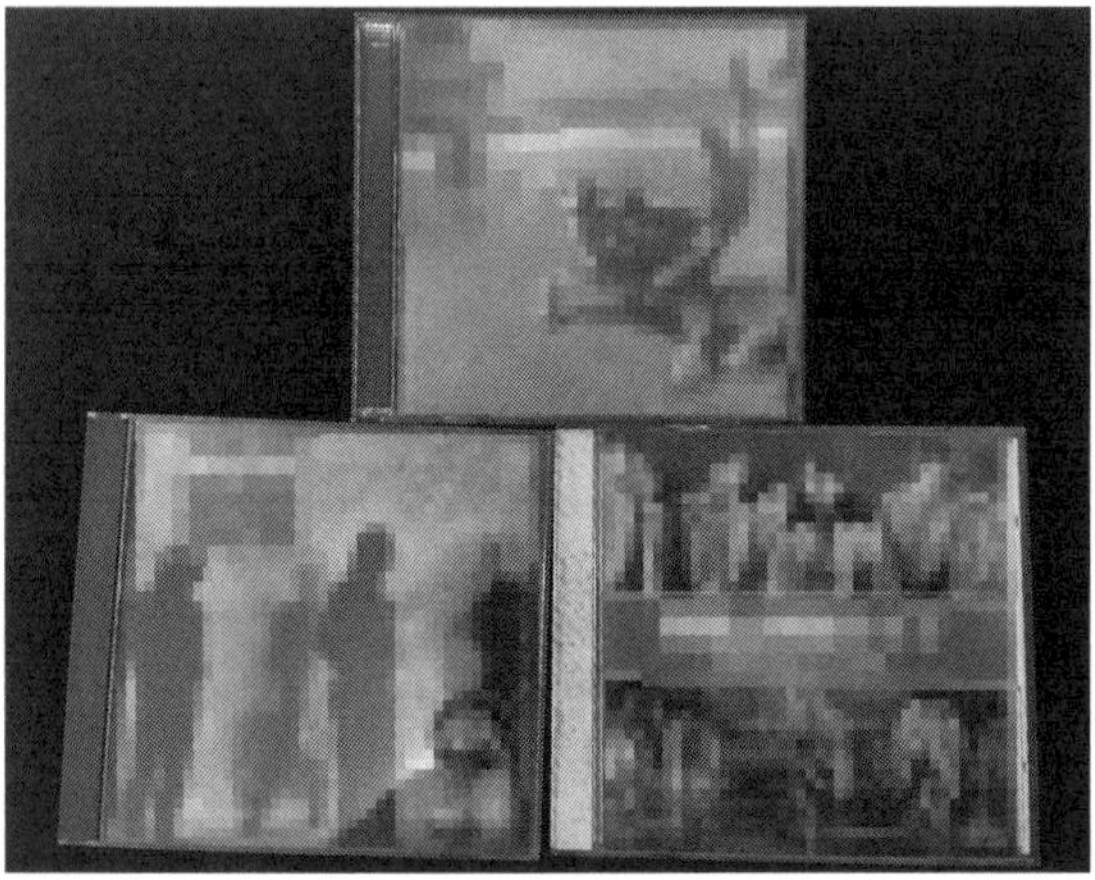

送るのは、かなりの意味を込めているでしょうね。

まだ検証中なのですが、CDのバンド名のひとつが、和訳してみると「ちゃちな悪戯」なんです。これは、全部がヒントではなく、引っ掛けも含めているという意味の気がするんですよ。

そう考えると、この中で明らかに一番使用感のあるCDが一枚あるので、これが本命で、残りはダミーという気もします。ちなみに、そのCDに収められた最後の曲は「恐山」というんです。青森のイタコで有名な場所ですよ。死者の集まる場所に母の魂がいるのだとしたら、もう生きてはいないことになります。とても信じたくありません。

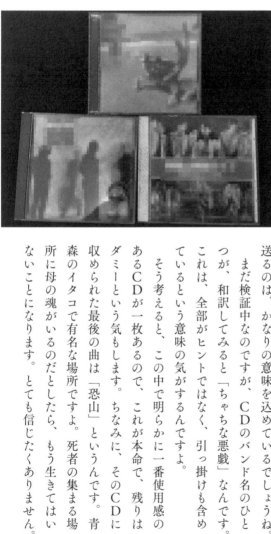

【宗教について書かれた本】

文雄さんのコメント

これは世界の宗教や民族について書かれた本で、九〇ページと一五〇ページに、しおりが挟まれた状態で送られてきました。

「ユダの裏切り」についての記述があるんですが、ユダは本当にイエスを裏切ったのか、ユダを陥れる謀略があったのではないか、という説に触れています。

つまりこれは、一見すると加害者である誘拐犯が、本当は不当な迫害を受け、陥れられた側だと言いたいのかもしれません。だとすると、母はいったい何をしたんでしょう……。

＊　＊　＊　＊　＊

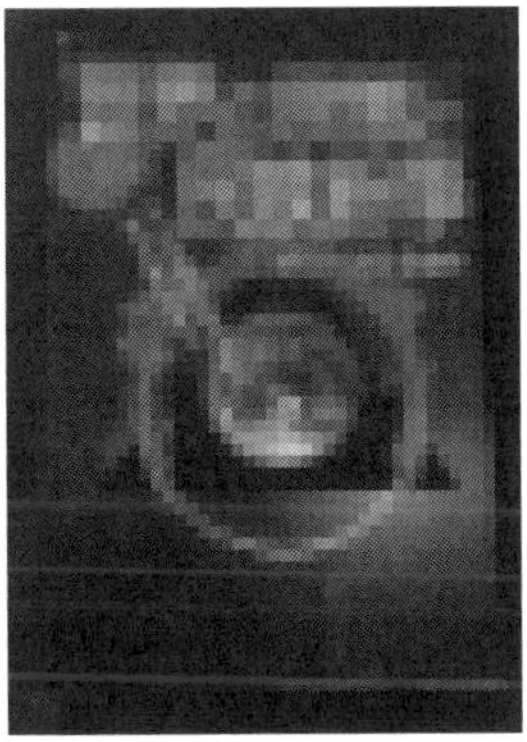

文雄さんは届いた物を次々に見せながら、妄執とも思える本人なりの解釈を聞かせてくれた。

寺内からすれば、文雄さんの考え過ぎにしか思えないのだが、とはいえ十年も続いているので、送る側の執念も相当に深い。

ビデオテープの映像は何度か見たが、画像が粗いので葉子さんという確証はない。

それでも文雄さんは、テープに映っているのは母親で、届き続ける荷物はすべて真相につながるヒントだと信じている。

ひとしきり取材を終えた寺内は、「悪質なイタズラの可能性もあるので、テープも含めて警察にいったん相談し、送り主を調べてもらうべきでは」ということを提案した。

だが、寺内がそれを話す間、文雄さんは母だと信じている女の映像を繰り返し再生して見ながら、「それは……」と首を横に振った。

文雄「そんなことをしたら、もう荷物が届かない気がします」

これからも文雄さんは、荷物が届く限り実家へ通い続け、終わりのない考察を続けていくのだろうか——。

ここで、寺内の同行取材は終了となった。

ウェブ魚拓──『I澤Y子の家族を励ますスレ』【二〇一四年／二〇一九年】

皆さんは、「ウェブ魚拓」というものをご存知だろうか。

インターネット上にて、リンク切れとなった過去のウェブページのスナップショットを保存できるアーカイブサイトである。ネット上で閲覧できなくなった情報の一部を画像にして保存してあるもの、とでも言えばわかりやすいかもしれない。

寺内が撮影取材をしている一方、遠藤はインターネット上で池澤葉子に関する様々な情報を探し続けていた。その中でとある掲示板のウェブ魚拓を発見した。『I澤Y子の家族を励ますスレ』というすでに存在しないスレッドで、残っているのは「二〇一四年」と「二〇一九年」の書き込みのほんの一部である。前後の画像は残っていない。また、この掲示板のスレッドはかなり前から立てられていた様子であるが、今は掲示板自体が存在していない。

《ウェブ魚拓　二〇一四年よりテキスト抜粋》

【I澤Y子の家族を励ますスレ　─その14】

54：キタロー　2014／01／05（日）12：25
＞＞45　まさか再招集がかかるとは思いませんでした
皆さん、待望の息子編がスタートです！

55：名無し　2014／01／05（日）16：47
顔写真見たけどパパさんと違って根性なさそうw

56：日々に感謝　2014／01／06（月）13：03
贖罪《しょくざい》への道しるべを送りました
懺悔《ざんげ》なくして、天国の狭き門は通れないのです

57：えいすけ　2014／01／08（水）23：07
何送ろうかな、I澤家はおいらのゴミ捨て場(^^♪

58：キタロー　2014／01／09（木）：01：24
息子くんもリアクションでかいといいですよね～

59：神罰@ログイン中　２０１４／０１／１０（金）２１：５１
久しぶりなので心をこめて制作中

60：神罰@ログイン中　２０１４／０１／１０（金）２２：３４
途中で壊れてヤル気が失せた

61：ちゃんゆみ　２０１４／０１／１０（金）２３：１５
＞＞54　イタズラ再開してて草

62：えいすけ　２０１４／０１／１１（土）００：４３
＞＞61　美人の復帰は大歓迎

63：神罰@ログイン中　２０１４／０１／１１（土）１０：０８
力作の十字架を送ってあげた！

64：キタロー　２０１４／０１／１１（土）１５：４１
＞＞63　バレた時のことを考えて具体的に書かない約束ですよ～

65：神罰@ログイン中　2014／01／11（土）19：30
＞＞64　そうでしたゴメンなさい m(__)m

66：ちゃんゆみ　2014／01／12（日）14：32
それっぽいモノ考えるのムズくない？

67：名無し　2014／01／12（日）18：53
＞＞66　宗教っぽいものは深読みするのでオススメ

68：えいすけ　2014／01／12（日）21：15
＞＞66　嫌がらせなんだからゴミでよくねw

69：JUDAS　2014／01／13（月）12：12
＞＞66　抑圧を象徴するもの

70：神罰@ログイン中　2014／01／13（月）13：24
＞＞69　ユダさま降臨！

71：日々に感謝　2014／01／13（月）15：47
＞＞69　かしこまりました

72：ちゃんゆみ　2014／01／14（火）22：11
前から思ってたけどあんたらってリア友？？

73：えいすけ　2014／01／14（火）23：13
＞＞72　こいつらはご主人様と下僕w

74：神罰@ログイン中　2014／01／15（水）00：32
何もわかってないクソガキは黙ってろ

75：えいすけ　2014／01／15（水）00：55
なめんなよ殺すぞジジイ
お前の家調べてそっちをゴミ箱にしてやろうか？

76：ちゃんゆみ　2014／01／15（水）01：36
うざいから別でやってくんない

77：キタロー　2014／01／15（水）02：01
こらこらモメながらやる遊びじゃないぞ～
あとJUDASさんは僕と同じ一番の古株なんで失礼のないようにね

78：名無し　2014／01／17（金）19：28
つまんないから誰か息子のリアクション確かめてこい

79：キタロー　2014／01／19（日）22：01
＞＞78　家見て来ました！
ちゃんと回収されていましたよ！

80：ちゃんゆみ　2014／01／19（日）23：44
客がくれた人形キモすぎて無理だから送った

81：DAM　2014／01／25（土）17：27
呆れた、お前らまだこんなことやってるのか
嘘の情報提供をしたり、同情するふりをして手紙を書いたり、誹謗中傷したり……
息子にまで嫌がらせするなんてお前ら異常だよ

82：えいすけ　2014／01／25（土）21：39
＞＞81　何年も前に抜けた奴が口出すんじゃねえよカス

83：ちゃんゆみ　2014／01／25（土）22：40
ロリコンのダムオタごときにうちら説教されてて草

84：キタロー　2014／01／26（日）08：16
＞＞81　ダムさんお久しぶりです！　ちょっと遊んでるだけですよ～

85：DAM　2014／01／26（日）10：27
やめなければ通報します

86：キタロー　2014／01／26（日）11：06
＞＞85　いったい何の罪になるんでしょうかw
まあ通報したければご自由にどうぞ～

87：DAM　2014／01／26（日）12：56
お前らアタマおかしいよ

88：神罰@ログイン中　2014／01／26（日）16：23
＞＞87　ダムさんは事情を知らないからそんなこと言えるんです！

89：名無し　2014／01／26（日）19：39
＞＞88　おっさんの事情なんて知らんがなwww
でもメンバーの中に本物の犯人がいたらウケるw

90：JUDAS　2014／01／27（月）12：12
DAMさんとは私が個別に話をしておきます

91：キタロー　2014／01／27（月）18：08
＞＞90　よろしくお願いします〜

92：えいすけ　2014／02／02（日）15：26
何個か送ったけど手応えないし飽きてきた
息子の自宅に直でゴミ送りたいんですけど誰か住所知らん？

93：キタロー　2014／02／02（日）15：50
＞＞92　それしたら本当に逮捕されますよ〜

94：ちゃんゆみ　2014／02／09（日）19：42
息子にまで嫌がらせするのはやっぱ楽しくないので私は抜けまーす

95：JUDAS　2014／02／15（土）12：12
罪深き者が地獄に堕ちる様を見せます
これからは改心してY子の贖罪に励むでしょう

《ウェブ魚拓　二〇一九年よりテキスト抜粋》

【I澤Y子の家族を励ますスレ　—その23】

37：神罰@ログイン中　2019／04／06（土）09：33
＞＞36　抜けることになって本当にごめんなさい
苦しかった僕の心を救ってくれたのはユダさんなので、感謝してもしきれません
でも妻が妊娠して、もうすぐ初めての子どもが生まれるんです
そうしたら突然、こんなことしてていいのかと不安になって……

38：日々に感謝　2019／04／06（土）10：04
家庭を持ったなら、妻と子どもにも手伝わせればいいでしょう

39：神罰@ログイン中　2019／04／06（土）10：56
＞＞38　ずっと思ってたけど、あなたちょっとおかしいよ
僕たちのしてきたことが本当に正しいと思ってるの？

40：キタロー　2019／04／06（土）11：18
善悪とかいいじゃないですか、僕はがんばる息子がけなげで楽しい

41：えいすけ　2019／04／06（土）11：47
うわー二年ぶりにのぞいたらまだやってるのか！　ちょっと混ざっていい？

42：キタロー　2019／04／06（土）12：03
＞＞41　えいすけさんお久しぶり！　出戻り大歓迎です！

43：JUDAS　2019／04／06（土）12：12
天国の狭き門をくぐるには、善なる者の犠牲と、邪悪なる者の贖罪が必要なのです

＊　＊　＊　＊　＊

彼らが文雄さんに荷物を送り続けているのだろうか。文面からは確たる証拠は見つからなかった。メンバーの素性もわかっていない。
ただ、文雄さんがこれからも母親の手がかりを探し続けることだけは確かである。

スタッフクレジット

スタッフ　著者◎フェイクドキュメンタリーQ／文◎夜馬裕／協力◎みゅらりんご、御伽宗太郎

企画総合プロデュース◎双葉社（渡辺拓滋）／編集・構成◎双葉社（當山洋人、新垣陸）／デザイン◎鈴木徹（ＴＨＲＯＢ）

フェイクドキュメンタリーQ《キュー》

2024年７月28日　第１刷発行
2024年８月20日　第３刷発行

著　者 ――――― フェイクドキュメンタリーQ

発行者 ――――― 島野浩二

発行所 ――――― 株式会社双葉社
〒162-8540　東京都新宿区東五軒町３番28号
［電話］03-5261-4818（営業）
03-5261-4827（編集）
http://www.futabasha.co.jp/
（双葉社の書籍・コミック・ムックが買えます）

印刷所・製本所 ―― 中央精版印刷株式会社

ISBN978-4-575-31901-9 C0093